성격 못된 천재 소꿉친구와의 대결에서 지는 바람에
첫 경험을
모조리
빼앗기는 이야기
Goodbye,
my first experiences.

요시자와 와카바
오기가 있고 지기 싫어하는 성격이지만,
친구를 소중히 여기는 여고생.
뭐든 다 잘하는 코마키를 이기기 위해
어릴 적부터 곧잘 승부를 걸곤 했다.
우메조노 코마키
뭐든 최고를 놓치지 않는 우등생.
남녀 할 것 없이 인기를 한몸에 받는 미인으로 붙임성도 좋지만,
와카바 앞에서는 태도가 돌변하는데——?

「응, 잠시 와카바랑 얘기나 좀 하고 싶어서.」
「야호~ 우메짱, 우리 반까지 다 찾아오고 웬일이야?」
「으엑……우, 우메조노.」
카와노 마츠리
늘 웃는 얼굴로 누구에게나 다정한,
온순한 치유계 타입.
와카마츠 카오리
당차고 긍정적인 소녀지만,
평소 동경하던 코마키 앞에서는 굳어지기 일쑤.

「와카바,
네가 직접 나에게 키스해 줘.
……못 하겠다는 말은 꺼낼 생각도 말고.」
「눈, 감아 봐.」

성격 못된 천재 소꿉친구와의
대결에서 지는 바람에

# 첫 경험을 모조리 빼앗기는 이야기

이누카이 안즈
INUKAI ANZU

# 성격 못된 천재 소꿉친구와의 대결에서 지는 바람에 첫 경험을 모조리 빼앗기는 이야기

목차 contents



illustration: 네이비

# 프롤로그

만약에 누가 싫어하는 것 딱 세 가지만 없애 준다고 한다면, 나는 아마도 전쟁과 가난, 우메조노 코마키를 없애 달라고 청할 테지.

우메조노 코마키.

옆에서 봤을 때 그녀는 완벽하게 보인다.

성격도 좋고 운동 신경도 뛰어나며 성적도 우수하다. 누군가는 더할 나위 없는 미인이라고 그러던데, 실제로 코마키에게 고백하는 남자애는 끝이 보이지 않을 지경이다.

하지만 다들 코마키의 본성을 모른다. 그 예쁘장한 얼굴과는 정반대로 그 녀석의 실제 성격은 무지 못됐고 악랄하며, 그 동그란 눈동자는 늘 남들을 깔보고 있다.

지금도 봐.

"얘, 아직 멀었어?"

그녀는 책상에 걸터앉은 채 나를 내려다보고 있다. 거만하게 다리를 꼰 채 발끝으로 내 어깨를 쿡쿡 찔러 댄다. 나는 입을 꾹 다문 채 불만을 표했다.

"뭐야, 그 표정은? 승부에서 진 사람이 대체 누구였더라?"

그녀는 짓궂은 투로 그렇게 말했다. 드라마에서 갑질하는 상사가 이런 말투로 말하던 장면이 떠올랐다.

나는 분명히 졌다.

이번 중간고사 점수로 승부를 가리자고 말한 사람은 나였고, '진 쪽이 이긴 쪽에게 자신의 존엄을 바친다.' 라는 조건을 덧붙인 사람은 코마키였다.

"얼른 해 봐. 자."

코마키가 자신의 입술에 검지를 댔다. 컬러 립밤을 바른 그 촉촉한 입술은 부드러워 보였다. 그 입술에다 키스해 보고 싶다고, 저번에 우리 반 남자애가 했던 말이 떠올랐다. 같은 여자인 내가 봐도 코마키의 입술은 매력적이었지만, 그렇다고 키스해 보고 싶다는 생각은 없었다.

아무리 미인이라 하더라도 어디까지나 같은 여자일 뿐이다. 더군다나 코마키는 성격이 못됐다.

"와카바, 네가 직접 나에게 키스해 줘. ……못 하겠다는 말은 꺼낼 생각도 말고."

"나도 알아. 친한 척 내 이름 부르지 마."

코마키가 존엄이라는 말을 꺼낸 시점에서 제대로 된 일이 일어나지 않을 줄은 이미 알고 있었다. 알고는 있었지만, 이번에야말로 이길 줄 알았기에 승부에 나섰다.

하지만 졌다. 철저하게. 총 10점 차이였다. 그것은 아마도 마리아나 해구보다도 깊은, 메울 수 없는 격차일 테지.

여기서 만약 내가 약속을 저버리고 도망쳤다간, 내일부터 학교에 내가 있을 곳은 사라지겠지. 코마키라면 분명 그런 짓을 저지를 테지.

하지만 키스라니. 그것도 첫 키스다. 지금까지 15년간 줄곧 소중히 간직해 온 첫 키스다. 그냥 지금까지는 키스를 할 기회가 없었다고도 볼 수 있지만, 그렇다고 코마키 따위에게 줘도 되는 건 아니다.

"눈, 감아 봐."

"진 사람이 이긴 사람에게 명령하기야?"

심보 고약한 그 말에 숨이 턱턱 막혔다.

이 녀석은 왜 이렇게 여유로울까. 코마키라면 이 남자 저 남자 갈아 치워 가며 첫 경험쯤은 이미 옛날 옛적에 경험해 봤을 텐데.

그럼에도 오로지 내 존엄을 짓밟기 위해 자신의 입술을 내밀다니, 도통 영문을 알 수 없었다. 무슨 연인 사이도 아니고 키스를 마치 벌칙 게임쯤으로 여기다니. 어쩌다 보니 우리는 소꿉친구 사이지만 결코 연인 사이는 아니다. 그렇지만 코마키가 상식이 통할 만한 사람이 아니라는 사실을 나도 알고는 있다.

설령 내가 남자였어도 이 녀석이랑 연인 사이가 되기는 싫다.

우메조노 코마키 팬클럽에 속한 남자들에게도 전하고 싶다. 이 녀석은 성격이 최악이라, 내가 괴로워하는 모습을 보며 즐기는 여자라고 말이다. 뭐, 어차피 그런 얘기를 해 봤자 믿어 줄 사람은 아무도 없겠지만.

"됐어. 그럼 내가 감을 테니까."

나는 의자에서 일어나 등을 살짝 뻗었다. 키스하려 해도 코마키는 책상에서 내려올 생각이 전혀 없었기에 어쩔 수 없이 이 녀석 어깨보다 살짝 낮은 부분을 손으로 잡아 내 몸을 지탱하고서 그 단정한 얼굴 쪽으로 다가갔다.

잘 가렴, 내 첫 키스여. 이젠 될 대로 되라지.

나는 눈을 감고서 미리 머릿속에 입력해 둔 이 녀석의 입술 위치에다 내 얼굴을 맞댔다.

쪽, 하는 소리가—— 나지는 않았다. 그저 조용히 입술이 맞닿을 뿐이었다. 탱글탱글한 그것에서 생물로서의 온기가 느껴졌다. 신기한 느낌이었다. 옛날에 좋아했던 선배와 키스하는 망상을 한 적이 있었는데, 망상 속 선배의 입술은 이렇게까지 부드럽지는 않았다.

완벽하게 완전한 100퍼센트 여자의 입술이었다. 그렇지만 나와는 달랐다. 내 입술은 이렇게 부드럽지도, 따스하지도 않을 테니까.

괜히 눈을 감았나 싶었다. 시야가 막힌 바람에 다른 감각이 예민해졌는지, 좋든 싫든 간에 코마키의 존재가 느껴졌다. 부드러운 입술 감촉. 샴푸인지 향수인지 알 수 없는 달달한 향기.

최악이다. 최악이다. 최악이다.

마음속으로 아무리 그렇게 외친다 한들, 코마키로부터 느껴지는 그 모든 것이 황홀했다. 내 안의 누군가가 거기에 몸을 맡기라고 속삭였다.

"……있지."

왠지 모르게 짜증 섞인 목소리가 들렸다. 뭔가 싶던 차에 두 손이 내 머리를 감쌌다.

"……읍?!"

그러고는 그대로 혀가 내 입술을 억지로 열고 안으로 파고들어 왔다. 부드럽고 적당한 탄력을 지닌 혀가 마치 다른 생물처럼 내 입 안에서 마음껏 활개 쳤다. 입천장을 문지르거나, 잇몸을 더듬는가 싶더니 치아 안쪽을 살며시 어루만졌다.

말도 안 돼, 그런 생각이 들었다.

이렇게까지 할 줄은 몰랐다. 역시나 코마키는 정상이 아니다. 나는 코마키의 등을 두드렸지만, 이 녀석이 날 놓아줄 기색은 없었다.

나는 저항이 아무 의미 없음을 깨닫고 몸에서 힘을 뺐다.

체리 줄기를 혀로 묶으면 키스를 잘한다. 그런 얘기를 친구와 나눈 적이 있었는데, 만약 그 얘기가 사실이라면 코마키는 분명 능수능란하게 묶어 대겠지. 현실로부터 도피하는 기분으로 그런 생각을 떠올리고 있으니, 코마키는 그 점이 마음에 들지 않았는지 내 코를 틀어막았다.

사람 잡을 일 있나.

자기도 모르게 몸을 버둥거리며 몸부림쳤지만, 그 바람에 숨이 차서 더더욱 괴로워졌다. 필사적으로 숨을 들이쉬려고 하자 코마키의 냄새가 코 안쪽을 가득 채웠다.

내 마음은 코마키를 향한 원망으로 가득 찼고, 내 몸은 코마키의 냄새로 가득 찼다. 그런 상태였기에 나 자신이 점점 코마키에게 침식되면서 내가 누구인지조차 알 수 없는 지경에 빠져들 것 같았다.

조금 더 시간이 흐르고 나서 코마키가 마침내 입술을 뗐다. 나는 곧바로 고개를 돌리고 숨을 깊게 들이마셨다.

"저질! 원래 이렇게까지 하진 않잖아?!"

내 첫 키스는 막을 내렸다.

아마 앞으로 몇 명, 몇십 명에 달하는 상대와 키스를 하더라도 오늘 있었던 일은 아마 평생 잊지 못할 테지.

"이렇게까지 해. 와카바, 넌 나에게 존엄을 바쳤어. 네 존엄은 이미 없는 것이나 다름없으니 나에게 무슨 짓을 당하든 거부할 수 없고 거부할 권리도 없어. 알겠니?"

코마키가 두 다리로 내 목을 휘감았다. 이대로 목을 조른다 해도 전혀 이상하지 않았다. 코마키라면 그러고도 남을 애니까. 나는 등골에 식은땀이 맺히는 것을 느꼈다.

"이해력이 떨어지는 너로서는 이해하지 못하겠지만."

코마키 쪽을 보다가 눈이 마주쳤다. 밝은 갈색 눈동자였다. 그 안에서 가학적인 기운이 엿보였다.

"그럼 이렇게 하자. 앞으로 나랑 벌인 승부에서 네가 한 번이라도 이기면 네 존엄을 돌려줄게. 하지만 네가 질 때마다 너의 소중한 것을 하나씩 가져갈 거야. 어떻게 할래?"

어떻게, 할 것이냐니. 이미 그건 내 의사를 물어보는 것이 아니었다. 명령을 내리는 것이나 다름없었다. 애당초 나에게 거부할 권리는 없다. 만약 승부를 받아들이지 않으면 오늘처럼 코마키의 변덕에 따라 비슷한 짓을 또 당할 테지. 그렇다면, 이길 수밖에 없다.

나는 마치 바닥없는 늪에 두 발을 들인 듯한 착각을 순간적으로 느꼈다. 그것이 정말로 착각이었는지는 아마 그리 머지않은 시점에 알게 되지 않을까 싶었다.

나는 코마키를 째려보았다.

"알았어. 그렇게 하자."

코마키가 방긋 웃었다. 남들 눈에는 천사가 미소 짓는 모습으로 보이겠지만, 내 눈에는 사신이 미소 짓는 모습으로밖에 보이지 않았다.

"좋아. 난 솔직한 와카바를 좋아하거든."

코마키는 마치 괴롭힘을 가하듯 내 이름을 여러 차례 입에 담았다. 나는 그럴 때마다 코마키를 노려보았지만 별다른 효과는 없어 보였다.

애당초 좋아하기는 무슨. 다른 사람의 존엄을 빼앗아 놓고서 뭘 그렇게 잘났다는 듯이 구는 거야. 속이 부글부글 끓었지만 지금의 이 녀석에겐 무슨 말을 하든 소용이 없음은 잘 알고 있었다. 그것도 뼈저리게 말이다.

코마키는 내 말을 듣고 만족했는지 다리를 확 놓았다. 나는 그녀로부터 떨어져 바닥에 둔 가방을 들었다. 계속 여기에 있다간 더 호된 꼴을 당할지도 모른다.

나는 잰걸음으로 걸어가 교실 문에 손을 댔다.

"와카바."

뒤에서 목소리가 들렸다. 자기도 모르게 고개를 돌리자, 코마키는 싱글벙글한 표정을 지으며 나를 보고 있었다.

교실에 난 커다란 창문으로부터 비쳐 들어오는 꼭두서닛빛이 마치 코마키를 축복하듯 비추었다. 나는 숨을 죽였다. 마치 이 세상에 존재하지 않는 무언가를 상대한 것 같은, 묵직한 위압감에 가슴이 갑갑해졌다.

코마키는 사람이다. 인간이다. 나는 눈을 돌리고 싶었지만, 그랬다가는 왠지 진 것 같은 기분이 들어서 그녀를 지그시 쳐다보았다.

"좋아하지도 않는 상대와 나눈 첫 키스의 감촉은, 어땠어?"

또랑또랑한 목소리였다. 나는 귀를 막고 싶었다.

"완전 최악이었어. 내가 옛날 사람 같았으면 할복했을걸?"

"그런 것치고는 표정이 참 기분 좋아 보였는데. 한번 따라 해 줄까?"

내 허락은 받지도 않고서 코마키가 황홀한 표정을 지었다. 뺨은 붉게 달아올랐고 눈망울은 촉촉하게 젖어들었으며, 표정은 쾌락에 흐릿해졌다. 표정 연기가 제법이라는 생각이 아주 조금 들기는 했지만, 그 이상으로 나는 수치심과 분노에 얼굴이 달아오르는 것을 느꼈다.

"내가 언제 그런 표정을 지었다고 그래!"

"지었는걸? ……다음엔 발뺌하지 못하게 사진을 찍어 볼까?"

"다음은 없어."

나는 거칠게 문을 열었다. 상태가 좋지 않은 문이 덜컹거리는 소리를 냈다. 마치 삐걱거리는 내 마음속을 고스란히 표현한 것처럼 말이다.

"있어. 왜냐하면 넌 한 번도 날 이긴 적이 없으니까."

아무 말도 할 수 없었던 나는 잠자코 교실 밖으로 나갔다. 이대로 코마키를 뒤로하고 돌아갈 생각이었지만, 어느새 내 옆에 나란히 서 있던 그녀가 내 손을 잡았다.

쓸데없이 부드러운 그 감촉이, 불쾌했다.

"분하거든 날 이겨 봐. 어차피 못 하겠지만."

코마키는 마치 요정처럼 발걸음을 옮기며 나를 잡아끌었다. 우리 집과 그녀의 집은 가까운 편이기에, 나는 늘 혼자서 집에 가려고 했지만 어느 틈에 그녀와 함께 돌아가곤 했다.

고등학교를 졸업하거든 반드시 도쿄에 있는 대학으로 진학해서 코마키로부터 벗어나도록 하자.

나는 그렇게 새로이 다짐하고서 혀로 입술을 적셨다.

코마키의 감촉과 냄새가 아직도 조금, 아니, 제법 많이 남아 있었다. 나는 자기도 모르게 입술을 잘근 깨물었다.

# 1 저질 변태 소꿉친구

딱히 나는 패배주의자가 아니다. 코마키와 승부를 벌일 적에는 늘 진심이었고 지면 분했다.

특히나 중간고사 성적은 역대 최고점이었기에 이번에는 반드시 이길 줄 알았다. 그렇기에 그만큼 실망감도 컸다. 그와 동시에 존엄처럼 절대로 걸어서는 안 될 것을 걸어 버린 과거의 나 자신을 흠씬 패 버리고 싶은 기분이 들었다.

"……우메조노."

나는 잠옷 단추를 손으로 쥔 채 멈춰 섰다.

코마키는 내 침대 위에 아무런 거리낌 없이 걸터앉은 채 즐거운 기색으로 나를 바라보았다. 그 눈동자에는 호기심이나 가학심뿐만 아니라 나로서는 알 수 없는 감정이 떠올라 있었다. 나로서는 이해할 수 없겠구나 싶었다. 하지만 그 이상으로 수치심과 분노가 내 가슴을 가득 채우고 있었다.

코마키를 대하고 있으면 내 마음이 분노로 가득 차는 건 어느 때와 같았다.

하지만 중간고사에서 진 이후부터는 내 마음속에 수치심도 섞였다.

"얼른 갈아입어야지. 이러다 아침밥 다 식겠어."

밥, 이라는 표현이 살짝 귀여웠다. 하지만 이 녀석의 능글맞은 표정은 전혀 귀엽지 않았다. 오히려 밉살스러웠다. 객관적으로 봤을 때 얼굴은 분명 예쁘장하지만 짜증이 났다. 사람의 마음은 참으로 신기했다.

"우메조노, 네가 나가거든 갈아입을게."

나는 코마키를 우메조노라 불렀다. 그것은 약간의 항의를 담은 호칭이자 그녀를 향한 적개심의 표현이기도 했다.

"안 나가. ……자기 입장을 잘 모르는 것 같아서 말하는데, 지금의 너에겐 거부권도 인권도 없거든."

정말로 법치 국가에서 살아온 사람이 맞는지 의문이 드는 그 발언에 나는 눈을 부릅떴다. 헌법 조문을 한번 확인해 보는 게 어떨까 싶었지만, 코마키의 내면에 자리한 법률은 분명 헌법마저 아득히 뛰어넘는 존재일 테지.

"그게 싫으면 얼른 승부해. 할 마음이 없으면 쭉 이대로고."

그로부터 결국 사흘이 지났지만 나는 아직도 그녀에게 승부를 걸지 않았다.

딱히 포기하지는 않았다. 하지만 그녀는 성격을 제외하면 완벽한 초인 그 자체였기에 섣불리 승부를 걸어 봤자 패배할 게 불 보듯 뻔하다. 뭐, 그렇다고 해서 승부를 뒤로 미루면 오늘처럼 내 존엄이 박박 갈려 나갈 테지만.

같은 여자에게 옷 갈아입는 모습을 보인다고 딱히 부끄럽지는 않다. 하지만 그 상대가 코마키라면 얘기가 다르다.

이 녀석의 시선은 음흉하다. 성적인 의미가 아니라, 뭐랄까, 아무튼 간에 음흉하다. 악의 비슷한 것이 스며 나오는 시선을 받고 있으면 안절부절못하여 마음이 놓이지 않는다. 심지어 눈 하나 깜빡이지 않고 자신을 계속 뚫어져라 쳐다보는 사람이 있으면 비단 코마키가 아니라 하더라도 불편한 생각이 들 터.

내 몸은 미술관에 걸린 그림이 아니다. 본다고 딱히 좋을 것도 없으니 그만 좀 쳐다봤으면 싶은데.

"하아……."

나는 자그맣게 숨을 내쉬고 나서 옷을 마저 갈아입었다. 싫다고 생각하면 생각할수록 괜히 더 싫어진다. 이럴 땐 주위를 신경 쓰지 말고 평상심을 유지하면 마음이 자연스레 가라앉기 마련이다.

나는 콧노래를 부르며 단추를 풀어 나갔다.

"참 못 부르네."

"시끄러."

고개를 돌린 채 옷을 갈아입어도 코마키의 숨 쉬는 소리나 목소리가 어쩔 수 없이 귀에 들어왔다. 그래서 자꾸만 신경 쓰이는 바람에 괜히 더 부끄러웠다.

평상심, 평상심을 유지해야 한다.

"와카바, 넌 작단 말이지."

뭐가 작다는 거냐, 이 자식아. 그렇게 따지고 들고 싶은 마음은 굴뚝같았지만 지금 반응해 주면 지는 것 같아 마저 옷을 갈아입었다.

"중학생 시절부터 키가 그대로야. ……이쪽도 그렇고."

그녀의 미지근한 손이 내 등을 건드렸다. 아니, 등이라기보다는 브래지어 후크였다. 그대로 팔이 앞쪽으로 뻗어 오는 기척을 느낀 나는 몸을 홱 물렸다.

뭐야. 뭐냐고. 얼마 전에 키스하라는 말을 꺼낸 것도 그렇고, 코마키는 대체 나에게 무엇을 시키고 싶고, 또 무엇을 하고 싶을까.

나는 그녀를 노려본 채로 교복을 잽싸게 입고 문 쪽으로 물러났다.

"계속 그렇게 건방진 태도로 나오겠다면, 나한테도 다 생각이 있거든?"

무슨 생각이냐고 물어볼 마음은 없었다. 보나 마나 정상적인 생각과는 거리가 멀 게 뻔하니까. 나는 코마키를 싫어하며 코마키 또한 나를 싫어한다. 하지만 아무래도 함께 지낸 기간이 쓸데없이 길다 보니 그녀가 속으로 무슨 생각을 하고 있을지는 대강 짐작이 갔다. 그게 나쁜 쪽일수록 더더욱.

"정했어. 무엇으로 승부할지."

"응?"

조금씩 다가오던 코마키가 고개를 갸웃거렸다. 이 녀석은 나보다 키가 크다. 그 때문에 이렇게 정면으로 마주 보기만 해도 나는 스스로가 짓눌리는 듯한 느낌을 받았다.

모델 체형 같다고나 할까, 단순히 키가 클 뿐만 아니라 팔다리도 날씬하게 잘 뻗었다. 나 정도라면 그 팔다리로 꽉 끌어안고도 남을 것만 같았다. 그렇기에 나는 이 녀석을 견제하고자 이길 수 있을지 알 수 없는 승부를 제안했다.

"노래! 노래방 점수로 승부를 내는 거야. 점수가 높은 쪽이 이기는 걸로! 어때!"

나는 당당하게 가슴을 폈다. 코마키는 잠시 내 가슴 쪽으로 눈길을 주더니 코웃음을 쳤다. 야, 그거 무슨 뜻이야?

"좋아. 하지만 약속은 잊지 않았겠지? ……넌 한 번씩 질 때마다 나에게 소중한 걸 하나씩 바쳐야 해."

내 소중한 것을 하나씩은커녕 모조리 다 빼앗길지도 모른다. 하지만 승부에서 지면 결국 내 소중한 것을 조금씩 빼앗기고 만다. 물론 그렇다고 해서 이 녀석으로부터 도망이라도 쳤다간 학교라는 그 좁은 세상에서 내가 있을 곳은 영영 사라진다.

아무리 생각해 봐도 나는 독 안에 든 쥐 신세였다. 나는 이미 막다른 곳에 몰렸는지도 모른다. 하지만, 그래도.

마음을 약하게 먹으면 안 된다. 사람은 누구나 결점이 있기 마련이다. 나는 코마키가 음치일 가능성에 걸고 승부를 걸었다.

"그러는 너야말로 잊지는 않았겠지? 내가 이기면 내 존엄을 돌려받을 거라고!"

"물론이야. 이긴다면 말이지."

자랑은 아니지만 나는 노래를 잘 부른다. 코마키는 못 부른다고 했지만, 친구들과 노래방에 가면 90점은 거뜬히 따내는 편이다. 그렇기에 코마키를 상대로도 이길 수 있을 터.

……그렇게 생각했는데.

『100점, 퍼펙트입니다.』

첫 수만에 체크 메이트를 당한 기분이었다.

수업이 끝나고 우리는 약속대로 노래방으로 왔다. 일단은 솜씨를 보고자 코마키에게 선공을 양보했고, 코마키가 고른 곡은 요즘 유행하는 러브 송이었다. 생각보다 무난한 선곡이 아닌가 싶었는데, 코마키는 음정뿐만 아니라 음색까지 아티스트 뺨칠 수준으로 노래를 소화해 냈다.

그리고 그 결과가 바로 이것이었다.

100점. 100점이라니, 그 점수는 텔레비전에서 하는 노래 자랑 대회 말고는 본 적이 없었다. 적어도 지금까지 내가 딴 최고 점수는 98점이었고, 내 친구도 90점을 넘으면 좋게 나온 편이었다.

우물 안 개구리, 라는 말이 떠올랐다.

초조해진 나는 이마에 땀방울이 맺히는 것을 느꼈다. 나의 소중한 것을 이 이상 코마키에게 빼앗길 수는 없는 노릇이다.

"다음엔 뭘 불러 볼까?"

만점을 딴 주제에 아직도 노래를 더 부르고 싶은 모양이었다. 나는 그녀에게서 노래방 리모컨을 빼앗아 내 애창곡을 예약했다.

흘러나오는 멜로디에 맞춰 마이크를 쥐었다. 그 순간, 아무 감흥도 없어 보이는 코마키의 눈동자와 시선이 마주쳤다. 마치 길가에 죽어 있는 벌레라도 쳐다보는 듯한 눈빛이었다.

짜증 나.
"100점을 따지 못하면 지겠네?"
그녀는 그렇게 말하고는 방을 나섰다. 내 노래는 들을 가치조차 없다는 뜻일까. 괜히 더 속이 부글거렸다. 하지만 그러한 감정을 담아 부를 만한 노래가 아니었기에 나는 한 차례 심호흡을 했다.
나는 달달한 러브 송을 골랐다. 10년 전쯤에 유행한 곡으로, 당신과 만나서 다행이라는 가사가 거듭 등장한다. 진부하다면 진부한 표현일지도 모르겠지만, 나는 이 노래를 좋아한다. 곡조가 꾸밈없이 무척이나 달달하고 부드럽기에 풋풋한 느낌이 나는 노래다.
마침 방 안에는 나 혼자밖에 없겠다, 나는 감정을 담아 노래를 불렀다. 한순간 머릿속에서 코마키의 모습이 스쳐 지나갔지만 머리를 살짝 흔들어 쫓아냈다. 코마키와 만난 건 내 인생 최대의 오점이자 지우고 싶은 과거다.
코마키만 없었어도 나는 더 풍요로운 인생을 보냈겠지. 아마도.
『98.553점』
요란한 BGM과 함께 그런 글자가 화면에 표시되었다. 역대 최고 점수를 경신했다. 하지만 졌다.
넌 노래를 참 잘 부르네~. 친구들로부터 그런 칭찬을 받았던 기억이 머나먼 옛날 일처럼 느껴졌다. 다음 곡을 고르는 와중에 마치 타이밍을 자로 잰 것처럼 코마키가 방 안으로 돌아왔다.

그녀는 멜론 소다와 진한 갈색 액체가 담긴 컵을 손에 쥐고 있었다.

멜론 소다는 내가 좋아하는 음료수니까 보나 마나 코마키가 마시겠지. 속으로 그렇게 생각하는 와중에 녹색 액체가 가득 담긴 컵이 내 앞에 놓였다.

"마시지 그래?"

나는 눈을 끔뻑였다. 대체 무슨 속셈일까. 나는 경계했지만 어쨌거나 목이 마른 참이었기에 컵에 꽂힌 빨대로 한 모금 마셔 보았다.

이상한 맛은 나지 않았다. 마치 장난감처럼 인위적인 느낌의, 꼭 어린아이가 좋아할 만한 달달한 맛과, 멀리서 손을 흔드는 것처럼 아련히 풍기는 멜론의 향. 내가 좋아하는 싸구려 멜론 소다의 맛이었다.

"얼빠진 표정을 다 짓네?"

코마키는 황토색과 녹색과 붉은색과 까만색이 마구 뒤섞인 것처럼 기분 나쁜 색을 띤 음료수를 빨대로 홀짝이는 중이었다.

이 녀석 설마, 다 섞었나? 그건 초등학생에게만 허용되는 금지된 기술일 텐데.

"신경 끄셔. ……너 설마, 그 말이나 하려고 이걸로 고른 거야?"

녹색 액체가 기포를 톡톡 터뜨렸다.

점수 화면에서 나오는 요란한 BGM이 탄산 터지는 소리를 지워 나갔다.

"딱히? 네가 좋아하는 거잖아. 감사히 마시기나 해."

"……고마워."

내가 순순히 고맙다고 말했지만 코마키는 고개를 돌릴 따름이었다. 고맙다는 말을 듣는 게 정 마음에 들지 않으면 차라리 가지고 오지를 말든가, 그런 생각이 살짝 들었다. 하지만 시원한 멜론 소다를 마시다 보니 나답지 않게 고마운 기분이 들었다. 앞으로 어떤 심한 짓을 당할지 모르는 처지인데도 말이다.

"그게 그렇게나 맛있어?"

나는 멜론 소다를 입에 머금은 채 고개를 끄덕였다.

"흐~음?"

심드렁한 목소리가 들리는가 싶더니, 코마키의 얼굴이 내 코앞까지 닥쳐왔다. 아차 싶었을 땐 이미 입술을 빼앗긴 뒤였다.

쥬릅, 하는 소리가 났다. 뇌수까지 울리는 듯한 그 소리가 거슬려서 나는 인상을 찌푸렸다.

코마키가 혀로 내 입술을 벌리자, 입에 머금고 있던 멜론 소다가 새어 나왔다. 코마키는 자그맣게 꼴깍 소리를 내며 그것을 삼키고는 끝으로 내 혀끝을 살짝 빨았다. 너무나도 갑작스럽게 일어난 일에 새하얘졌던 머릿속이 다시 정상으로 돌아오자 나는 그녀의 뺨을 밀쳤다.

"변태."

"승부에 진 쪽이 누구였더라?"

으극, 뭐라 할 말이 없었다.

"……됐어. 그래서, 맛은 있었고?"

이왕 내 입술을 빼앗았다면 하다못해 맛있었다고 말해. 그러한 뜻을 담은 눈빛으로 쳐다보았지만 정작 그녀는 신경도 쓰지 않는 기색이었다.

"아니, 전혀. 미지근했어."

"그럼 이거나 좀 마셔 봐. 멜론 소다를 무시하는 건 참을 수 없거든?"

나는 컵을 코마키 쪽으로 내밀었다.

"이제 됐어. 난 이게 있으니까."

그녀는 먹물과 흙탕물의 중간쯤 되는 색을 띤 액체가 든 컵을 찰랑이며 말했다.

"이것저것 섞은 것 맞지? 그걸 대체 무슨 맛으로 먹어? 네가 무슨 초등학생이야?"

코마키와 같이 드링크 바를 이용해 본 적은 없었기에 그녀의 이런 모습은 처음 보았다. 팬클럽 회원이라면 환장할지도 모르겠지만, 나이를 15살이나 먹고서 이런 짓을 하는 코마키의 모습에 나는 살짝 정이 떨어졌다.

"섞었지. 콜라나 우롱차 등등. 맛은 없지만 이런 걸 좋아하거든."

코마키가 조용한 말투로 그렇게 말했다. 옯은 입술이 자아내는 그 말을 듣고 있으니 상쾌한 기분이 들었다. 그 때문에 속이 부글부글 끓었다.

이 세상의 종말을 표현한 듯한 음료수나 마시는 주제에.

얼굴 조금 예쁘장하다고. 목소리 조금 아름답다고. 노래 조금 부른다고. ……사실 조금이라 할 수 없는 수준이긴 하지만.

"그 자체로 완전한 것일지라도 섞으면 맛이 없지. 난 그게 좋아."

취향 참 별나네. 그 자체로 완전한 것은 그대로 맛보아야 당연히 최고일 텐데. 하지만 이 녀석이 왜 그런 말을 입에 담았는지도 나름대로 짐작은 갔다.

어쩌면 완벽한 자기 자신과 동일시하고 있을지도 모른다.

그녀는 뭘 하든 완벽하다. 그렇기에 항상 남들을 깔보고 있으며, 평범한 주제에 자신에게 대드는 나를 탐탁지 않게 여기고 있다. 하지만 어쩌면 그녀는 완벽하지 않은 상태의 자기 자신을 바라는 것이 아닐까, 그런 생각이 들었다.

마치 그녀가 지금 마시는 정체불명의 액체처럼 원래 색이 무엇이었는지도 알 수 없고 맛도 엉망진창이 된, 그런 상태를 말이다.

왠지 모르게 그냥 짜증이 났다. 나는 그녀에게서 컵을 빼앗아 빨대에 입을 댔다.

"맛…… 없어."

쓰고 달달하며 이상한 냄새가 났다. 이런 것이 되기를 바란다니, 일반인으로서는 이해하기 힘든 감성이었다.

하지만 그런 맛없는 액체를 함께 마시거나, 맛없다고 얘기하는 것 정도는 나라도 할 수 있다. 그녀가 마음속에 품은 감정을 부정하고 또 부정한다. 그렇게 함으로써.

그렇게 함으로써 이 녀석을 완벽하고 완전한 상태에서 끌어내리고 싶었다.

"이런 걸 마셨다간 병 걸리겠어. 정 섞어 마시고 싶거든 오렌지 주스나 칼피스를 섞으면 되잖아."

자신이 완벽한 사람이라는 이 녀석의 사고방식을 가장 먼저 부정해주고 싶었다. 아마도 그것은 내가 지금껏 인생을 살아오며 한 것 중에서 가장 어려운 일일 테지만.

"그럼 맛없지 않잖아."

"맛없는 걸 좋아해?"

"맛있는 게 맛없는 것으로 바뀌는 걸 좋아해. ……너로선 이해하지 못하겠지만."

"응, 모르겠어."

설령 완벽으로부터 벗어나려고 한들, 굳이 맛없게 만들 필요는 없지 않을까 싶었다. 오렌지 주스와 칼피스의 경우처럼 맛있는 조합법도 있고.

섞은 것은 이제 더 이상 하나의 제품으로서 완벽했던 오렌지 주스도 칼피스도 아니다. 하지만 그래도, 맛있으면 그걸로 충분할 터.

섞었는데 맛이 없으면 원래 가졌던 가치를 모조리 다 부정당하고 만다. 그건 조금 아니라는 생각이 들었다.

"나로서는 널 이해하지 못하겠어. 별로 마음에 들지도 않고."

나는 답답한 마음을 품은 채 그런 말을 입에 담고는 노래방 리모컨으로 새로운 곡을 예약했다. 곧바로 멜로디가 흘러나오기 시작했다. 이번에는 코마키가 방 밖으로 나가지 않았다. 그 대신에 마이크를 손에 쥐고 전원을 켰다.

나다운 내 목소리에, 마치 가수 본인이 등판한 것 같은 완벽한 목소리가 겹쳐졌다. 코마키도 이 노래를 잘 알고 있구나. 딱히 요즘 유행하는 노래도 아닌데 말이다. ……하지만.

아무리 노래를 잘 부른다 하더라도 초짜인 나와, 프로 뺨칠 수준의 그녀가 함께 부르는 노래다. 마치 잘못 채운 단추와 같은 불협화음이 방 안에 울려 퍼졌다.

코마키의 컵이 눈에 들어왔다. 지금의 우리는 저 컵에 든 음료수와 마찬가지였다. 하지만 코마키는 나에게 맞춰 줄 생각이 없었고, 나 또한 코마키에게 맞춰 줄 생각이 없었다. 그렇기에 우리는 필연적으로 부딪쳤고 조화를 잃었으며 정체 모를 색으로 변해갔다.

누군가가 지금의 우리를 보았다면 분명 저 음료수를 마셨을 적의 나와 똑같은 표정을 지어 보이지 않을까 싶었다.

『82점. 음정을 조금만 더 신경 써 보지 않을래?』

나도 코마키도 혼자서 불렀다면 절대로 나오지 않을 점수가 표시되었다.

나는 찜찜한 기분도 환기시킬 겸 웃음을 지어 볼까 싶었지만, 코마키가 멍하니 점수를 바라보는 모습을 보고는 관두었다.

"참 못 부르네."

나는 마이크를 내려놓고 그렇게 중얼거렸다. 코마키는 아무 말도 하지 않았다.

"이번엔 나 혼자서 부를 테니 잘 들어 봐."

나는 코마키가 대답하거나 말거나 노래를 부르기 시작했다.

그녀가 참견하는 기색은 없었지만, 아무래도 조금 전의 듀엣에서 컨디션이 나빠졌는지 그 이후로는 단 한 번도 90점을 넘지 못했다.

뭐, 무슨 핑계를 대든 간에 승부에서 졌다는 사실은 변함없지만.

★

나와 코마키가 승부를 벌인 역사는 대략 12년 전까지 거슬러 올라간다. 너무나도 사랑스러운 데다, 달리기든 놀이든 뭐든 다 잘하는 코마키가 마음에 들지 않았던 저는 그 애에게 승부를 걸었습니다. 끝.

그리고 그 이후로 패배를 거듭하여 오늘에 이르렀다.

소꿉친구라는 말에는 풋풋한 사랑이라도 시작될 것 같은, 왠지 모를 멋진 어감이 느껴진다. 하지만 당연하게도 실제로는 사랑이고 나발이고 없다. 나와 코마키는 서로 좋아하기는커녕 서로 싫어하는 사이인 데다, 늘 불꽃을 튀기고 있다.

아니, 그냥 내가 일방적으로 불꽃을 튀기고 있을 뿐일지도 모르겠지만.

"미안해, 많이 기다렸어?"

파릇파릇한 커플 사이에서나 오갈 법한 대사였다. 나는 온몸에 소름이 쫙 돋았다. 툭 까놓고 말해서 기분 나빴다. 코마키도 그 점을 잘 알고 있을 테지만 싱긋 웃고만 있었다. 아니, 싱긋 웃는다기보다는 실실 웃고 있었다.

"그래, 10분 동안 기다렸다고. 날씨도 더운데 최악이야."

기다렸다는 말은 사실이다. 나는 약속 시간에 늦는 것을 싫어한다. 기다리는 사람은 상대방이 오는지 알 수 없어 불안감을 느끼거나 지루함을 느끼기 마련이다. 약속 상대가 그러한 감정을 맛보도록 만드는 건 참을 수 없는 일이기에 나는 늘 약속 시간보다 일찍 오곤 했다.

설령 상대가 코마키라 할지라도 그 점은 변함없었다. 나는 이 녀석이 싫지만, 그렇다고 해서 내가 일부러 이 녀석을 불쾌하게 만들 마음은 추호도 없다.

물론 내가 말을 심하게 할 때도 있고, 승부를 통해 이 녀석의 코를 납작하게 만들고 싶다는 마음도 있다. 하지만 나 자신이 중요하게 여기는 선을 벗어나면서까지 그녀를 불쾌하게 만드는 건 잘못이 아닐까 싶었다.

요컨대 내 나름대로의 고집이 있다는 얘기다. 어차피 코마키라면 좀 기다렸다고 불쾌함을 느낄 만큼 예민한 성격도 아닐 것 같고.

"거참, 안됐네."

그녀는 웃으며 내 이마를 손수건으로 닦았다. 그 손길은 의외로 부드러웠다.

그래서 난 괜히 더 기분이 나빴지만.

"그럼, 갈까?"

그녀는 그렇게 말하더니 나랑 팔짱을 꼈다. 솔직히 섬뜩했다.

무섭기도 했다. 하지만 이건 일종의 벌칙 게임이나 다름없으니 나로 하여금 그런 기분이 들도록 만드는 것이 목적이겠지.

어쩌다 일이 이렇게 이 지경이 되었을까, 저번에 노래방 승부에서 졌기 때문이다.

그러고 나서 이 녀석은 대뜸 첫 데이트를 자기한테 바치라는 말을 꺼냈다. 분명 첫 데이트 또한 내가 소중히 여기고자 하는 것들 중 하나다. 처음으로 사귄 남친과 꽁냥거리며 알콩달콩한 데이트를 즐기다가, 분위기 봐서 헤어질 때쯤 키스까지? 지금껏 여러 차례 떠올렸던 나의 그 망상은 이제 정말 망상으로 끝났다.

"어디 가려고?"

"우리 와카바 짱이 좋아할 만한 곳."

코마키가 달콤한 목소리로 그렇게 말했다. 재수 없어.

"……."

"데이트라고 했잖아. 좀 더 즐거운 표정 좀 짓지 그래?"

그녀는 언제 그랬냐는 듯이 다시 원래 목소리로 말했다. 아까 그 가식적인 목소리보다는 훨씬 나은 것 같았다. 남쪽 지방의 바다처럼 맑고 투명하면서도 왠지 모르게 메마른 듯한 목소리였다. 나는 그게 싫으면서도, 좋았다.

"만약 내가 싫다고 하면 존엄 어쩌고저쩌고 할 거잖아. 다 안다고. ……코~마키! 내가 좋아할 만한 곳은 과연 어디일까~?"

나는 허세를 부렸다. 뺨에서 쥐가 나려는 것을 애써 참아 가며 활짝 웃어 보인 뒤, 팔짱을 낀 팔에 힘을 주었다. 코마키는 그런 나를 무표정으로 쳐다보았다.

"……왜?"

"방금 코마키라고 그랬어."

코마키는 나를 지그시 쳐다보았다. 머리색과 마찬가지로 갈색을 띤 그 눈동자가 나를 아련히 비추었다.

"날 그렇게 부른 것도 참 오랜만이야."

하긴, 그렇게 부른 것도 2년 만일지 모르겠다. 중학교 2학년 시절에 내가 코마키를 결정적으로 싫어하게 된 사건이 일어났었고, 그 이후로 나는 이 녀석을 줄곧 우메조노라고 불렀다.

한때는 얼굴조차 보기 싫을 만큼 원망했었다. 하지만 시간이 지남에 따라 원망에 가까운 그 감정은 차차 흐릿해져 갔고, 옛날에 그랬던 것처럼 그저 마음에 안 드는 수준으로 돌아왔다.

그게 좋은 일인지 안 좋은 일인지는 모르겠다. 하지만 그 사건을 거치고 나서 나는 그녀뿐만 아니라 나 자신마저 살짝 싫어하게 되었다.

"데이트 중인데 성으로 부르는 건 이상하잖아. 그게 다라고."

"……서로를 성으로 부르는 커플도 얼마든지 있지 않을까 싶은데."

"그럼 그렇게 부르든가. 자, 요시자와라고 불러 봐."

"와카바."

그녀가 내 말을 곧이곧대로 들을 리 없다는 사실은 알고 있었다. 그렇기에 나는 더 이상 아무 말도 하지 않았다.

코마키의 손에 이끌려 걸음을 내디뎠다. 이 녀석은 자기보다 아래에 있는 존재와 보폭을 맞춰서 걷지 않기에 내가 살짝 빨리 걸어야 했다.

그렇게 한동안 걷고 있으니 서로 간의 키 차이를 뼈저리게 느낄 수 있었다.

옛날엔 나보다 키도 작았는데, 어느 순간부터 나를 훌쩍 넘어섰다. 우리 사이도 예전과는 달라져서 지금은 서로 존엄을 빼앗는 사이가 되었다. 그것은 분명 안 좋은 일이다.

대체 뭘까, 싶었다.

등을 쭉 편 채 앞을 향해 당당하게 걸음을 옮기는, 나보다 훌쩍 자란 이 녀석을 보고 있으니 살짝, 아주 살짝 다행이라는 생각이 든 이유가 말이다. 그것은, 내가 옛날에 있었던 일을 아직도 신경 쓰고 있기 때문일까.

벌써 10년도 더 지난 일인데.

머릿속에서 코마키의 어린 시절 모습이 한순간 반짝였다.

"여기야."

코마키가 어느 시설 앞에서 멈춰 섰다. 우리는 쇼핑몰에서 만난 다음, 쇼핑몰 안을 지나 여기까지 왔다.

왁자지껄 시끄럽고 쓸데없이 화려한 기계만 잔뜩 늘어선 그 시설은 누가 봐도 오락실이었다.

"음……."

딱히 싫지는 않다. 즐거운 감정만 가득 담아 지퍼 백으로 진공 보관한 듯한 이 공간은 분명 내가 좋아하는 장소라 할 수 있다. 하지만 내가 더 좋아하는 장소는 따로 있다. 코마키는 왜 이곳을 내가 좋아하는 곳이라고 여겼을까.

괴롭힘은, 아니겠지. 정말로 괴롭힐 작정이었다면 이 녀석은 더 최악의 수단을 취했을 테니까. 나는 그러한 사실을 뼈저리게 잘 알고 있다.

그렇다면 그녀는 정말로 내가 이곳을 좋아한다고 생각해서 데려왔다는 말인데. 하지만…….

"대체 왜?"

대체 왜 여기로?

그 의문을 입에 담자, 코마키는 웃었다.

마치 천사와도 같은 웃음이었다. 그 표정을 무너뜨리고 싶은 마음은 적개심에서 비롯되었을까, 아니면.

"너, 반 애들이랑 자주 오잖아. ……옛날엔 나하고도 자주 왔었고."

우리는 서로 반도 다른데 코마키는 그 사실을 대체 어떻게 알고 있을까. 하지만 그런 의문보다도 옛날에 자주 같이 왔다는 사실을 기억하고 있다는 사실이 더 놀라웠다.

"그건 우리가 초등학교 저학년이었던 시절의 얘기잖아. 용케 다 기억하고 있었네?"

"난 머리가 좋잖니. 너랑은 달리."

"마지막 말은 빼."

나를 바보 취급하는 말을 꼭 한마디 덧붙여야 직성이 풀리는 병이라도 걸렸을까. 나는 자그맣게 한숨을 내쉬었다.

내 한숨 소리는 오락실에서 나는 요란한 소리에 묻혀 사라졌다. 대체 뭘까, 싶은 생각이 살짝 들었다.

"그건 그렇고 수업 끝나고 오락실에서 실컷 즐겼을 정도면 꽤 호화로운 어린 시절을 보냈네."

나는 코마키와 팔짱을 풀고 뽑기 기계 쪽으로 걸어갔다. 이곳은 초등학교 시절에 자주 들르곤 했었다. 고학년이 된 뒤로는 다른 쪽으로 즐길 거리가 많았기에 자연스레 발길이 뜸해졌지만.

그때와 별반 차이가 없었다. 전체적인 배치는 조금 변했는지도 모르지만, 분위기나 바닥에 묻은 자국은 그때 그대로였다.

옛날에는 코마키와 둘이서 자주 이렇게 어깨를 나란히 하며 뽑기 기계를 즐기곤 했었는데.

과거 그녀와 함께 뽑은 몇몇 인형은 아직도 내 방에 한 자리를 차지하고 있다. 아마 코마키는 옛날 옛적에 버렸을 테지만.

"친구랑 자주 가는 곳은 크레인의 힘이 약했거든. 그게 랜덤으로 정해졌던가? 여긴 어땠더라."

나는 100엔을 넣고 크레인을 움직였다. 반짝반짝 빛을 내뿜으며 힘내라는 둥 어쩌라는 둥, 그런 음성이 흘러나왔다. 너무나도 싸구려 티가 나는 그 음성에 나도 모르게 웃음이 나왔다.

뭔지도 모르는 캐릭터를 크레인으로 붙잡았지만, 살짝 건드리기만 했을 뿐 좀처럼 들어 올리지를 못했다. 내가 악전고투를 벌이는 모습을 코마키는 즐거운 기색으로 바라보았다.

역시나 성격이 못됐다니까.

"우메조노, 그러는 너는? 요즘도 오락실 오곤 해?"

코마키는 나에게 어깨를 기대더니 자기가 버튼을 차지했다. 크레인이 할퀴는 동작으로 인형을 움직이고는 구멍으로 뚝 떨어뜨렸다.

"글쎄? 어느 쪽일 것 같아?"

코마키는 마치 공처럼 인형을 던져 올렸다가 받기를 거듭했다. 그 모습을 차마 두고 볼 수 없었던 나는 코마키로부터 인형을 홱 낚아챘다.

"어느 쪽이든 내 알 바 아니지만, 불쌍하니까 그러지 마."

"인형이 불쌍하다고? 너, 바보야?"

"네 맘대로 생각해."

나는 어디서 본 것 같기도 하고 아닌 것 같기도 한 그 뭔지도 모르는 인형 캐릭터를 어루만졌다. 그런다고 인형이 나에게 미소를 짓지는 않겠지만, 나는 자그마한 만족감을 느꼈다.

"……있잖아."

코마키는 양손에 살짝 깍지를 끼고 있었다. 기분이 언짢을 때 취하는 동작이었다. 왜 그러나 싶던 차에, 코마키가 갑자기 내 팔을 붙잡고는 자기 쪽으로 끌어당겼다. 또 그러는구나 싶어서 반사적으로 고개를 옆으로 돌렸지만, 코마키는 그에 맞춰 내 입술에다 키스했다.

오락실에서 나는 요란한 소리가 까마득해졌다.

코마키의 열기와 냄새, 감촉이 온몸을 감싸듯이 덮쳐들었다. 하마터면 숨 쉬는 법을 잊을 뻔했다. 요즘 들어 나한테 매일같이 키스를 하곤 하는데, 나의 존엄에 흠집을 내기에는 역시나 이것이 가장 좋은 방법임을 잘 알고 있기 때문일까.

원래 키스는 좋아하는 사람과 해야 마땅하다. 예전에 코마키와 그런 얘기를 나눈 것 같은데.

대체 어쩌다 그런 얘기가 나왔는지는 기억이 잘 나지 않았다. 나처럼 미친한 것과는 달리 머리가 좋은 코마키 님께서는 지금도 잘 기억하고 계실지도 모르지만.

"매번 똑같은 패턴이잖아."

나는 최소한이나마 저항할 요량으로 그렇게 말했다. 키가 큰 코마키가 일부러 내 키 높이에 맞춰 몸을 숙여 키스하는 그 모습은 살짝 우스꽝스럽고 어색했다.

앞으로 키가 더 커져서 지금보다 키스하기 더 힘들어졌으면 좋겠다 싶었다.

내가 킥킥 웃는 모습에 코마키는 기분이 언짢아졌는지 내 블라우스를 벗기려 들었다.

"야, 좀……."

"그럼, 이참에 두 번째 패턴을 보여 줄까?"

이 백주 대낮에 밖에서 당당하게 남의 옷을 벗기려 들다니, 제정신이 아니다. 인적이 뜸하거나 CCTV가 없는 곳이라면 또 모를까, 뽑기 기계에는 CCTV가 달려 있다. 이대로 가다가는 경찰서에 잡혀갈지도 모른다. 그 정도는 코마키도 잘 알 테지만 멈출 기미가 보이지 않았다.

배꼽이 드러나며 살짝 싸늘함을 느끼던 찰나, 코마키의 손길이 위로 올라오기 시작했다.

나는 소리쳤다.

"나랑! 승부를 벌이자!"

코마키의 움직임이 뚝 멈추었다. 처음부터 내가 이런 말을 하게 만들 심산이었겠지. 감쪽같이 넘어간 나는 해서는 안 될 말을 입에 담고 말았다.

"뭘로?"

"음…… 그게……."

나는 주위를 둘러보았다. 뽑기 기계로는 이기지 못할 게 뻔했다. 메달 게임도 어렵겠지. 레이스 게임, 에어 하키, 이걸로는 도저히 상대가 안 된다.

그렇게 절망에 빠지려던 찰나, 생소한 게임이 눈에 들어왔다.

"저거!"

"……마작?"

내가 손가락으로 잽싸게 가리킨 것은 옛날 티가 팍팍 나는 마작 게임이었다. 일대일로 맞붙는 게임은 아니지만 지금은 아무래도 좋았다. 규칙은 잘 모르지만 우리 아빠가 저번에 친구들과 같이 놀면서 '마작은 운이 90퍼센트!' 라고 외친 말을 들은 적이 있었다.

그때 우리 아빠는 꼴찌를 기록했다. 하지만 나도 운이라면 승산이 있을 것 같았다.

"한 번씩 게임을 플레이하고 나서 점수가 더 높은 쪽이 이기는 거야! 어때?"

"좋아."

마작 규칙은 코마키도 잘 모르겠지. 이번에야말로 꼭 이겨서 코마키가 더 이상 제멋대로 굴지 못하게 막아야 한다.

이대로 계속 존엄을 빼앗긴 상태가 지속된다면, 나는 언젠가 경찰서 신세를 져야 할지도 모른다.

역시나 그러면 곤란하다.

나는 숨을 내쉬며 마작 게임을 플레이하기 시작했다.

내가 생각해 봐도 나는 마작에 재능이 있지 않을까 싶었다. 나는 연속해서 화료하며 점수를 땄다. 반장전이 끝날 때까지 딴 점수는 총 18000점. 기본 점수와 합하면 43000점이다. 이쯤 되면 내가 이겼다고 봐도 무방하지 않을까.

"자, 이번엔 네 차례야."

나는 의기양양하게 자리를 양보했다. 그녀는 동전을 넣고 게임을 시작했다. 이제 어떻게 될지 바라보는 와중에 화면이 바뀌었다.

『*쯔모. 천화, 대삼원, 스안커.』

삐용삐용 소리가 나면서 CPU의 점수가 확 빠져 나갔다. 순식간에 마이너스가 되는가 싶더니 코마키의 점수가 10만을 넘어섰다.

아니, 아니.

아니, 아니, 아니.

이게 바로 하늘로부터 사랑받는 여자의 저력이라고? 나로서는 엄두도 내기 힘들다고나 할까, 지금 당장 집에 가고픈 심정이었다.

코마키는 자리에서 일어나 씨익 웃었다.

---

* 마작에서 처음에 패를 분배받자마자 최고로 까다로운 조건의 역(모양)을 여럿 완성해서 이긴 것.

"끝났어."

나는 쓴웃음조차 짓지 못했다. 게임 시작과 동시에 역을 완성하며 화료했다는 사실은 알 수 있었다. 아니, 근데 이 점수가 맞아? 버그 난 거 아니야?

"이 게임기, 고장 난 거 아니야?"

"아니야. 와카바, 혹시 역 잘 몰라?"

오히려 코마키는 잘 아는 기색이었다. 하긴, 코마키라면 알고 있을 만도 하겠지.

"또 하나, 가져갈게?"

코마키는 순진무구한 웃음을 짓고 있었다. 코마키가 내 목에 목걸이를 채우고는 개처럼 행동하라고 시킬 날도 머지않았는지 모른다. 나는 뺨이 굳어지는 것을 느꼈다.

차라리 3학년이 될 때까지 도망만 치다가 그대로 대학에 입학함과 동시에 이 녀석 앞에서 자취를 감추면 모든 게 해결되지 않을까.

순간적으로 그런 생각이 들었지만, 아마 그건 힘들지 않을까 싶었다. 그런 식으로 도망쳤다간 코마키가 반드시 쫓아올 테니까 말이다. 우리 부모님은 코마키를 마음에 들어 하기 때문에 어느 학교로 진학했는지 알려 줄 게 뻔하다.

그렇다면 졸업하더라도 도망치기란 힘들지 않을까.

중학교 시절에도 나는 그녀와 다른 고등학교로 진학하기 위해 집에서 조금 멀리 떨어진 학교를 택했다. 그런데 입학식 당일에 코마키는 나와 똑같은 교복을 입고 역 승강장에 서 있었다. 그때 받았던 충격과 전율은 잊으려야 잊을 수 없었다.

아마도 내가 이길 때까지는 끝나지 않겠지. 코마키로부터 도망치기 위해서는 코마키에게 이길 수밖에 없다.

운도 좋고 뭐든 다 할 수 있는 이 녀석에게 이길 수 있는 방법이라. 지금의 나로서는 알 길이 없었다.

"뭐, 지금 당장 가져갈 마음은 없지만. 자, 하던 데이트나 마저 하자."

이런 기분으로 무슨 데이트를 하란 말이야. 속으로는 그런 생각이 들었지만 그걸 입 밖으로 내지는 못했다. 나로서는 코마키가 내민 손을 아무 말 없이 붙잡을 뿐이었다.

"슬슬 배도 고프고 하니, 뭐라도 먹자."

나는 근처 벽에 설치된 시계를 흘끗 확인했다. 시간은 오전 11시 반. 점심을 먹기에는 아직 이른 시간이었지만, 아침을 걸렀기에 마침 배가 고프던 참이었다.

코마키도 아침을 걸렀나 본데.

내가 속으로 그런 생각을 하는 동안 그녀가 내 손을 잡아끌었다.

코마키가 고른 곳은 쇼핑몰 내부에 자리한 프랜차이즈 이탈리안 레스토랑이었다. 그녀는 토마토 파스타를 주문했고, 나는 까르보나라를 주문했다. 추가로 같이 먹을 피자도 한 판 주문했다.

노래방 때와 마찬가지로 2인분의 드링크 바도 이용하기로 했다. 우리는 같이 음료수를 가지러 갔다. 이럴 경우에는 어느 한 쪽이 짐을 보고 있어야 하지 않을까 싶지만, 어쨌거나 코마키가 내 손을 잡아끌면 나는 이에 순순히 따를 뿐이었다.

나는 백포도 주스와 칼피스를 섞은 것을 컵에 따르고 그녀에게 건넸다. 인상을 찌푸리는 걸 무시하고 내 컵에 멜론 소다를 따른다.

"정 마음에 안 들면 굳이 안 마셔도 돼."

나는 봉투에서 빨대를 꺼내 그녀의 컵에다 넣었다. 섞으면 맛이 없으니까 좋아한다는 그 사고방식은 들었던 그 순간부터 계속 부정하고 싶었다.

나는 더 이상 아무 말도 하지 않고 자리로 돌아갔다. 뒤에서 천천히 그녀가 나를 따라왔다. 그 손은 내가 따른 것이 든 컵을 쥐고 있었다.

나는 턱을 괴고서 멜론 소다를 마셨다.

버리지 않고 가지고 왔음에도 그녀는 그것을 마시려 하지 않았다. 나에게 거부감이 들어서 그러는가 싶었지만, 구태여 물어보지는 않았다.

이윽고 가게 종업원이 음식을 가지고 왔다. 나는 두 손을 모으고 '잘 먹겠습니다.' 라고 말하며 파스타를 먹기 시작했다.

"……으엑."

바로 그때였다. 이상한 목소리가 들려왔다. 무심코 정면 쪽을 쳐다보자 코마키가 살짝 울 것 같은 표정을 짓고 있었다. 포크가 파스타에 푹 박혀 있었다.

나는 그것만 보고도 무슨 상황인지 얼추 짐작이 갔다. 그런 나 자신이 살짝 싫었다.

"……이거, 먹지 그래?"

나는 까르보나라를 그녀 쪽으로 내밀었다. 그러고는 허락도 구하지 않고서 그녀의 토마토 파스타를 빼앗아 먹어 보았다. 혀가 살짝 얼얼했다. 아무래도 고추가 들어가는 타입의 파스타였던 모양이다.

하아, 나는 한숨을 내쉬고 나서 종업원을 불러 새 포크를 받았다.

나는 내가 쓴 포크를 새 포크로 교환한 다음, 그녀에게 먹으라고 재촉했다. 코마키는 새 포크를 미묘한 표정으로 쳐다보았다.

"데이트 중에 음식을 입에 대지 않는 사람은 아마 아무도 없겠지?"

나는 혼잣말을 하듯 말했다. 피자를 자르고 자연스럽게 그녀 쪽으로 접시를 내밀었다.

나는 분명 코마키를 싫어할 텐데도 왜 이런 짓을 하는 걸까. 내가 생각해 봐도 어처구니가 없었다.

그렇지만, 나는 코마키를 무진장 싫어하기는 해도 딱히 괴로워하는 모습을 보고 싶지는 않았다. 웃는 모습만 봐도 속에서 천불이 나는 경우도 많고, 보기도 싫었다. 하지만 우는 모습은 더더욱 보기 싫었다.

왜 그런지는 역시나 알 수 없었다. 나는 내 옆에 앉은 인형을 쓰다듬으며 파스타를 돌돌 말았다.

"돌려줘."

코마키가 그렇게 말하며 내 접시를 빼앗으려 들었다. 나는 테이블 위에 놓여 있던 매콤한 올리브유를 파스타에다 듬뿍 뿌렸다. 그러자 그녀의 손이 살짝 움찔 떨리더니 움츠러들었다.

"돌려줄까?"

그녀는 눈썹을 곤두세우며 나를 째려보았다.

"필요 없어."

"좋아. 까르보나라는 맛있으니까 어서 먹기나 해."

그녀는 살짝 머뭇거리는 기색을 보이고 나서 능숙하게 까르보나라를 포크로 돌돌 말아 먹기 시작했다. 맛있다고는 하지 않았지만, 눈썹이 살짝 움직이는 것으로 보았을 때 본인 입에 맞는 모양이었다.

그 작은 입을 우물거리며 식사를 하는 그녀의 모습은 꼭 인형처럼 귀여웠다. 사진으로 찍어 남기면 아마 우리 반 남자애들이 환장하겠지. 하지만 그녀의 얼굴이 예쁘장한 건 너무나 당연한 사실이기에 굳이 사진까지 찍을 정도는 아니다.

이왕이면 좀 더 못생긴 표정을 지을 때 찍으면 좋겠지. 그게 더 사람답지 않을까 싶었다.

"나한테 점수 좀 따려고? 하지만 네가 아무리 그래 봤자 난 관둘 생각 없는걸?"

코마키가 영문 모를 소리를 했다. 정말로 한순간 무슨 말인지 몰라 벙쪘다. 하지만 이 녀석이 무슨 의도로 그런 소리를 했는지는 조금만 생각해 보니 알 수 있었다.

"코마키 짱을 배려하며 호감도를 올리자? 설마 내가 미쳤다고 그러겠어?"

이건 그냥 순전히 습관이라고나 할까, 무의식의 영역이었다. 내 마음속 깊은 부분이 코마키가 슬픈 표정을 짓게 하지 말라고 외쳤다.

나는 온갖 짓거리를 당하며 갖은 고초를 겪는 중인데. 설마 내 마음마저 나를 배신할 줄이야.

어쩌면 그건 코마키의 마음속 외침이 아닐까 싶기도 했다. 마치 기생충이 숙주를 조종하는 것처럼, 내 마음의 중심은 이미 코마키에게 빼앗긴 채 코마키를 위해 행동하고 있지 않을까. 뭐, 내 과한 생각이겠지만.

"착각이 너무 과한 거 아니야? 우메조노."

나는 파스타를 먹었다. 코마키의 고집을 꺾고자 올리브유를 듬뿍 끼얹었던 바람에 파스타는 말도 안 될 만큼 맵고 기름으로 떡이 진 상태였다.

그렇지만 아직 맛있게 먹을 수준이었기에 좋게 생각하고 넘어갔다. 혀가 얼얼했지만, 나는 애써 내색하지 않으려고 파스타 면을 씹고 또 씹었다.

매운 음식 많이 먹기나 빨리 먹기로 승부를 걸면 아마도 손쉽게 그녀를 이길 수 있겠지. 하지만 그건 아무 의미가 없다. 이겼다고 할 수 없다. 설령 승부에서 이긴다 한들, 진정으로 이겼다고 볼 수 없다.

매운 음식을 못 먹는 것이 그녀의 몇 안 되는 결점 중 하나다. 하지만 그 점을 파고드는 것은 공정하지 않다고 본다.

나에겐 그러한 나만의 기준이 여럿 있다. 쓸데없는 고집이라고도 할 수 있지만, 나에겐 중요한 부분이다. 정정당당하게 공정한 승부를 걸어 그녀를 보란 듯이 꺾고 싶었다.

그러고 나서 나는 이 녀석을 내려다보면서 이렇게 말할 생각이다.

코마키…… 우메조노, 본인 생각과는 달리 넌 완벽하지 않다고 말이다.

"그거, 먹여 줘."

어느새 까르보나라를 뚝딱 먹어 치운 코마키가 내 접시를 손가락으로 가리키며 그렇게 말했다. 기름 때문에 누렇게 된 토마토소스는 아무리 봐도 그녀가 먹을 만한 음식이 아니었다.

하지만 그녀의 표정은 진지했다. 마치 먹지 않으면 죽는다는 듯이 내 접시를 똑바로 쳐다보았다.

나는 의아해하며 눈길을 돌렸다. 입도 대지 않은 음료수가 눈에 들어왔다. 이미 절반 정도 줄어든 내 멜론 소다와는 달리 그녀의 컵 안에 든 액체는 조금도 줄지 않았다.

"관둬. 나중에 배탈 날걸?"

자신이 싫어하는 것에 도전해 보는 것 자체는 좋다고 본다. 그렇지만 매운 것에 도전하는 것은 전혀 그렇지 않다고 본다. 매운맛에 강한지 약한지는 선천적인 체질에 좌우되기에 구태여 애쓸 필요는 없지 않을까 싶다.

살짝 매운 파스타를 먹기만 했는데도 마치 립스틱을 바른 것처럼 빨개진 입술이 서서히 벌어지는 모습이 눈에 들어왔다.

왠지 존엄의 '존' 이라 발음할 것 같은 입 모양을 본 나는 파스타를 돌돌 만 포크를 그녀의 입에다 쑤셔 넣었다.

하여간 이 고집불통 같으니.

"……콜록. 컥, 으엑."

그녀의 얼굴이 삽시간에 빨갛게 달아올랐다. 그래서 관두라고 했는데.

코마키는 울상을 지으며 마치 부서진 물건을 건드리듯 컵을 들어 올리고 빨대에 입을 댔다. 지금까지 조금도 줄지 않았던 액체가 삽시간에 줄더니 끝으로 쪼륵, 하는 소리가 났다.

코마키는 자못 의기양양한 기색으로 컵을 탁 내려놓았다.

나는 정체불명의 감정을 듬뿍 담아 한숨을 토해 냈다.

컵에 입을 댈 구실을 만들기 위해 일부러 파스타를 먹으려 했던 걸까. 그렇다면 코마키는 바보다. 역시나 답이 없는 고집불통이다.

"맛있다더니, 전혀 아니잖아."

그녀는 그렇게 중얼거리고는 내 컵을 빼앗았다. 그러고는 내 멜론 소다를 쭈욱 들이키더니 살며시 혀를 내밀었다. 녹색이 희미하게나마 보였을 뿐, 흰색은 전혀 보이지 않았다.

"이런 걸 좋아하다니, 무슨 어린애 입맛도 아니고."

그녀는 애써 강한 척하는 것처럼 그렇게 말했다.

"난 어린애 맞으니까 입맛도 어린애 맞거든? 참견 마셔."

코마키의 입술은 아까보다 더 새빨개져 있었다.

나도 그렇고 코마키도 그렇고, 대체 무슨 짓을 하고 있담.

"디저트로 다른 거나 주문하지 그래?"

"됐어. 피자나 먹을래."

"피자도 매울지 모르는데?"

"……젤라또. 너는?"

"아포가토."

"애써 어른인 척 구는 거, 보는 내가 다 민망하거든?"

주변 사람들은 다들 즐겁게 식사를 드는 와중에 우리만 말다툼을 벌이며 이상한 짓을 벌이고 있다. 대체 언제까지 그렇게 서로 고집이나 부릴 거냐. 가게를 감싸는 부드러운 분위기가 마치 그렇게 말하는 듯한 느낌이 들었다.

"아포가토 좀 주문했다고 애써 어른인 척 구는 것 같다고 뭐라 그러는 게 오히려 한심해 보이거든? ……주문할게."

나는 벨을 눌러 종업원을 불러 주문을 마친 뒤, 피자 한 조각을 베어 먹었다. 매운 파스타를 먹은 직후의 입에 살짝 식기 시작한 피자는 엄청 달달하게 느껴졌다. 이럴 줄 알았으면 굳이 디저트를 주문할 필요는 없지 않았을까 싶었다.

내 반응을 보았는지 코마키도 피자 한 조각을 쥐고 베어 먹었다.

"맛있어."

코마키는 그렇게 말하고는 오늘 처음으로 솔직하게 웃는 모습을 보였다.

살짝 어이가 없어진 나는 그녀의 이마에다 찹(chop)을 날렸다.

★

데이트는 별일 없이 이어졌다. 식사를 마친 후, 우리는 옷가게에 들러 패션쇼 흉내를 내 보기도 하고, 잡화점에 들러 어느 것이 더 귀여운지를 두고 말다툼을 벌이기도 했다.

하지만 우리는 딱히 연인 사이도 아니다. 분위기가 오붓할 리도 없었다. 왠지 모르게 거북하면서도 거슬리는 느낌을 씻어 내지 못한 채 우리는 손을 맞잡고 있었다.

우리는 서로 반발하는 자석과도 같을지 모른다. 다가가면 다가갈수록 반발하며 그 반동으로 한없이 멀어진다. 그렇기에 원래는 서로 다가가서는 안 되지만, 우리는 고집과 적개심 때문에 억지로 가까워진 상태였다.

한 번이면 충분하다. 한 번이라도 이 녀석과 승부를 벌여 이기고 싶다. 나는 그런 마음으로 이 녀석과 함께 있다.

하지만 이 녀석은 나에게 집착하지 않기에 내가 포기하면 이 녀석도 자연스럽게 멀어진다.

그렇게 생각했었다. 하지만 존엄을 걸고 승부를 벌였던 결과, 그렇지 않았음을 깨달았다. 그녀는 내 생각 이상으로 나를 싫어하고 있다.

"와카바, 넌 연인이 생기면 뭘 하고 싶어?"

그녀는 내 손을 부드럽게 꼬옥 잡으면서 그렇게 말했다. 그저 솔직하게 대답하면 호된 꼴을 볼 것이 뻔했지만, 어차피 거짓말을 해 봤자 금세 들통날 것 같았기에 체념하기로 했다.

"몰라."

"모르면 알아 봐. 그리고 생각해."

나는 자그맣게 한숨을 내쉬었다. 이상적인 연인의 모습이 예전에는 분명 있었다. 하지만 코마키와 엮이는 동안 이미지가 흐릿해지고 희미해지더니 지금은 존재조차 알 수 없는 지경에 이르렀다.

"같이 집에서, 하룻밤을 보낸다든가?"

"흐~음."

정작 물어본 사람은 심드렁한 기색이었다.

대체 뭔데.

어차피 내 소중한 것을 빼앗으려고 물어봤을 테지만.

"난 잠자리가 바뀌면 잠을 못 자."

"나도 알아. 초등학생 시절에도 중학생 시절에도 수학여행을 떠났을 적에도 난리 법석을 피웠으니까."

"그런 적 없거든? ……그때 내가 어쩌다 잠들었는지, 기억나?"

기억나지 않는다고 말하기는 쉬웠지만, 굳이 거짓말을 할 이유가 없었다.

"내가 네 베개가 되었잖아."

중학교 3학년 시절에 갔던 수학여행은 최악이었다. 원망마저 품었던 코마키와 우왕좌왕하는 동안 같은 조가 되었고, 같은 침실을 쓰게 되었다.

그러다가 그녀가 불안한 기색으로 좀처럼 잠이 안 온다고 그러는 바람에.

어쩔 수 없이 내가 베개가 되어 준 적이 있었다. 나는 그녀가 싫었지만, 그때 그녀의 표정을 보다 보니 도저히 가만히 내버려 둘 수 없었다.

그런 생각이 든 나도 제정신이 아니다.

“맞아. 기대할게.”

전후 문맥이 이상하지 않나 싶었다. 하지만 괜히 긁어 부스럼 만들 필요가 있을까. 이 얘기는 여기서 마무리 짓도록 하자.

손을 맞잡은 채 걷다 보니 이윽고 쇼핑몰 끝자락에 다다랐다. 주차장으로도 정면 입구로도 이어지지 않은 이 통로에는 사람이 없었다. 마치 이곳만 다른 세상인 것처럼 말이다.

나는 그 자리에 우뚝 멈춰 섰다. 그 바람에 코마키도 덩달아 걸음을 멈추었다.

그녀가 내 쪽으로 고개를 돌렸다. 나도 그녀를 올려다보았다. 아직도 불그스름한 색이 감도는 그 입술이 눈에 띄었다. 싫어하는 상대에게 대체 어떤 심정으로 키스하는 걸까. 그녀는 언제나 내 입술을 빼앗곤 했지만, 대체 어떤 심정으로 그러는 걸까.

싫어하는 상대에게 괴롭힘을 가하는 것이 목적이라면 좀 더 즐거운 마음으로 그러면 되지 않을까 싶었다.

나에게 키스를 할 적에 이 녀석은 늘 무표정했고, 심지어 여유마저 없어 보였다. 아마도 그건 내 착각일 테지만. 자기가 싫어하는 나의 소중한 것을 빼앗았으니, 정 기쁘면 웃으면 될 텐데 말이다. 처음에 키스했을 적에는 어떠했을까. 내가 나서서 한 것은 그때가 처음이자 마지막이었다.

싫어하는 사람을 괴롭힐 목적으로 내 입술을 바치기는 싫다.

하지만 내 의지에 따라 내가 나서서 그녀에게 키스하면 무언가 실마리를 잡을 수 있을지도 모른다.

"우메조노, 신발 끈 풀렸잖아. 왜 그렇게 덜렁대? 얼른 묶기나 해."

"투덜거리지 마."

내 말을 듣고 코마키가 살짝 고개를 숙였다. 나는 그에 맞춰 그녀의 양쪽 뺨을 손으로 잡고 조용히 키스했다.

나는 코마키처럼 음흉한 사람이 아니기에 혀는 넣지 않았다. 몇 차례 쪼아 먹는 것처럼 입술소리를 내며 입을 맞추었다.

즐겁지는 않았다.

분명 식사하고 나서 입을 닦았을 텐데도 젤라또의 향이 살짝 남아 있었다. 마치 오늘 겪었던 일들을 입술로 표현한 듯한 느낌이었다.

거기에서 풍기는 냄새는 평소와 달랐고, 체온도 평소에 비해 살짝 높았다. 입술 자체가 살짝 단단하게 느껴졌다. 역시나 예상치 못한 일에는 이 녀석도 몸이 바짝 굳어지는 모양이었다. 코마키는 완벽한 것처럼 보이면서도 실상은 완벽하지 않다. 본인은 스스로를 완벽한 사람이라 여기고 있지만.

"싫어."

스스로 입에 담은 그 말이 무척이나 뻔뻔하게 들렸다. 나는 자기도 모르게 웃었다.

"와…… 카바."

"카바? 하마(카바)가 어디에 있어. 여기가 무슨 동물원도 아니고."

키득키득, 키득키득. 내 웃음소리가 묘하게 머릿속에서 울렸다.

내 의지로 놀려놓고, 혹시 스스로 동요한 걸까?

아니, 그럴 리가.

"이제 평소의 내 마음을 조금이나마 알겠지?"

코마키는 자기 입술에 손을 대고는 멍한 기색을 보였다. 이렇게나 확연한 반응을 보일 줄은 몰랐기에 조금은 뜻밖이었다.

역시나 키스를 해 봤자 전혀 즐겁지 않았다.

멍한 표정의 코마키의 모습을 봐도 내 마음은 조금도 개운해지지 않았다. 내 소중한 것의 형체가 괜히 더 희미해진 것 같아 나는 바닥을 발로 찼다.

"데이트는 키스로 마무리 짓기, 연인이 생기면 하고 싶은 것 중 하나일지도 모르겠어."

나는 걸음을 내디디며 그녀로부터 멀어졌다. 목소리가 살짝 달아오른 상태였다.

"우메조노, 안 오면 두고 간다?"

마침내 코마키가 움직이기 시작한 건 그로부터 무려 30초 정도의 시간이 지난 뒤였다.

## 2 그 얼굴을 잊을 수 없어서

"있잖아, 와카바. 우메조노는 어떤 애야?"

카오리가 느닷없이 그렇게 물었다. 그 눈빛은 궁금하다고 강렬하게 주장하는 중이었다. 나랑 코마키의 사이에 관해 뭘 그렇게나 기대하는 걸까.

"어떤 애냐니?"

"말 그대로야~! 서로 소꿉친구 사이라며? 그럼 여러모로 잘 알겠네~."

코마키와 소꿉친구 사이라는 얘기는 딱히 퍼뜨리지도 숨기지도 않았다. 누가 물으면 대답하고, 묻지 않으면 구태여 입에 담지도 않는다.

하지만 나와 코마키가 서로 아는 사이라는 사실 자체는 학교 애들에겐 그다지 알려지지 않았기에 지금처럼 누가 물어보는 경우는 드물었다.

"그렇게 잘 안다고 할 정도는 아니야. 우리 얘기는 누구한테 들었어?"

"이쪽 언니한테 들었지요."

카오리가 짐짓 과장된 동작으로 내 옆자리에 앉은 마츠리를 가리켰다. 마츠리는 '언니랍니다~.' 라고 말하는 것처럼 손을 흔들었다. 카오리는 고등학교에 들어간 뒤로 사귄 친구였고, 마츠리는 중학교 시절에 사귄 친구였다.

사정은 대강 이해했다.

이 동네 중학교에서 나랑 코마키는 같은 부 소속이었고, 대부분의 사람이 우리 사이를 알고 있었다.

마츠리도 같은 부였으니 나와 코마키에 관해서는 잘 알고 있겠지. 우리 사이에서 일어난 사건까지는 잘 모를 테지만.

"카오리 짱이 우메 짱에 관해 알고 싶다고 해서 어쩌다 보니까."

마츠리는 코마키를 우메 짱이라 부른다. 코마키는 겉으로는 좋은 인상이라 남들과 대체로 우호적인 관계를 이루고 있다. 마츠리는 또 마츠리대로 느긋하고 너그러운 성격이기에 어쩌면 서로 죽이 잘 맞을지도 모른다. 코마키의 본성을 알고 나면 어떻게 될지 알 수 없지만.

"혹시 뭐 유명한 일화라도 아는 거 있어? 하루 만에 남자 열 명에게 고백받았다! 뭐, 그런 얘기."

"아니, 그런 일화는 없어. 애당초 그 녀석은 왜 알고 싶은데?"

"나도 따라 해 보고 싶어서."

"어?"

"우메조노를 따라 해서 나도 인싸가 되고 싶거든!"

진심이 담긴 외침이었다. 카오리도 썩 그렇게 인기가 없는 편은 아닐 텐데. 얼굴은 나름대로 예쁘장한 편이고, 시시각각 변하는 그 표정은 귀엽기까지 하다. 코마키를 기준으로 삼으면 안 된다. 아무렇지 않게 주위 사람들을 깔보는 그녀답게 얼굴은 섬뜩하리만큼 예쁘장하니까.

목소리도 또랑또랑하며 귀여운 데다, 운동 신경이 좋은 편이라 그런지 흐르는 땀방울마저 상쾌하게 보인다. ……라고, 저번에 어떤 남자애가 그랬었다.

주변 사람들 눈에는 성격도 좋고 모난 부분이 없는 것처럼 보이기에 남녀 할 것 없이 호감을 사고 있다. 코마키의 이미지는 이미 그런 식으로 확고하게 자리매김하고 있기에 사실 자신과 비교하지 않는 편이 상책이다.

어리석은 나는 그 점을 잘 알고 있음에도 승부를 걸고 있지만 말이다.

"그, 뭐랄까. 인싸의 기운을 받으면 나도 인싸가 될 것 같아서 말이지."

"그럼 본인한테 직접 말하면 되잖아. 나랑 친구가 되어 달라고 말야."

"그건 안 돼! 내가 먼저 말했다간 그 광채 때문에 다 타버리고 재만 남을 것 같거든."

"그 녀석이 무슨 태양도 아니고."

"나에겐 거의 비슷한 존재라고~."

카오리는 기본적으로 사교적인 성격이기에 누구에게나 허물없이 말을 거는 편이다. 그런 애마저 위축시키는 코마키의 위엄은 실로 놀라울 따름이었다.

하지만 태양이라. 태양이란 말이지.

내가 말하기도 좀 그렇지만, 꼭 틀린 표현은 아닐지도 모른다. 태양은 그 눈부신 빛으로 사람의 눈을 멀게 하는 만큼 육안으로는 그 본질을 파악할 수 없다. 하지만 그럼에도 사람들은 태양을 올려다보거나 그 은총을 받고자 한다.

나는 태양을 보려고 고글을 쓴 상태라고 할 수 있지만 역시나 그 본질은 알 수 없다. 결국 나는 그저 평범한 사람일 뿐이며 태양의 본질로부터 너무나도 동떨어져 있다.

"하다못해 우메조노가 어떤 일상을 보내는지 알고 싶은데~. 따라 하다 보면 왠지 나도 찬란한 존재가 될 것 같거든~."

참으로 평범한 일상을 보내고 있습죠. 평범한 집에서 평범하게 아침밥을 먹고 평범하게 등교하고 있으니까요.

내가 그렇게 말을 꺼내려던 바로 그때였다. 꽃향기 비슷한 것이 확 풍겼다.

으엑, 하마터면 그런 목소리가 입 밖으로 나올 뻔했다.

"내 얘기하는 중이니?"

내가 아는 것보다 살짝 곱고 가식적인 목소리였다. 남들 귀에는 편안하게 들릴 법한 목소리라 할 수 있겠지. 나에겐 귀에 거슬릴 정도, 까지는 아니지만 아무튼 싫었다.

"으엑…… 우, 우메조노."

카오리가 꾸어다 놓은 보릿자루처럼 조용해졌다. 그 태세 전환에 하마터면 웃음이 나올 뻔했다.

"야호~ 우메 짱. 우리 반까지 다 찾아오고 웬 일이야?"

마츠리가 희미한 미소를 지으며 코마키에게 손을 흔들었다. 코마키 또한 정답게 손을 흔들며 이에 화답했다.

"응. 잠시 와카바랑 얘기나 좀 하고 싶어서."

코마키는 그렇게 말하며 상쾌하게 웃어 보였다. 예전에도 그랬지만, 웃는 얼굴을 보고 기분 나쁜 느낌이 들 만한 사람은 앞으로도 코마키밖에 없겠지. 나는 내색하지 않도록 자그맣게 한숨을 내쉬었다.

이 교실은 일종의 성역과도 같은 장소로, 이 녀석이 침범한 적은 여태껏 한 번도 없었다. 하지만 오늘은 대체 무슨 바람이 불었는지 그녀는 자못 당연하다는 듯한 표정을 지으며 이 교실에 발을 들였다.

나는 불길한 예감을 느끼며 의자를 살짝 뒤로 뺐다.

"그렇구나~. 아, 다음에 우리 넷이서 테니스 치러 가지 않을래? 간만에 너랑 랠리하고 싶은데."

마츠리가 불쑥 그런 얘기를 꺼냈다.

카오리는 깜짝 놀란 기색이었고, 나는 소름이 쫙 돋았다. 코마키는 싱글벙글 웃었고, 마츠리는 여느 때와 같았다. 그야말로 혼돈의 도가니였다. 나는 대화가 어떻게 이어질지 잠자코 지켜보기로 했다.

"좋아. 나도 간만에 너랑 놀고 싶었거든. 저기…… 그쪽은 나랑 처음 보는 사이, 맞지?"

"아, 응. 만나서 반가워. 와카마츠 카오리라고 해. 응. 저기, 그, 만나서 반가워."

"나도 만나서 반가워. 저어…… 카오리라고 불러도 될까?"

"어, 응. 괜찮아."

"나도 코마키라고 불러도 돼. 잘 부탁해, 카오리."

코마키가 나를 흘끗 쳐다보았다.

뭐야, 나도 자기를 코마키라 불러 주기를 바라는 걸까. 그런 태도를 취하면 괜히 더 부르기 싫은데 말이지.

내가 자기를 성 대신 이름으로 불러 주기를 바란다니, 설마 코마키가 그럴 리는 없겠지만.

"나야말로 잘 부탁해."

너무 공손하잖아. 카오리의 평소 그 모습은 대체 어디로 갔담? 내가 자그맣게 한숨을 내쉬자 코마키가 내 손을 붙잡았다.

"그럼, 와카바 좀 잠시 빌릴게."

"이자는 열흘에 10퍼센트야."

"열흘씩이나 빌리진 않아."

1분 1초도 빌리지 않았으면 싶은데.

그렇게 말할 수 있었다면 얼마나 좋았을까. 반론은 허락지 않는다는 듯이 웃음 짓는 코마키의 모습을 보고 나는 아무 말도 할 수 없었다. 애당초 현 상황에서 그녀는 내 존엄을 인정하지 않고 있다. 요즘 들어 나는 존엄의 '존' 이라는 입 모양만 봐도 불만을 속으로 삭이는 처지였다.

코마키의 손에 이끌리며 나는 뒤를 돌아보았다. 카오리는 얼어붙어 있었고, 마츠리는 흐뭇한 기색으로 우리를 쳐다보았다. 뭐가 그리도 흐뭇할까. 눈빛으로 그렇게 호소해 보았지만 마츠리는 한층 더 흐뭇하게 미소만 지을 뿐이라 아무것도 알 수 없었다.

"토요일. 너네 집에 갈 거야."

그녀는 여느 때와 같은 목소리로 속삭였다.

옥상으로 이어지는 문 앞쪽. 비밀 명당쯤으로 여겨지는 이곳은 누군가와 은밀한 만남을 가지기에 최적의 장소였다. 점심시간에는 때때로 사람이 있지만, 지금은 수업 중 10분 휴식 시간이라 역시나 아무도 없었다.

"어차피 나한테 거부권은 없잖아? 엄마한테 연락해 볼게."

나는 스마트폰을 꺼내 곧바로 문자를 보내려고 했다. 코마키는 그 점이 마음에 들지 않았는지 불만스러운 표정을 짓고는 내 블라우스를 멋대로 스커트 밖으로 끄집어냈다. 그러고는 블라우스를 젖히고 저번에 그랬던 것처럼 내 배꼽을 노출시키는가 싶더니 거기에다 자기 얼굴을 들이댔다.

따끔한 통증이 일었다.

내가 저번에 매번 똑같은 패턴이라고 했던 말을 아직도 마음에 담아 두고 있었는지 그녀는 키스 대신 내 배를 빨기로 한 모양이었다. 차라리 키스보다는 낫지 않나 싶기도 했지만 괜히 더 배덕적인 느낌이 들어 자기도 모르게 인상을 찌푸렸다.

아마도 내출혈이 일어나지 않았을까 싶다. 흔히들 말하는 키스 마크가 내 배 위에 남아 있을 광경을 상상했더니 살짝 우울해졌다. 대체 무엇이 그리도 아쉬워서 코마키의 자국을 내 몸에다 남겨야 할까.

"이러고 보니 누가 존엄이 없는 사람인지 모르겠네."

아프다거나 관두라는 등, 그런 말을 입에 담았다간 왠지 모르게 진 것 같은 기분이 들어서 나는 애써 평정을 가장하며 밉살스럽게 말했다.

"이런 곳에서 다른 사람의 배나 빨고 말이야. 부끄럽지도 않아?"

"딱히? 널 상처 입힐 수만 있다면 하나도 안 부끄러워."

참으로 뻔뻔한, 쓰레기 같은 발언이었다. 아무리 내가 이 녀석에게 여러 차례 승부를 걸었다고 해도 그렇지, 이렇게까지 미움받는 것도 지금 생각해 보니 좀 이상하지 않나 싶은데.

하긴, 걸핏하면 자신에게 승부를 거는 녀석이라면 당연히 싫겠지.

그럼에도 굳이 이렇게까지 하는 이유는 역시나 코마키의 성격이 못됐기 때문이다. 코마키는 어딘가 뒤틀려 있다. 나도 성격이 썩 그리 좋은 편도 아니니 남 말할 처지는 아닐 테지만, 그렇다고 코마키만큼 나쁜 편은 아닐 터.

나는 지금도 코마키가 행복해지기를 조금이나마 바라고는 있고, 눈물짓는 일도 없었으면 싶었다. 상대가 아무리 싫은 사람이라 해도 상처받고 괴로워하며 마구 슬퍼했으면 좋겠다는 생각은 들지 않았다. 코마키의 생각은 분명 나랑은 딴판이겠지만.

"저질."

오도카니 중얼거린 내 말을 듣고 무슨 생각이 들었는지 코마키가 내 배를 살짝 깨물었다. 아프지는 않았다. 잇자국을 남길 생각은 없는 모양인지 마치 어리광부리는 강아지처럼 배를 살짝살짝 깨무는 수준이었다.

코마키는 자신이 살짝 깨문 부분을 확인하려는 듯이 혀를 쓸고는, 납득이 가지 않는다는 기색으로 고개를 갸웃거렸다.

참 알다가도 모르겠단 말이지.

"……우메조노."

코마키는 대답하지 않았다. 정적 속에서 그녀의 혀가 내 배 위를 미끄러져 갔다. 꼭 내가 캔버스가 된 듯한 기분이었다. 붓 대신 부드럽고 따뜻한 혀가 내달리며 나를 물들여 나갔다.

그림 도구와는 달리 무색의 침만이, 내 몸 위를 확실하게 움직이는 그녀의 혀가 어디로 내달렸는지 그 궤적을 알려 주었다.

간지러운 느낌이 잦아들고 침이 마르자, 그 궤적의 존재가 순식간에 희미해지며 정체불명의 상태가 되어 갔다. 사라져 갔다. 그녀가 남기고자 한 것도, 그녀의 행위도, 그 모든 것이 다.

그녀는 그걸로 만족했는지 고개를 살짝 들어 올렸다.

나는 내 배를 어루만져 보았다. 아무 흔적도 남지 않았다. 그런데 대체 왜 이렇게나 불안한 기분이 드는 걸까. 그저 행위의 감촉을 확인할 수 없을 뿐이지 그녀가 어디론가 사라지는 것도 아닐 텐데 말이다.

내 몸에다 코마키의 흔적을 남기고 싶지는 않다. 싶지는 않지만.

"대체 왜?"

나는 잠긴 목소리로 말했다.

"왜 너는, 내 소중한 걸 탐내는데?"

그야 물론, 내가 싫어서 그럴 테지만.

그런데, 정말로 그럴까?

싫어하는 상대에게 괴롭힘을 가하고 싶다면 구태여 본인이 나서지 않더라도 얼마든지 다른 사람에게 시키면 된다. 이 녀석이라면 그럴 능력이야 차고 넘치니까. 그런데도 굳이 자기 손을 더럽히면서까지 내 존엄을 짓밟고 소중한 것을 빼앗으려고 한다.

정말로 내가 싫다는 이유 하나 때문일까.

그런 의문이 들기는 했지만, 그럼 달리 무슨 이유가 있는지를 논하자면 내가 알 턱이 없다. 그렇기에 그녀의 얘기를 듣고 싶었다.

"와카바, 너로서는 이해 못 할 거야."

"왜?"

"와카바는, 와카바니까."

참으로 철학적인 얘기였다. 분명 나는 나다. 코마키가 될 수 없다. 카오리도 마츠리도 될 수 없다. 그게 뭐 어쨌다는 걸까.

"정 싫으면 싫다고 말하면 되잖아."

나는 자포자기하듯이 그렇게 말했다. 내가 툭 던진 말은 코마키의 머리를 맞고 튕겨져 나와 그대로 계단 아래로 굴러떨어졌다.

"넌 바보야."

"뭐라는 거야. 똑바로 말해."

"바로 그런 점이 싫다고. 넌 아무것도 못 보고 있으니까."

"아무것도 못 보고 있다니, 뭘?"

"됐어. 어차피 무슨 말을 하든 소용없다는 것 다 아니까."

코마키는 내 배를 살짝 두드리고는 계단을 타고 내려갔다. 그녀는 자기 멋대로 결론을 내리고 자리를 떴다. 그녀가 속으로 무슨 생각을 하는지, 나를 대체 어떻게 하고 싶은지, 조금도 이해할 수 없었다. 차라리 나의 어떤 점을 싫어하는지, 결점이 무엇인지 등을 솔직하게 얘기하면 될 텐데.

나는 코마키를 싫어하고, 코마키 또한 나를 싫어한다.

그러한 전제가 사라지고 나면 그녀를 지금보다 더욱 이해하지 못할 것 같았다.

"누구더러 바보라는 거야. 이 바보."

이번에 내가 중얼거린 말은 그 누구의 머리에도 맞지 않고 계단 아래로 굴러떨어졌다.

★

절친까지는 아니지만 어찌어찌 사이가 좋은 친구. 중학교 2학년 시절까지만 해도 나는 코마키를 그렇게 여겼다.

하지만 당시 내가 좋아했던 선배를 코마키에게 빼앗기고 난 뒤부터 생각이 바뀌었다.

아니, 빼앗겼다는 표현에는 어폐가 있다. 짝사랑 상대였던 선배와 코마키가 서로 사귀었고, 한 달도 채 지나지 않아서 코마키가 선배를 찼기 때문이다. 만약 그걸로 끝이었다면 그냥 흔해 빠진 에피소드라 할 수 있겠지. 어쩌다 보니 사귀었지만 뭔가가 맞지 않아서 헤어졌다, 그런 얘기는 친구들을 통해 이미 여러 차례 들었으니까.

하지만 그걸로 끝이 아니었기에 나는 코마키를 싫어하게 되었다.

"네가 그 사람을 좋아한다는 사실을 알고 일부러 사귀었어. 그래서 찼고. 헤어질 적에 그 사람이 뭐라고 한 줄 알아? 나한테 무슨 불만이 있느냐, 잘못된 부분이 있으면 고치겠다, 그러더라고. 애당초 전제 자체가 틀렸는데."

코마키는 그런 소리를 태연하게 지껄였다. 내가 그때만큼 사람을 증오한 적도 없었겠지.

당시에는 다양한 감정이 뒤죽박죽 마구 뒤섞이는 바람에 목을 마구 쥐어뜯고 싶은 심정이었다. 그건 지금도 생생히 기억하고 있다.

만약 내가 조금만 더 일찍 선배에게 고백했다면 사귀었을지도 모른다. 내가 코마키와 만나지만 않았어도 선배는 상처받지 않았을지도 모른다. 나를 상처 입히려고 선배에게 상처를 입힌 코마키가 미웠다.

하지만 애당초 내가 코마키로부터 미움받을 만한 짓을 저지르지 않았다면 아무 일도 없었는지 모른다.

코마키가 그런 짓을 저지른 원인 중 하나는 틀림없이 나 때문이다. 나 때문에 좋아하는 사람이 상처를 입었다.

무엇보다도 코마키에게 필사적으로 매달리는 선배에게 멋대로 환멸감을 느낀 나 자신이 제일 최악이 아니었나 싶다.

코마키의 성격이 비뚤어진 원인도 아마 나 때문이겠지. 내가 좀 더 똑 부러졌다면 저 녀석은 다른 사람을 지금처럼 깔보지 않았을지도 모르고, 성격이 비뚤어지지 않았을지도 모른다. 하지만 이미 엎질러진 물은 주워 담을 수 없고, 지금 눈앞에 펼쳐진 현실이 전부임은 잘 알고 있지만 말이다.

"이야아, 날씨가 좋아서 다행이야~."

마츠리가 고양이처럼 눈을 가늘게 뜨며 그렇게 말했다. 연분홍색 테니스복을 입은 모습이 마치 봄의 요정님 같았다.

지금은 6월이라 계절이랑 맞지는 않지만.

우리는 저번에 했던 약속대로 테니스 코트에 와 있었다. 휴일을 맞이한 코트에는 사람이 드문드문 있을 뿐, 썩 그렇게 붐비는 수준은 아니었다.

"그러게. 테니스를 치기에 딱 좋은 날씨야."

코마키가 대답했다. 코마키는 흰색 테니스복을 입고 있었다. 클레이 코트 위를 뛰다가 옷이 흙 범벅이 되면 얼마나 꼴좋을까.

테니스와 관련해서는 그다지 좋은 기억이 없다. 그 선배와는 테니스부 선후배 사이였기 때문이다. 남자 테니스와 여자 테니스는 서로 부가 달랐지만, 나는 틈만 나면 그 선배를 만나러 가곤 했었다.

어쩌면 나는 사랑 그 자체에 푹 빠졌었는지도 모른다. 선배는 성격도 싹싹했고 테니스를 잘 쳤다. 무엇보다도 몸에서 묻어나는 그 마음씀씀이가 멋있었다. 하지만 코마키에게 버림받은 뒤로는 완전히 다른 사람으로 변했다. 지금에 와서는 내가 그 선배를 정말로 좋아했는지조차 미심쩍었지만, 만약 그때 내가 선배를 곁에서 위로했다면 무언가가 바뀌었을까.

살짝 그런 생각이 드는 나 자신에게 웃음이 나왔다.

아마 아무것도 바뀌지 않았겠지. 코마키에겐 사람을 홀리는 매력이 있고, 선배는 그것에 홀라당 넘어가 버리고 말았다.

바꿀 수 있다면, 좀 더 근본을 바꿔야 하지 않았을까 싶다. 코마키가 다른 사람을 깔보지 못하게끔, 나를 싫어하지 않게끔 대했어야 했겠지. 나는 지금도 잘못된 방법으로 코마키를 대했음을 후회하는 중이다.

다만 그녀가 지금처럼 변한 이유에 관해서 딱 하나 짚이는 부분이 있다. 아마도, 아니, 그건 틀림없이 나의 실수 때문이겠지.

"그럼 먼저 가볍게 발리를 즐기다가 한번 시합을 벌여 볼까?"

마츠리가 포근한 미소를 지어 보였다.

"잠깐~. 설마 여기에 초보자가 있다는 사실을 잊은 건 아니겠죠~?"

카오리가 입을 비죽 내밀며 불만을 토로했다.

"에이, 괜찮아. 어떻게든 되겠지."

"너무 무심한 거 아니야? 난 진짜로 수업 중에 한번 해 본 게 전부인데."

가볍게 준비 운동을 하고 나서 우리는 둘씩 짝을 지어 함께 공을 쳤다. 자연스럽게 코마키와 짝을 이루게 되었다. 코마키는 중학교 시절에도 테니스부에서 공을 가장 잘 쳤다. 나는 늘 그래 왔듯 2인자 신세였고.

“너랑 같이 치는 것도 참 오랜만이야.”

“아, 그러게~.”

예전에 그렇게나 많은 악의를 받았음에도, 또 그렇게나 싫다고 여기면서도 코마키랑 함께 있는 나는 대체 뭘까. 역시나 비정상일까.

“실력이 녹슨 거 아니야?”

“그건 내가 할 소리 같은데.”

코마키의 실력이 녹슬 리가 없음은 잘 알고 있으면서도 나는 농담으로 받아쳤다. 그러고는 라켓으로 연두색 공을 치며 그녀에게 날렸다.

“와카바, 넌 말이지.”

옆에 다른 애들도 있어서 그런지 코마키는 평소보다 목소리가 고왔다. 듣기 거북하다는 생각이 드는 와중에도 나는 그녀가 맞받아친 공을 쳤다. 댐프너를 달지 않은 라켓에서 희미한 진동이 전해져 왔다.

“마츠리랑 자주 이러고 놀아?”

마츠리와 카오리는 코트 한쪽 구석에서 서로 말다툼을 벌이며 공을 주고받았다. 우리가 하는 얘기는 전혀 안 들리는 모양이었다.

"뭐, 그럭저럭."

"동아리 활동은 중간에 관뒀으면서 서로 사이가 좋네?"

도저히 견딜 수 없었던 나는 결국 중2 때 동아리 활동을 때려치웠다. 그래도 마츠리와는 여러모로 죽이 잘 맞아서 그 이후로도 함께 지내곤 했다. 아마 나에겐 가장 사이가 좋은 친구가 아닐까 싶다. 중학교 시절부터 그 사실은 지금까지 변함없었다.

"동아리 활동은 왜 관뒀어?"

"우메조노, 지금 그걸 네 입으로 묻는 거야?"

내가 코마키를 우메조노라 부르기 시작한 것도 그 사건 때문이다.

"그 일 때문에 그랬어?"

"그 일 말고 다른 이유가 뭐가 있는데?"

동아리 활동을 그만둔 이유는 마츠리에게 얘기하지 않았다. 얘기할 이유도 없고.

"계속하지 그랬어."

토옹, 공이 커다랗게 곡선을 그리며 날아갔다. 코마키는 종종걸음으로 걸어가 그것을 줍고는 내 쪽으로 다가왔다.

"있잖아. 대체 그 사람은 어디가 그렇게 좋았는데?"

코마키가 내 귓가에 대고 그렇게 속삭였다. 나는 화들짝 놀라 몸을 움찔거렸다. 코마키는 가학적인 웃음을 눈동자에 머금고서 마치 뱀처럼 나를 쳐다보았다.

역시나 성격이 못됐다.

"어차피 얘기해 봤자 넌 모를 거야."

지난번의 앙갚음으로 이러는 건 아니다. 다만 누군가를 좋아하는 그 감정을 코마키는 보나 마나 이해하지 못하리라 보았을 뿐이다.

홀로 완벽한 그녀는 항상 누군가를 깔보고 있다. 그런 녀석이 자기보다 뒤떨어지는 존재를 좋아하는 경우가 과연 있긴 할까.

아니, 있을 리가 없다. 그녀는 다른 사람을 자기 뜻대로 조종할 수는 있어도 좋아하는 경우는 없겠지. 싫어하는 경우가 있음은 잘 알고 있지만.

"네가 다른 사람을 싫어할 수는 있어도 좋아할 리는 없잖아."

코마키는 한순간 눈을 부릅떴다가 이내 인상을 찌푸렸다. 주변 사람들 눈에는 보이지 않도록 아주 살짝.

"그걸 네가 마음대로 단정 지으니까 화가 나."

"그럼 그때처럼 그러지 말고 진정으로 좋아하는 사람과 사귀면 되잖아?"

나도 모르게 살짝 날 선 투로 말했다. 이제 와서 화내 봤자 아무 소용도 없는데.

"……진정으로 좋아하는 사람, 말이지."

마치 혼잣말처럼 그렇게 말하는 그녀의 표정은 왠지 모르게 서글퍼 보였다. 가슴이 욱신거렸다. 나는 이 표정을 여러 차례 본 적이 있다. 그녀는 자존심을 비롯하여 여러 가지가 발목을 잡아 울고 싶어도 울 수 없기 때문에 대신 마음으로 눈물을 흘리곤 한다. 하지만 그런 표정을 왜 또 지금 짓는 걸까.

"그런 사람과 사귈 일은 평생 없을 거야."

그녀는 내뱉듯이 그렇게 말하고는 네트를 뛰어넘었다. 스커트 자락이 살짝 출렁이며 그녀의 냄새가 코 안쪽을 간지럽혔다.

멍하니 있는 와중에 카오리와 마츠리 쪽에서 날아온 공이 내 머리에 직격했다.

"아이고, 이런."

카오리의 목소리가 들려왔다. 나는 날아온 공을 줍고 그쪽으로 몸을 돌렸다.

"카오리~?"

"미안, 미안. 너무 그렇게 화내지 마."

하아, 나는 한숨을 내쉬었다. 머리에 공이 부딪힌 충격으로 머릿속에서 여러 가지가 날아가는 바람에 불과 조금 전까지 내가 무슨 생각을 했는지조차 떠올릴 수 없는 지경이 되었다. 나는 가급적 코마키 쪽을 보지 않으려고 애쓰며 라켓으로 공을 쳐 카오리에게 날렸다.

"내가 잘 단련시켜 줄게, 카오리. 넌 공을 다루는 솜씨가 좀 떨어지는 것 같거든."

"사, 살살해 줘."

나는 그대로 카오리와 랠리를 했다.

그동안 코마키의 시선을 고스란히 받으면서 말이다.

"으에엑, 내가 졌어. 고인물 주제에 뉴비한테 너무 인정사정

없는 것 아니야? 매정해라.”

“나도 우메 짱한테 졌지만~.”

분명 놀러 왔을 텐데 대체 어쩌다 단식으로 시합을 벌이게 되었을까. 복식으로 교대하며 치는 게 더 즐거울 텐데. 나는 속으로 그렇게 생각하며 마츠리 쪽을 바라보았지만, 그 애는 웃으며 가만히 손만 흔들 뿐이었다.

마츠리는 대체 무슨 생각으로 이러는 걸까. 보기에는 저래도 실은 머리가 꽤 좋은 편이라 내가 모르는 어떤 고도의 계산이 깔려 있을…… 리는 없겠지.

“윗면과 아랫면 중에서 어느 쪽?”

코마키가 네트로 다가오며 그렇게 말했다.

“아랫면.”

빙글 돌린 테니스 라켓의 엔드 캡은 윗면을 향하고 있었다. 역시나 코마키는 행운의 여신에게도 사랑받는 모양이었다.

“그럼, 내가 서브를 넣을게.”

코마키는 그렇게 말하고 나서 내 옷깃을 잡더니 귓가에다 얼굴을 바짝 붙였다.

“어떻게 할래?”

입술이 귓불에 살짝 닿았다. 소중한 것을 걸고 승부에 나설지 말지를 묻고 있는 중이겠지. 하지 않겠다고 말했다가는 왠지 그대로 내 귀를 핥을 것 같은 분위기였다. 마츠리와 카오리가 보는 앞에서 그런 짓을 당했다가는 나도 코마키도 끝장이다.

그런데도 코마키가 이렇게나 여유로운 기색인 이유는 내가 무슨 말을 할지도 이미 알고 있기 때문일 테지.

"그래, 승부하자."

코마키가 씨익 웃었다. 여느 때처럼 신물이 날 만큼 아름다운 미소였다.

그리고 시합을 시작했다.

아니, 시합을 시작했지만 아직 시작하지 않았다고도 할 수 있다.

"러브 포티."

왠지 모르게 김빠지는 마츠리의 목소리가 들려왔다. 코마키가 탄환과도 같은 속도로 넣은 서브를 나는 눈으로 좇지도 못했고 몸 하나 까딱하지 못했다. 동아리 활동을 했을 적보다 속도가 더 빨라져 있었다. 나는 식은땀이 등골을 타고 흐르는 것을 느꼈다.

두 게임을 먼저 따낸 쪽이 이기는 룰이었지만 벌써부터 게임에서 패하기 직전이었다. 코마키는 대체 무슨 생각인지 나에게 언더 서브를 가볍게 날렸다.

날 얕잡아 보아서가 아니었다. 무언가를 꾸미고 있음은 그녀의 미소만 봐도 뻔했다. 나는 필사적으로 공을 받아쳤지만 그녀는 그것을 모조리 다 받아쳤다. 어디로 치든 어떻게 치든 소용없었다.

문득, 나 자신이 아무 의미도 없는 짓을 하는 것처럼 느껴졌다.

무슨 짓을 하더라도 코마키를 이길 수 없는데 왜 나는 승부를 걸고 있을까. 그 앞에는 나 자신이 상처받는 미래가 기다리고 있을 뿐인데 말이다.

『와카바.』

지금이 아닌, 먼 과거에 했던 코마키의 목소리가 들려왔다. 나는 공을 쫓으며 그 환청을 따라갔다.

『나, 사람 맞지?』

코마키의 어릴 적 모습이 떠올랐다. 그녀는 조금 전처럼 괴로워하는 기색으로 울상을 지으며 나에게 질문을 던졌다.

그야 당연히 사람 맞지. 아무리 완벽한 존재처럼 보여도, 코마키가 다른 사람을 싫어하거나 괴롭힘을 가하는 모습만 봐도 그녀는 사람이다. 하지만 이처럼 승부에서 거듭 지다 보니 나의 그런 생각도 점점 흐릿해져 갔다.

사실 코마키는 하늘에서 강림한 천사가 아닐까. 그런데 본인이 그냥 그 사실을 잊은 것 아닐까.

그런 말도 안 되는 가정마저 사실처럼 여겨졌다.

나는 필사적으로 그녀가 친 공을 받아쳤다. 하지만 라켓 테두리에 맞았는지 공이 위로 부웅 떠올랐다. 그녀는 그 틈을 놓치지 않았다. 마치 날개가 돋아난 것처럼 훌쩍 점프한 그녀는 공을 그대로 내 코트에다 내리꽂았다.

터질 듯한 소리가 나며 게임은 그대로 끝났다.

지상으로 강림한 코마키는 영락없는 천사의 표정을 짓고 있었다. 내 눈길은 완전히 그녀에게 사로잡혔다. 땀 한 방울 흘리지 않은 새하얀 피부. 어깨에 걸쳐진 밝은 갈색 머리. 머리에는 천사의 고리가 떠 있었고, 그 너머로 태양이 눈에 들어왔다.

이것은 천벌일까.

어리석게도 천사에게 승부를 건 인간에게 내린 천계의 벌일까.

그럴 리가 있나.

하지만 나는 딱 잘라 그렇게 말하지 못했다. 그만큼 내 마음은 흐트러진 상태였다.

"자, 이번엔 네가 서브를 넣을 차례야."

코마키가 미소를 머금었다. 그 눈동자에 나를 깔보는 기색은 보이지 않았다. 참 별일도 다 있다는 생각이 들었다. 나는 공을 쥐었다.

결과는 말할 것도 없이 처참했다.

그야 이기고 싶은 마음은 굴뚝같았지만 과거의 환청과 쓸데없는 생각에 사로잡혔던 나는 집중력을 잃고 말았다. 뭐, 설령 집중했다 한들 아마 세 번째 게임에서 졌겠지만.

그만큼 나와 코마키의 실력 차이는 현저했다.

"내가 이겼어."

코마키가 심드렁한 기색으로 태연하게 말했다. 그녀 입장에서는 자신이 이기는 것은 당연한 일일 테니 아무런 감흥도 없는 모양이었다. 만약 내가 코마키에게 이겼다면 가슴을 한껏 펴고서 네가 졌다며 당당하게 선언했을 텐데 말이다.

"음료수 좀 사 올게."

"나도 갈래."

코마키가 라켓을 네트에다 내던지며 그렇게 말했다.

그만큼 그녀에게 라켓은 아무래도 상관없는 하찮은 물건이겠지. 나는 라켓을 벤치 위에 놓고 코트 밖으로 나갔다.

코마키가 테니스부에 들어온 이유는 나의 영향 때문이 아닐까 싶다. 그때까지 그녀는 테니스의 테 자도 모를 만큼 테니스에 아무런 관심도 없었지만, 내가 테니스부에 들어가겠다고 하니 따라왔다. 이래 봬도 나는 나름대로 어릴 적부터 테니스를 쳐왔던 만큼 불과 한 달도 채 지나기 전에 코마키가 날 앞질렀을 적에는 경악했었다.

모두 좋았던 추억, 으로 남지는 않았다.

내가 소중히 간직해 온 것도 코마키의 입장에서는 죄다 아무래도 상관없겠지.

선배를 향한 내 연심도, 열심히 쳐 온 테니스도—— 나 자신도. 그녀에겐 하나같이 쓸모없는 존재이자, 아까 그 라켓처럼 아무렇게나 내던질 정도의 존재밖에 되지 않는다.

짜증 난다. 정말로, 엄청, 짜증 난다.

코마키에게도 어떤 소중한 것이 생기고 나면 자신이 지금까지 버려 온 것들이 다른 사람 입장에서는 얼마나 소중한 것이었는지 깨달을 텐데.

할 수만 있다면 내가 그것을 찾아내 주고 싶은 마음이었다.

그러고 나서 이렇게 얘기해 주고 싶었다. 네가 지금까지 하찮게 여겨 온 것은 엄청나게 소중한 것이었다고 말이다.

"뭐 마실래?"

"멜론 소다."

"매번 똑같은 패턴이네."

"뭐 어때."

코트에서 살짝 떨어진 곳에 자리한 자판기에서 코마키가 멜론 소다를 샀다. 그리고 그것을 나에게 던져 주었다. 내가 그것을 황급히 받자 그녀가 웃었다.

"야, 이러면 탄산 빠지잖아."

"뭘 따지고 그래? 모처럼 한턱낸 거니 고맙게 받기나 해."

"이런 걸로 생색내기는. ……또 이것저것 섞으면 안 된다?"

"안 섞어. 스포츠 음료를 마실 거야."

나는 이 녀석의 취향을 모른다. 선호하는 특정한 맛이 없는지 코마키는 늘 다른 음료수를 사곤 했다. 그렇기에 드링크 바에서 그 잡탕을 만들었을 적에는 깜짝 놀랐다.

맛있는 것이 맛없는 것으로 바뀌는 것을 좋아한다. 그것은 심리적으로 그렇다는 뜻일까. 어쩌면 단순히 미각이 둔한 편이라 그런 걸 좋아하는지도 모른다.

나는 스포츠 음료를 마시는 그녀를 쳐다보았다. 매끈하고 새하얀 목이 움직이며 음료수를 위장 쪽으로 흘려보냈다. 그 동작마저 마치 한 폭의 그림 같아서 사기 같다는 생각이 들었다. 일단 예쁘고 보면 인생의 즐거움이 20퍼센트 정도 더 증가하는 것 같았다.

나는 그녀의 옆을 지나쳐 자판기에서 카오리와 마츠리가 마실 음료수를 샀다. 카오리는 콜라, 마츠리는 밀크 티였다. 이렇게 알기 쉬운 취향은 이것저것 생각할 필요가 없어서 편하다.

"그거, 맛있어?"

"그럭저럭."

코마키가 시시하다는 투로 답했다.

"……좋아하는 거, 없어?"

"와카바."

심장이 살짝 뛰었다. 그녀가 나를 똑바로 쳐다보았다. 아니, 딱히 그녀는 나를 좋아한다고 말하지 않았다. 그냥 내 질문을 무시하고 내 이름을 불렀을 뿐이다. 그 사실을 알고는 있지만 갑자기 훅 치고 들어오니 그저 깜짝 놀랐을 뿐이다.

코마키의 얼굴이 살며시 다가왔다.

이미 이에 익숙한 나는 아무 말도 하지 않고서 그녀가 다가오기를 기다렸다. 눈을 감으면 괜히 더 신경이 쓰이기에 눈을 뜬 채로 그녀를 맞이했다.

인공 감미료에 물든 혀가 내 혀를 훔쳤다. 몸을 움직이고 난 직후라 그런지 이 녀석의 혀는 엄청 뜨거웠다. 차가운 음료수로도 전혀 식히지 못할 만큼의 열기가 깃든 것만 같았다. 나는 머리가 터질 듯한 느낌을 받았다.

코마키와 키스를 하다니 최악이다. 그런 생각도 까마득히 먼 옛날에 들었던 것처럼 느껴졌다. 어차피 키스를 피할 수 없다면 하다못해 지금 이 순간만큼은 편안함과 이 녀석의 체온에 몸을 맡기는 편이 정신 건강에 이롭다.

그렇게 알고 있기에 나는 아무 생각도 않고서 그녀의 입술을 탐했다.

"코마키 짱은 내가 그리도 좋아?"

입술이 멀어지자 나는 놀리듯이 그렇게 말했다.

"그렇다면?"

그녀는 싸늘한 표정을 짓고 있었다. 속으로 무슨 생각을 하는지 도통 알 수 없었다. 내가 그녀에 관해 알고 있는 것은 사실 그리 많지 않다. 승부를 걸기도 하고, 패하기도 하고, 같이 놀기도 했다. 오랜 시간 동안 함께 지내 왔건만 나는 아직도 이 녀석을 조금도 이해하지 못했다.

싫증이 날 정도로 말이다.

"좋아하는 사람의 존엄을 빼앗겠다는 사람이 하는 말을 내가 어떻게 믿어? 그게 다 무슨 소용이라고."

흥, 나는 코웃음을 쳤다. 코마키는 눈 깜빡임이라는 동작을 잊었는지 나를 계속해서 응시했다.

"꼭 그렇지만은 않을지도 몰라. 좋아하기에 모조리 다 빼앗고 싶다는 생각이 드는 경우도 있으니까."

"좋아하는 사이라면 서로가 서로를 존중해야 하잖아?"

"아니. 좋아하는 사이라면 서로의 눈과 마음을 빼앗아서 그 외에 아무것도 들어오지 않도록 해야 마땅해."

뒤틀린 사고방식이 아닐까 싶었다. 누군가를 좋아한다고 한들, 오직 그 사람만을 생각하며 살아야 하는 것은 아니다. 좋아하는 사람 말고도 소중한 것은 얼마든지 있다. 귀중히 여기고 싶은 것도 있다. 사람은 다 그런 식으로 살아가고 있을 터.

코마키의 경우에는 다를까. 누군가를 좋아하게 되면 뭐든 다 내팽개치고서 오직 그 사람만을 생각할까. 그게 과연 가능할까.

만약 가능하다면 과연 어떻게 될까. 성격만 빼고 완벽에 가까운 이 소녀에게 사랑받는 사람은 어쩌면 행복할지도 모른다.

만약 모종의 기적이 일어나서 코마키가 누군가를 좋아하게 되고, 또 서로 사귀는 날이 온다고 가정해 보자. 나는 그때 어떤 생각이 들까.

"비뚤어졌어. 뒤틀려 있어. 단단히 잘못되었어."

나는 카오리와 마츠리가 마실 음료수를 근처에 두고 나서 멜론 소다 뚜껑을 땄다. 푸슛, 하는 소리가 나며 거품이 차올랐다. 황급히 뚜껑을 다시 닫았지만 이미 때는 늦었다. 흘러넘친 녹색 액체가 내 손을 끈적끈적하게 적셨다.

공중화장실의 비누와 색은 같지만 얻을 수 있는 결과는 정반대라 할 수 있다.

나는 근처 수돗가에서 손을 씻으려다가 문득 어떤 생각을 떠올렸다. 끈적끈적해진 손을 그녀 쪽으로 내밀었다.

"핥아 볼래? 네가 완전 좋아하는 와카바 짱의 손이란다?"

짐짓 바보 취급하는 투로 말하자, 역시나 기분이 팍 상했는지 그녀는 인상을 찌푸리며 고개를 홱 돌렸다. 그녀는 두 손을 꽉 움켜쥐고 있었다.

"좋아하는 사람이 생기거든 한번 핥아 주지 그래? 어쩌면 상대가 좋아할지도 모르잖아."

나는 근처 수돗가에서 손을 씻으며 페트병에 입을 댔다. 마실 때 내 심정이 어떻든 간에 멜론 소다에서는 멜론 소다 맛이 났다.

"그런다고 누가 좋아해? 무슨 변태도 아니고."

"그럼 남친이 생기거든 한번 시험해 볼게. 그때 변태라는 소리를 들으면 네가 이긴 셈 치지 뭐."

"그런 승부는 받아들일 마음 없어."

그녀는 언짢은 투로 그렇게 말했다. 우리는 한동안 그렇게 아무 말 없이 음료수를 마셨지만, 계속 이대로 있다가는 카오리와 마츠리에게 줄 음료수가 미지근해지기 때문에 코트 쪽으로 걸음을 옮겼다.

"있잖아, 우메조노."

여름의 시작이 느껴지는 바람이 나와 코마키 사이로 불어 왔다. 코마키는 찰랑이는 머리를 손으로 누르며 내 쪽으로 고개를 돌렸다.

"그거, 무슨 뜻으로 한 말이었어?"

진정으로 좋아하는 사람과 사귈 일은 평생 없다, 그녀는 아까 그렇게 말했다. 그건 단순히 그녀가 다른 사람을 좋아하려야 좋아할 수 없기 때문에 나온 말일까, 아니면 이루어질 수 없는 사랑이라도 이미 겪었기에 나온 말일까.

코마키가 작정하고 들이대면 상대가 남자든 여자든 간에 쉽게 꼬실 수 있을 테지. 그녀에게 이루어질 수 없는 사랑이란 존재하지 않는다.

아까부터 줄곧 신경 쓰였다. 그녀가 그런 표정을 지으며 그 말을 입에 담은 이유가 말이다.

코마키는 너무나도 완벽한 자신은 사람이 아닐지도 모른다며 어릴 적에 진심으로 고민했었다. 그 고민을 나에게 털어놓았을 때 지은 표정이 아까 지은 표정과 무척이나 흡사했기에 걱정이 들었다.

"그거라니, 뭐가?"

코마키가 인상을 찌푸렸다. 하긴, 그렇겠지. 일부러 애매하게 물었으니 당연한 반응이었다.

"아무것도 아니야! 툭하면 잊어버리는 사람에게 물어본 내가 바보지."

나는 여느 때처럼 웃었다.

만약 직접적으로 물어보았다가 저번처럼 그녀가 자신의 고민을 털어놓는다면?

그래서 저번처럼 잘못된 방법으로 대처하면? 이번에는 무슨 일이 일어날지 알 수 없었기에 무척이나 두려웠다. 그렇기에 물어보고 싶은 것도 제대로 물어보지 못한 채 도망쳤다.

나는 바보다. 정말로.

★

관리 사무소에 비치된 샤워실에서 몸을 씻고 옷을 갈아입었다. 오늘은 코트를 3시간만 빌렸음에도 코마키가 있어서 그런지 마츠리랑 둘이서 놀 때보다 몇 배는 더 피곤했다. 하지만 일찍 왔기 때문에 지금은 아직 오후 2시밖에 되지 않았다. 놀고자 마음먹으면 얼마든지 더 놀 수 있는 시간이었다.

앞을 나아가는 카오리가 "근육통 심하게 걸리겠는데~." 라고 말하며 중얼중얼 불만을 입에 담았다. 코마키가 그 옆에 나란히 서자, 카오리는 눈에 띄게 허둥대며 몸을 바짝 굳혔다. 너무나도 뻔한 반응이라 나는 쓴웃음을 지었다.

"카오리 짱이 우메 짱을 정말로 좋아하나 봐~."

"그러게. 너무 긴장한 바람에 대놓고 수상한 사람처럼 보여."

우리는 나란히 킥킥거리며 웃었다. 카오리는 코마키와 필사적으로 대화를 주고받는 중이라 그런지 우리가 무슨 말을 하는지 귀에 들어오지 않는 모양이었다.

"평소 동경하던 사람이래."

"응?"

"곤경에 처한 사람을 도와주는 그 모습에 큰 감명을 받고 동경하게 되었다나 봐."

"아하."

코마키가 다른 사람을 돕는 기특한 짓을 하다니 놀라웠다. 하기야 겉으로는 철저하게 좋은 사람인 척하는 녀석이니까 그런 일을 했어도 전혀 이상하지 않겠지. 분명 속으로는 겨우 이만한 일로 곤경에 처했다며 깔보고 있었을 거야.

"너는 어떻게 생각해?"

"뭐가?"

"우메 짱을, 좋아해?"

동그란 눈동자가 나를 쳐다보았다. 마츠리는 너그러운 인상이지만 눈빛은 의외로 강렬한 편이다. 마치 내 마음속을 훤히 들여다보는 것만 같아서 나는 눈을 가느다랗게 떴다.

"글쎄? 좋아하지는, 않는 것 같아."

사실 싫어한다. 만약에 누가 싫어하는 것 딱 세 가지만 없애 준다고 하면 그 후보에 들 만큼 말이다. 하지만 그러는 한편으로 나조차 신기할 만큼 나는 그녀를 신경 쓰고 있다. 과거의 그 실수 때문만은 아니었다. 왠지 모르게 가만히 내버려둘 수 없다고나 할까, 무시할 수 없었다.

그것은 그녀가 너무나 완벽한 탓이기도 했다. 완벽이라는 자리에서 끌어내린 다음 본인 앞에서 웃어 주고 싶은 마음도 분명 있다.

그렇기에 지금까지 여러 차례 승부를 걸어 왔고, 앞으로도 계속 걸 생각이다.

하지만 다시 한번 생각해 보니 나와 코마키의 사이는 복잡한 편이다. 서로가 서로를 싫어하면서도 함께 있고, 승부를 벌이기도 한다. 남들 눈에는 사이가 좋아 보일지도 모르지만, 실제 우리는 얽히고설킨 실처럼 뒤죽박죽 엉망진창이다.

다만 확실한 것이 딱 하나 있다면, 우리가 서로를 좋아할 일은 절대로 없다는 것뿐이다.

"흐~음……?"

마츠리가 고개를 갸웃거렸다. 내가 무슨 이상한 소리라도 했을까.

"내가 보기엔 그렇게 안 보이는데~."

"그게 무슨 소리야?"

코마키에 관해서 마츠리와 얘기하는 경우는 거의 없었다. 우리는 함께 있으면 다른 얘기로 대화에 열을 올리곤 했다.

"그야, 너는 우메 짱을 볼 때마다 엄청 따뜻한 표정을 짓는걸."

나는 눈을 휘둥그레 떴다. 그런 말은 이번에 처음 들었다. 옛날이라면 또 모를까, 지금의 내가 그런 표정으로 코마키를 쳐다볼 리가 없다.

하긴, 코마키를 원망하는 마음은 이미 거의 사라졌다. 하지만 그때의 원망이 코마키를 싫어하게 되었다는 결과를 내 마음속에 또렷이 남겼고, 그렇기에 나는 지금도 코마키를 싫어한다.

더군다나 나를 싫어한다고 의사를 표명한 사람은 코마키가 먼저다. 나는 그 사건이 일어나기 전까지 코마키를 소중한 친구라 여겼었다. 나름대로 사이도 좋았다. 때때로 내가 승부를 걸기도 했었지만, 호감 또한 분명히 느끼고 있었다.

설령 그녀가 일반인들을 깔보고 있다 하더라도 같이 놀면 역시나 즐거웠다. 그런 내가 코마키를 싫어하게 된 계기는 그 사건이었다.

하지만 내가 그녀에게 싫어하거나 원망하는 감정보다 더 강하게 품은 감정은 아마 슬픔이 아닐까 싶었다. 나는 그녀에게 우정을 느끼고 있으며, 비록 말로 표현하지는 않았지만 그녀도 나와 같으리라 여겼기 때문이다.

그래서 상처 입히고 싶어 할 만큼 나를 싫어한다는 사실을 알고는 슬펐다.

하지만 그런 주제에 수학여행을 떠났을 적에는 나를 베개로 삼으려 들었으니, 나는 그녀를 도통 이해할 수 없었다.

고등학교도 그녀의 성적이라면 어디든 갈 수 있었을 텐데, 왜 굳이 구태여 나랑 같은 고등학교를 택했을까. 딱히 집에서 엄청 가깝지도 않은데 말이다.

모르겠다. 그 사건이 일어난 뒤부터 코마키를 더더욱 이해하기 힘들었다.

하지만 그렇다고 내가 느낀 온갖 의문을 그녀에게 직접 토로하면 또 좋지 않은 변화가 일어나지 않을까, 그런 불안감이 들었다.

뭐, 존엄을 빼앗긴 지금 현 상황이 가장 안 좋기는 하지만.

"네가 그렇게 말하면 그렇겠지. 아마 그 녀석도 날 좋아하지는 않겠지만."

"그런가아? 으음…… 뭐, 그건 그렇고. 와카바~."

"그래, 알았어."

마츠리가 내 팔을 잡는가 싶더니 팔짱을 끼었다. 꼭 고양이 같다는 느낌이 들었다. 적당히 근육이 붙은 그 팔은 코마키의 팔과는 역시나 달랐다. 더 좋은 쪽을 꼽자면 사람 됨됨이의 차이를 감안해 마츠리 쪽이 더 낫다고 할 수 있겠지.

"우리 와카바는 어쩜 이렇게 작고 앙증맞을까~."

"아니, 다른 사람들이 너무 큰 거라고."

내가 어린아이도 아니고 이제 와서 키가 더 자라기를 바라지는 않지만, 그래도 키가 작으면 이렇게 놀림을 받는 경우가 있어서 탈이다.

단순히 그냥 내가 다른 사람들 눈에 만만하게 보일 뿐일지도 모르지만.

……아니, 아무리 그렇다 해도 코마키처럼 다른 사람의 배를 핥는 사람은 없다. 왜 갑자기 그 생각이 떠올랐을까.

"네 오른팔은 내 거야~."

"내 거라고. 멋대로 소유권을 빼앗지 마."

"아하하."

벌써 여름에 접어들었는데도 마츠리가 내 옆에 찰싹 달라붙었다. 머리카락이 팔에 닿는 바람에 살짝 간지러웠다.

하지만 마츠리의 행동이 유별난 건 어제 오늘 일도 아니거니와, 달라붙는 게 꼭 싫지만도 않았기에 나는 더 이상 아무 말도 하지 않았다.

걷는 와중에 문득 코마키가 우리 쪽을 쳐다보았다. 그녀는 속으로 무슨 생각을 하는지 모를 무표정을 지으며 나와 마츠리를 바라보았다. 하지만 그건 불과 몇 초에 지나지 않았고, 곧바로 카오리와 웃으며 담소를 나누었다.

웃는 모습만 보면 영락없이 평범한 고등학생이었다.

내 앞에서도 그런 표정을 지으면 참 좋을 텐데. 그러면 나 또한 좀 더 부드럽게 그녀를 대할지도 모르니까. 살짝, 그런 생각이 들었다.

실제로는 여느 때와 별반 차이가 없겠지만.

결국 그 뒤에 넷이서 근처 카페에 들러 간단하게 식사를 들고 나서 해산했다. 카오리는 몸을 너무 많이 쓴 탓인지 전철을 타고 가는 동안 내내 푹 곯아떨어지고 말았다. 안쓰럽기는 하지만 테니스 코트에서 집이 가장 가까운 사람이 카오리였기에 중간에 깨워서 내리게 했다.

사는 지역은 같지만 집에서 가장 가까운 역이 한 정거장 차이 나는 마츠리와도 헤어졌다. 이제 코마키와 단둘만 남았다. 이제 한 정거장만 더 가면 나와 코마키의 집에서 가장 가까운 역에 도착할 즈음, 코마키가 내 무릎 위에 손을 얹었다.

손은 서서히 위쪽으로 올라오다가 내 팔에 닿았다. 뭘 하고 싶어 하는지 알 수 없었다. 나는 주위를 둘러보았다. 우리가 탄 차량 내부에는 사람이 거의 없었다. 타고 있는 사람들도 실컷 놀다가 귀가하느라 피곤한 모양인지 꾸벅꾸벅 졸고 있었다.

설마 옷까지 벗기지는 않겠다 싶으면서도 나는 그녀의 손을 가만히 쳐다보았다.

석양에 비친 하얗고 가느다란 손가락이 반짝였다. 무언가를 칠한 듯한 손톱은 싱싱한 광채를 머금고 있었다. 나는 그 빛 때문에 눈이 살짝 따가웠다.

"손톱에다 뭘 바른 거야?"

그 기묘한 분위기를 깨뜨리듯이 나는 질문을 던졌다.

"투명 네일."

"아하……. 예쁘네."

본인에겐 이미 수도 없이 들었을 말이겠지. 그렇기에 그녀는 표정 하나 바뀌지 않았다. 바뀌면 그것대로 또 곤란하지만.

"너도 바르지 그래?"

"나? 나는, 됐어. 보기만 해도 충분해."

"흐~응."

그녀는 여전히 심드렁한 기색이었다. 대화가 끊어졌다. 예전에는 침묵이 어색할 정도로 곧잘 대화를 나누곤 했었지만, 고등학생이 되고 나서부터는 이렇게 아무 말도 하지 않는 시간이 더 많아졌다.

서로가 서로를 싫어하고 있음을 잘 알고 있는 마당에 능청스럽게 굴며 사이좋게 지낼 마음은 없다. 그건 코마키도 마찬가지겠지.

지금의 우리에게는 이러한 침묵이 더 잘 어울렸다. 이것이 서로 간에 적절한 거리라 할 수 있다.

서로 번갈아 가며 말을 꺼내다가 먼저 이야깃거리가 떨어진 쪽이 패배한다는 승부는 어떨까.

왠지 그런 승부를 걸었다가는 내가 질 것 같았다. 관두자. 역시나 코마키도 지금 이 자리에서 존엄 운운하며 말도 안 되는 짓거리를 저지르지는 않을 테니, 지금은 잠시 승부에 관해 잊어도 되겠지.

"있잖아, 와카바."

"응?"

"오늘, 토요일이야."

"나도 알아."

잊을 리는 설마 없겠지 싶었지만, 역시나 그러했다. 엄마에게는 코마키가 놀러 온다고 미리 연락해 두었기에 빠져나갈 구멍도 없었다.

이번에는 과연 무슨 짓을 당할까. 살짝 불안감이 들었다.

"정말로 우리 집에 오게?"

"왜?"

그 물음은 왜 그런 쓸데없는 질문을 하느냐는 뜻일 테지.

"고등학생이나 되어서 단둘이 우리 집에서 밤샘이라니, 무슨 어린애도 아니고. 게다가 둘이서 딱히 할 것도 없잖아."

"……있어."

"뭘 하려고?"

"게임."

생각지도 못한 말이었다. 확실히 예전에는 코마키와 곧잘 게임을 즐기곤 했었다. 하지만 고등학생 둘이서 밤샘을 하며 게임을 즐기다니, 왠지 이상하게 보이기도 했다. 하물며 사이가 좋다면 또 모를까, 나랑 코마키가 같이 게임이라니.

"……겨우 그런 거나 하려고 굳이 우리 집에서 자고 가겠다고 한 거야?"

"이러쿵저러쿵 불평하지 마. 넌 그냥 아무 의문도 가지지 마. 애초부터 너에게 거부권은 없으니까. 이유는 생각할 필요조차 없어."

막무가내였다. 분명 이 녀석과의 승부에서 아직 이기지 못한 나는 존엄을 인정받지 못했기에 거부권 또한 없다.

그녀가 우리 집에 오고 싶어 하는 목적이 무엇이든 간에, 어차피 거부할 수가 없으니 이유는 굳이 생각할 필요가 없겠지.

나는 자그맣게 한숨을 내쉬었다.

그러자 코마키가 내 손을 꼬옥 잡았다. 마치 무언가를 확인하려는 듯이, 소중한 것을 잡으려는 듯이 말이다. 나는 그 감촉을 믿을 수가 없었기에 바짝 긴장했다. 대체 무슨 짓을 꾸미려는지 의심이 들었다.

그녀의 표정은 여전히 아무런 감흥도 없어 보였다. 내 손을 잡고서 대체 뭘 하고 싶은 걸까. 내가 싫어하는 기색을 보고 싶은 걸까. 그래서 짐짓 불쾌한 표정을 지어 보였다. 코마키는 눈 하나 깜빡하지 않고서 내 얼굴을 가만히 쳐다보기만 할 뿐, 그 표정에 즐거운 기색은 눈곱만큼도 보이지 않았다.

부끄러움마저 느끼지 못할 지경으로 나에게 상처를 입힐 작정 아니었나?

역시나 모르겠다.

막무가내로 나오나 싶더니 가만히 내 손을 잡고만 있다니. 대체 무엇을 하고 싶은 걸까.

"있잖아."

덜컹, 덜컹, 전철이 흔들렸다. 고작 한 정거장 남았을 뿐인데도 그 거리가 너무나 멀게만 느껴졌다. 마치 길게 잡아 늘인 것처럼 시간이 천천히 흘렀고, 그만큼 코마키의 체온을 느끼는 시간도 길어졌다.

"아까 마츠리랑 무슨 얘기를 나눴어?"

계속 사이좋은 친구로 남았다면 얼마나 좋았을까.

처음부터 코마키가 나를 싫어했음은 잘 알고 있다.

하지만 처음 만난 이후로 10년도 넘게 날 친구로서 대해 주었으니, 이 거짓된 사이가 소원해질 때까지 우리 사이가 계속 이어졌으면 싶었다. 그저 내 이기심에 지나지 않지만.

"내 오른팔 이야기."

"뭐야, 그게. 무슨 조직이라도 차렸어?"

"마츠리가 내 오른팔은 자기 거래."

내 오른팔을 쥐는 코마키의 손에 힘이 실렸다. 살짝, 아팠다.

"그건 내 거잖아."

"내 몸 소유권을 주장하는 게 혹시 요즘 유행이야? 이러다 카오리에게 왼팔까지 빼앗기려나?"

나는 피식 웃었다. 하지만 코마키는 꿈쩍도 하지 않았다.

내 소중한 것을 빼앗으려 드는 코마키는 내 오른팔이 다른 누군가에게 넘어가는 것을 탐탁지 않게 여기는 걸까. 분명 오른팔은 내 소중한 것이 맞다. 하지만 마츠리나 코마키에게 내줄 마음은 추호도 없다.

"네 소유권은 나한테 있으니까."

"존엄만 그런 게 아니었나 보네?"

"존엄을 바친다는 말은, 곧 모든 것을 바친다는 말이야."

"그건 확대 해석 아니야?"

전철 속도가 천천히 느려졌다. 꼭두서니 빛으로 물든 창밖 풍경이 익숙한 것으로 바뀌어 갔다. 역 승강장이 보이기 시작하자 나는 자리에서 일어나려고 했다.

"어차피 마찬가지야. 이대로 승부를 계속 벌이면 네 소중한 것은 모조리 다 내 차지니까."

그녀는 자신의 승리를 믿어 의심치 않았다. 당장 오늘만 해도 나는 졌으니 당연할지도 모르지만.

"이러다 조만간 내 장기가 경매 사이트에 올라가겠네?"

푸슛, 하는 소리가 나며 전철 문이 열렸다. 여름 바람이 전철 내부로 불어닥치자 내 머리와 코마키의 머리가 흩날렸다.

"이길 거야, 우메조노. 그게 1년 뒤가 되었든 2년 뒤가 되었든, 언젠가는 반드시."

"그럼 3년 뒤에는?"

"고등학교 졸업하기 전까지는 이길 거야."

나는 다른 손으로 그녀의 손을 쥐고서 몸을 일으켜 세웠다. 서둘러 문밖으로 나서자 열기가 내 몸을 휘감았다. 그럼에도 코마키는 내 손을 놓으려 하지 않았다.

"만약 내가 이기면."

역 승강장에서 두 손을 맞잡은 고등학생들. 분명 남들 눈에는 기묘하게 보이겠지.

"딱 하나만이라도 좋으니 내 소원을 들어줘."

"지금의 넌 부탁을 할 입장이 아니지만 말이지. ……뭐, 좋아. 이긴다면 그렇게 할게."

"분명 미리 얘기했다? 약속은 꼭 지켜."

만약 내가 이기면 코마키와 모든 관계를 끊어야 마땅하겠지.

애당초 내가 멋대로 이 녀석에게 덤벼들었다가 시작된 사이다. 그렇다면 승리와 함께 마무리 지어야 가장 좋은 모양새가 나오겠지.

서로가 서로를 싫어한 시점에서 끝내야 했을 사이가 여러 가지 요인 때문에 끊기지 않고 계속 이어져 왔다. 얽히고설킨 우리 사이는 이미 회복이 불가능한 지경에 이르렀다. 그 종착지는 단 하나밖에 없다.

지금과 같은 사이를 계속 이대로 이어 나갈 경우, 아마도 나는 미쳐 버릴 테지.

반드시 이겨야 한다. 무슨 일이 있어도.

★

"코마키 짱, 이게 얼마 만이니~."

우리 엄마는 활짝 웃으며 코마키를 맞이했다. 코마키는 나를 제외한 다른 사람에게는 늘 가식적인 태도를 취하고 있다. 우리 부모님도 그 대상이기에 코마키는 쓸데없이 상쾌한 웃음을 생긋생긋 짓고 있었다.

"네, 오랜만에 뵙네요. 와카바랑 늘 친하게 지내고 있어요. 그렇지?"

그럼요. 우리가 얼마나 친하게 잘 지내고 있는데요. 나는 방긋 웃었다.

"그러네. 절친이지. 우리는."

아하하, 서로 웃었다.

우리 엄마는 마치 흐뭇한 광경이라도 보듯이 우리를 바라보았다. 자기 딸이 소꿉친구에게 존엄을 빼앗겼으리라고는 꿈에도 모르는 듯한 표정이었다. 만약 알고 있다면 그게 더 무섭지만.

나는 곧장 내 방으로 가려고 했지만 코마키가 만류했다.

"잠깐만. 같이 목욕하자."

아니, 아까 샤워한 지 대체 얼마나 지났다고. 나는 그렇게 말하려다가 관두었다.

코마키는 절대로 양보하지 않겠노라는 표정을 짓고 있었다. 대체 뭘 하려는 건지는 모르겠지만 오늘도 승부에서 진 나는 아마도 그녀에게 내 소중한 것을 또 바쳐야 할 테지.

소중한 것.

첫 키스. 데이트. 그와 같은 부류에 속하면서 내가 소중히 여기는 것 중에 아직 이 녀석에게 바치지 않은 것이라면.

아니, 역시나 그녀도 거기까지 막 나가지는 않겠지. 아무리 자기가 싫어하는 상대를 상처 입힐 작정으로 키스까지 마다하지 않는 사람이라 하더라도, 역시나 거기까지는.

"갈아입을 옷은 내 방에 있는데?"

"……그럼 가지고 오거든 바로 들어와. 난 갈아입을 옷을 안 가져 왔으니 네 걸 빌릴게."

"집도 가까운데 가서 가지고 오지 그래? 내 옷은 사이즈도 안

맞을 텐데."

"그건 상관없어. 얼른 가지고 오기나 해."

"……감기 걸려도 난 모른다?"

나는 한숨을 내쉬면서 내 방으로 갔다. 내 옷은 코마키가 입기에는 하나같이 사이즈가 너무 작다. 나는 그중에서 그나마 큼직한 옷을 골라 탈의실로 향했다. 탈의실에 코마키의 모습은 보이지 않았다. 세탁 바구니를 확인해 보니 코마키의 옷이 들어 있었다. 이미 욕실 안으로 들어간 모양이다.

대체 뭘까.

코마키에게 존엄을 바친 이후로 수도 없이 느끼는 의문과 수수께끼를 오늘도 품은 채 나는 옷을 벗고 욕실로 들어갔다.

이미 그녀는 의자에 앉은 채 자기 머리를 씻는 중이었다. 일반 가정집이라 욕실은 그다지 넓은 편이 아니었다. 나는 그녀가 다 씻을 때까지 서서 기다리기로 했다. 이럴 줄 알았으면 좀 더 느긋하게 옷을 고를 걸 그랬나 보다.

마침내 그녀가 몸을 다 씻었을 즈음에는 오히려 내가 감기에 걸리지 않을까 싶었다.

"먼저 들어가지 그랬어?"

"난 반드시 몸을 씻고 나서 욕조에 들어가는 타입이거든."

"……뭐, 심정은 이해가 가. 나도 물만 좀 끼얹고 욕조 안에 들어가는 건 싫거든."

코마키는 욕조에 몸을 담그며 나를 바라보았다. 누가 보는 와중에 몸을 씻는 건 처음이었기에 조금, 아니, 상당히 신경 쓰였다.

시선이 온몸에 푹푹 박히는 듯한 느낌이 들어서 피부가 따끔거렸다.

우리가 소꿉친구 사이기는 하지만 그렇다고 자주 함께 목욕하는 사이는 아니었다. 이렇게 함께 목욕하는 경우는 이번이 서너 번째였다. 초등학교와 중학교 시절에 같이 수학여행을 떠났을 적에 같이 들어간 적은 있다.

두 번 모두 그녀는 내 옆에서 몸을 씻었는데, 이렇게까지 뚫어져라 쳐다보지는 않았으리라 기억한다. 그냥 내가 알아차리지 못했을 뿐일 수도 있지만.

"내 몸 쳐다보니까 좋아?"

나는 머리를 씻으며 그렇게 물었다.

"좋을 리가 있겠니? 넌 어린애 체형인데."

"지금 누구 놀리는 거야?"

나는 결코 어린애 체형이 아니다. 매년 서서히 키도 자라고 있으며, 10년 뒤에는 코마키를 능가하는 모델 체형이 될…… 지도 모른다.

음, 역시나 그건 무리겠지만.

"왠지 초밥 집에 가면 종업원이 주스를 내 줄 것 같아."

"그 구체적인 예시는 또 뭐야? 보기 싫으면 보지 마."

"그럼 보고 싶다고 하면 봐도 돼?"

"그런 뜻으로 한 말은 아니지만."

변명하기에 급급하다, 바로 이런 경우를 두고 한 말이 아닐까 싶다. 나는 운동이나 공부뿐만 아니라 말로도 코마키를 이길 자신이 없었다.

말다툼을 벌여 봤자 보나 마나 질 테지. 게다가 키스할 적에도 주도권을 빼앗기기만 할 뿐이다. 딱히 내가 주도권을 쥐고 그녀의 얼굴이 흐물흐물 녹아내릴 때까지 키스를 하고 싶다는 얘기는 아니지만.

쓸데없는 생각에 사로잡혀 있다. 이게 다 코마키 때문이다.

나는 잡생각을 뿌리치고자 샤워 타월로 몸을 씻기 시작했다. 코마키가 사용한 직후라 그런지 거품이 살짝 남아 있었다. 욕실에는 부모님이 쓰는 타월도 있는데 내가 쓰는 타월을 정확하게 집어내 자기 마음대로 쓰는 이 녀석의 소행에는 그저 한숨만 나올 따름이었다.

코마키의 몸을 씻어 냈던 거품이 이번에는 내 몸을 하얗게 감싼다. 그 광경을 떠올렸더니 살짝 불쾌감이 들었다. 나는 타월을 꼼꼼하게 욕조 물로 씻었다.

하지만 결국 코마키가 먼저 욕조에 들어갔으니 물은 이미 그녀가 쓰고 있는 상황이다.

마음뿐만 아니라 몸마저 그녀에게 침식당하는 기분이 들었다.

하지만 그렇다고 샤워기를 쓰자니 왠지 지는 것 같아서 그녀의 몸을 물리는 모양새로 물바가지를 욕조에다 푹 담갔다.

"이래 봬도 난 쑥쑥 크는 중이라고. 한창 성장기니까."

"성장 고점이 그 정도라면 오히려 몇 년 뒤에는 더 작아 보이겠는데?"

이해하기 힘든 태도를 취하기보다는 이렇게 날 바보 취급하는 편이 차라리 더 마음이 놓였다. 그렇다. 우리는 원래 이러한 사이로 남아야 했다. 서로가 서로를 싫어하고, 서로가 서로를 깎아내리며, 서로 부딪치는 사이. 이런 사이가 헤어질 때까지 계속 이어진다면 더할 나위 없다.

지금 느끼는 감정이 변질되거나 우리의 사이가 다른 형태로 바뀌는 건 이제 지긋지긋하다. 계속 변함없이 그대로 이어졌으면 싶었다.

이 녀석이 내 소중한 것을 탐내는 이유가 지금도 궁금했다. 네가 싫어서 그러는 것이라고 그때 확실하게 얘기해 주었으면 좋았을 텐데.

서로가 서로를 싫어하고 있다는 전제가 무너지면 선배랑 사귀었다가 선배를 찼다는 그 사건은 대체 무엇이었냐는 의문이 생긴다.

내가 싫어서 나를 상처 입히고 싶으니까. 그 외에 다른 이유는 떠오르지 않았다. 그런 상태에서 쓸데없이 의문을 품으면 가슴이 답답해지기에 나는 슬그머니 내 마음을 감추었다.

생각할 필요는 없다. 어차피 생각해 봤자 이제 와서 어떻게 될 일도 아니니까.

"우메조노, 넌 잠 많이 컸네?"

그 사건이 일어난 이후로 나는 줄곧 코마키만 생각해 왔다.

마음이 코마키에게 침식당해 나 자신마저 싫어하게 되었다.

돌이켜보면 그때 이후로 내 마음은 그대로 멈추었는지도 모른다. 코마키와 승부를 벌여 이기고 나서야 비로소 이 녀석을 잊고 앞으로 나아갈 수 있겠지.

"늘 울기만 했고 나보다 더 작았었는데."

나는 몸을 씻기 시작했다. 코마키의 시선에 깃든 것이 바뀌었다. 흥미와 호기심이 당혹감과 의아함으로 바뀌었다.

"내가 언제 울었다고 그래?"

"울었거든? 매일 울기만 했었다고. 그야 네 눈물은 눈으로 볼 수 없으니 아무도 몰랐겠지만. ……자, 좀 비켜 봐."

나는 코마키의 정면으로 욕조에 들어갔다. 좁은 욕조에서 서로 마주 보고 있으니, 기껏 따뜻한 물에 몸을 담갔는데 괜히 더 피곤한 느낌이 들었다.

하아, 한숨을 토해 냈다. 기분 좋아서가 아니었다. 피곤해서였다.

코마키가 자신의 길쭉한 다리를 쭉 뻗으며 나를 그 사이에 끼우는 모양새로 욕조 양옆에 바짝 붙였다. 정말 쓸데없이 긴 다리가 아닐까 싶었다. 새하얗고 날씬한 게, 나도 모르게 그만 깨물고 싶은 마음이 들 정도였다.

"와카바."

코마키가 다음 얘기를 어서 계속해 보라는 듯한 투로 내 이름을 불렀다. 그 말 속에 담긴 의미만 바뀌었을 뿐인데 내 이름을 부르는 말이 전혀 다르게 들렸다.

내 이름을 부를 적엔 아무 의미도 담지 말고 담담히 불러 주었으면 싶었다. 왜 그런 생각이 들까.

"난 그때 그 시절에도 널 싫어했어. 하지만, 아마도 지금은 그때보다 더 싫을 거야."

싫다는 내 말 속에는 대체 어떠한 의미가 담겨 있을까. 감정을 전하는 말이 아닌 이름 또한 그 안에 의미가 담기면 형태가 무한히 바뀐다. 그렇다면 싫다는 말 또한 그 안에 담긴 의미가 바뀌면 본질마저 바뀔지도 모른다.

예를 들어 좋아한다는 의미를 담아 싫다는 말을 입에 담으면.

그 말은 좋아한다는 뜻을 담고서 다른 사람의 고막에 닿을 테지.

나는 지금 분명 진심을 담아 싫어한다고 말했을 터.

"싫어. 싫어. 싫다고. 난 네가……."

말이 나오다가 말았다. 내가 아닌, 코마키가 멈추게 했다.

입술로 입술을 덮어 말을 못 하게 하다니, 원래라면 가슴 설레는 상황일지도 모른다. 하지만 코마키에게 그런 짓을 당해 봤자 가슴이 따끔거리기만 할 뿐, 내 가슴은 조금도 설레지 않았다.

목욕을 하느라 살짝 불은 입술이 내 입술을 빨아들였다. 평소에 비해 수분이 더 함유된 입술에 질식할 것만 같았다. 나는 공기를 갈구하며 입을 벌렸다. 마치 그러기를 기다렸다는 듯이 그녀의 입술이 내 입 안쪽으로 들어왔다.

늘 있는 일이다. 키스는 그저 입을 몸 표면에다 붙이는 행위에 불과하다. 신경 쓸 필요는 전혀 없다.

언젠가 누군가를 좋아하게 되어 좋아한다는 감정을 담아 키스를 하면, 그때는 분명 키스라는 행위에 특별한 의미가 담기겠지.

하지만 설령 그런 날이 온다고 한들, 지금처럼 고등학교 1학년 여름에 코마키와 한 키스를 나는 절대 잊지 못하겠지만.

어쩌면 잊지 못하도록 키스를 하는지도 모른다.

코마키는 마치 자신의 존재를 새기려는 것처럼 혀를 얽기 시작했다.

"나도, 널 싫어해."

"나도 알아. ……저번에 나더러 아무것도 못 본다고 그랬었는데, 오히려 그러는 너야말로 아무것도 못 볼 거야."

"어차피 보여 줘 봤자 보지도 않는 주제에."

그녀는 자그마한 목소리로 그렇게 말하더니 다시금 나에게 입을 맞추었다.

쪼옥, 쪼옥, 어이가 없을 만큼 얄팍하고 허무한 소리가 욕실에 울려 퍼졌다.

아직 키스에 환상이 남아 있던 그때 그 시절이 그리웠다. 삭막해진 내 마음은 소중한 것을 코마키에게 빼앗긴 확실한 증거일 테지.

"그래서, 싫어해."

코마키는 울 것 같은 표정을 지으며 그렇게 속삭였다. 그 '싫어한다.' 는 말에는 분명히 감정이 깃들어 있었다. 나는 그 사실에 살짝 마음을 놓았다.

나 스스로도 어처구니가 없었다. 하지만 누구든 간에 일관성을 느끼면 분명 마음이 놓일 테지.

싫어하면 싫어한다고 태도를 통일해 줬으면 싶었다. 나를 상

처 입히는 것을 즐기는 주제에 왜 음료수는 멜론 소다로 고를까. 생각해 봤자 답은 나오지 않는다. 그녀의 마음은 도저히 알 수 없었다. 그렇기에 나도 혼란스러웠다.

하지만 나 또한 마찬가지로 일관성이 없을지도 모른다.

나는 코마키를 싫어한다. 싫어하지만, 그래도 상처 입히기는 싫었다. 울리기도 싫었고 괴롭히기도 싫었다.

그렇기에 나는 싫은 소리는 하더라도 억지로 싫어하는 매운 걸 먹이지는 않는다.

불공평하지 않나 싶었다.

나는 지금도 코마키의 행복을 바라고 있는데, 코마키는 그렇지 않다. 원망이 사라진 뒤에는 싫어한다는 감정이 남았고, 그것은 무척이나 무르다. 그것을 기반으로 관계를 구축하기에는 너무나도 연약하다.

나도 모르게 한숨을 내쉬자, 또 그녀가 입술을 맞댔다.

혀끝에서 전해져 오는 감정은 나로서는 이해하기 힘들었다.

“이걸 아직도 쓰고 있었네.”

코마키가 방 책상 위에 놓여 있는 필통에서 샤프 한 자루를 꺼냈다. 그것은 초등학교 시절에 깔 맞춤으로 산, 캐릭터가 그려진 샤프였다. 학교에서 쓰기에는 너무 애들 취향이었지만, 줄곧 소중히 여기며 사용해 왔기 때문에 버리기 아까웠던지라 집에서 쓰는 중이었다.

너무나도 자연스럽게 줄곧 사용해 오다 보니 코마키랑 깔 맞춤으로 샀다는 사실마저 지금까지 까맣게 잊고 있었다.

왠지 모르게 거북한 느낌이 든 나는 애써 모른 척했다. 코마키가 샤프를 만지작거리는 소리가 들려왔다.

"튼튼해서."

"흐~음."

여전히 심드렁한 기색이었다. 코마키와의 추억을 소중히 간직할 의도는 전혀 없었기에 딱히 부끄러울 이유도 없었다.

나는 침대에 앉으려 했지만, 어느새 코마키가 내 침대에 앉아 있었다.

야, 그건 내 침대라고. 자기 것처럼 함부로 쓰지 말란 말이야.

나는 어쩔 수 없이 의자에 앉았다.

"와카바의 냄새가 나."

"뭔 소리래?"

"젖비린내."

"뭐라는 거야, 이 자식이."

코마키가 샤프를 나에게 던지고는 베개를 끌어안기 시작했다. 나는 황급히 샤프를 받으려 했지만 실패했고, 샤프는 바닥에 떨어졌다.

나는 한숨을 내쉬며 샤프를 주워 필통에다 넣었다. 코마키랑 아직 사이가 좋았던 시절의 기억과 엮여 있는 샤프는 아마 앞으로 지금처럼 쓰지는 못하겠구나 싶었다.

손에 착 붙는 그 느낌이 참 좋았었는데.

나는 애석하게 여기며 의자 등받이에 몸을 기댔다.

"베개가 납작해지잖아. 그만해."

"이런다고 납작해지지는 않아."

"납작해져, 우메조노. 네 팔 힘은 완전 고릴라 수준이니까."

코마키가 내 베개에 얼굴을 파묻은 채 냄새를 킁킁 맡았다. 역시나 부끄러우니 그만했으면 싶었다. 혹여나 이상한 냄새가 나지는 않을 테지만 자기 냄새는 스스로 알 수 없다. 나는 불쾌감이 들었다.

이 또한 괴롭힘의 일종일까. 나는 필통에 넣은 샤프를 쿡 찔렀다.

"애당초 넌 내 말에 토를 달 권리도 없는걸."

"또 그 얘기야? 하는 짓도 하는 말도 매번 똑같은 패턴이잖아."

"매번 똑같은 패턴으로 멜론 소다만 마셔 대는 사람한테 그런 말을 듣기는 싫은데?"

베개가 날아들었다. 나는 그것을 받아 책상 위에 놓았다. 코마키가 천천히 자리에서 일어났다. 나는 불길한 기운을 감지하고 몸을 뒤로 젖혔다.

"이번에는 뭘 하려고? 또 내 배나 쪽쪽 빨게? 아니면 키스라도 할 거야? 난 신경 안 쓸 테니 정 하고 싶으면 하지 그래?"

애써 강한 척 말해 보았다. 내가 이렇게 말하면 이 녀석은 완전히 다른 짓을 저지르겠구나 싶었다. 코마키는 내 앞에 서더니 오른팔을 내밀었다. 대체 뭐 하자는 걸까?

"승부."

그녀는 짤막하게 그리 말하고는 내 오른손을 움켜쥐었다. 네 손가락을 꾹 쥐고서 엄지손가락을 치켜세우는 그 동작은 낯이 익었다. 기억 밑바닥 속에 깊이 잠들어 있던, 머나먼 옛날에 곧잘 즐겼던 놀이였다.

"손가락 씨름?"

"맞아. 10초 동안 누르는 쪽이 이겨. 준비~."

"아니, 잠깐……."

그녀가 멋대로 승부를 시작했다.

그래도 손가락 씨름이라면 혹시나 나에게 승산이 있을지도 모른다.

나는 가늘고 길쭉한 손가락을 가볍게 쥐고서 엄지손가락의 움직임을 좇았다. 그녀의 엄지손가락은 마치 별개의 생물처럼 움직였다. 나로서는 도저히 붙잡을 수 없었다. 만약 이런 간단한 승부에서도 지면 나는 앞으로 그 어떤 승부에서도 이기지 못하겠지.

나는 필사적으로 그녀의 엄지손가락을 누르려 했지만 오히려 그녀의 손가락에 눌리고 말았다. 내 손가락보다 그녀의 손가락이 훨씬 더 길고 예쁘기 때문에 내가 불리한 측면이 있지 않나 싶었다. 하지만 그렇게 둘러대 봤자 어차피 씨알도 안 먹힌다.

"1, 2……."

그 꽃잎 같은 입술에서 무자비한 카운트다운이 새어 나왔다. 힘도 코마키가 더 세기 때문에 빠져나갈 수조차 없었다. 결국 그녀에게 눌린 엄지손가락을 어떻게든 빼내고자 온 힘을 다해 보았지만 옴짝달싹할 수 없었다. 승부는 그대로 막을 내리고 말았다.

"약해 빠졌어."

그녀가 피식 웃으며 그렇게 말했다. 명백하게 나를 깔보는 표정이었다.

짜증 나. 짜증 나지만 아무 말도 할 수 없었다.

가장 자신 있었던 중간고사에서도 졌기에 내 마음은 이미 너덜너덜해진 상태였다. 그 10점의 차이가 까마득하게 느껴져서, 마치 그녀의 뒷모습조차 보이지 않는 듯한 느낌이 들었던 바로 그날. 그날부터 나는 홀로 길을 잃은 기분이 들었다.

"너도 참 예나 지금이나 변함이 없네."

"뭐가?"

"네 약점도 그렇고, 손이 작은 점도 그렇고. 이것저것, 모조리 다."

생각지도 못했던 말이었다. 이래 봬도 나는 몸도 마음도 나름대로 성장했다. 예나 지금이나 변함이 없다니, 이 녀석은 대체 나를 얼마나 얕잡아 보고 있길래 그런 말을 입에 담는 걸까.

"언제까지?"

"어?"

"대체 언제까지 너는 내 것으로 있을 거야?"

내가 대체 언제부터 코마키의 소유물이 되었을까. 존엄을 빼앗긴 지금의 나는 코마키의 소유물이라 해도 과언이 아닐지도 모르지만.

아니, 무진장 과언이다. 나는 내 거라고.

"……지금껏 변함없었으니까 앞으로도 평생 변함없이 그대로 있으면 돼."

갈색 눈동자가 나를 비추었다. 내 몸이 말을 듣지 않았다. 뇌가 경종을 울리는 듯한 기분이 들었다.

그런데, 대체 무엇 때문에?

"하, 함부로 지껄이지 마! 난 많이 변했어. 나는 더 이상 네가 아는 내가 아니라고."

손가락을 움켜쥐고 있던 코마키의 손이 내 손목으로 이동했다. 어느새 다른 한쪽 손도 내 손목을 쥐고 있었다. 마치 죔쇠가 내 손목을 바짝 조이는 것만 같았다.

뭐야, 대체 뭐냐고.

당황한 나는 그녀를 올려다보았다. 얼음처럼 싸늘한 무표정이 나를 내려다보았다.

"벗어."

"……뭐?"

코마키는 승부에서 이겼다 싶으니 곧바로 내 소중한 것을 빼앗으려 들었다. 나는 한순간 얼어붙었지만, 그녀가 옷을 벗기려 드는 모습을 보고는 퍼뜩 제정신을 차렸다. 자기도 모르게 그녀를 밀쳤다. 내 잠옷을 입은 그녀의 모습은 살짝 우스꽝스러우면서도 왠지 모르게 무서웠다.

"알았어. 알았다고. 벗으면 되잖아. 벗으면. 내가 직접 할 테니까 건드리지 마."

보나 마나 토를 달 권리가 있네 마네 떠들 줄 알았더니 의외로 코마키는 아무 말도 하지 않았다. 그래서 나는 탈의실에서 그랬던 것처럼 옷을 벗기 시작했다.

평소에도 늘 하는 일이다. 교복으로 옷을 갈아입을 적에도 아무렇지 않게 방에서 옷을 벗는 데다, 불과 얼마 전에는 코마키가 보는 앞에서 옷을 갈아입은 적도 있었다. 그렇기에 새삼 부끄러워할 일도 아니다. 나는 그렇게 생각하면서도 오늘은 지난번과는 경우가 다르다는 느낌이 들었다.

방에서 알몸 상태로 빼앗기는 나의 소중한 것. 만약 그녀가 나의 그것을 빼앗으려 든다면 나는 온 힘을 다해 저항해야 한다.

사실 내 첫 키스도 그리 호락호락 내준 편은 아니지만, 그래도 이번에 빼앗길 내 처음은 지금까지와는 차원이 다르다. 키스 정도라면 얼마든지 핑곗거리를 만들 수 있다고나 할까, 코마키는 자신이 싫어하는 사람에게 그런 짓도 하는구나, 싶은 마음으로 받아들일 수 있다.

하지만 내 안에 그어진 선이 그쪽은 안 된다며 소리쳤다.

그런데도 내가 옷을 벗은 이유는 코마키가 있는 일 없는 일 죄다 함부로 떠들고 다닐까 두려워하기 때문일까. 아니면 지금까지 얌전히 소중한 것을 바쳐 왔는데 새삼스럽게 이제 와서 뭘 그러냐는 생각이 들었기 때문일까.

어느 쪽이든 간에 나는 머리가 터질 것만 같았다.

"자, 벗었는데?"

"그럼 이쪽으로 와."

그녀는 침대 위에서 나에게 손짓했다. 내가 한 발짝이라도 내디디면 닿을 만한 거리였다. 그 거리를 메우자니 무척이나 두려워서 손 하나 꼼짝하지 못할 것 같았다. 하지만 내 안의 무언가가 시켰는지, 문득 정신을 차리고 나니 나는 이미 그녀 쪽으로 한 발짝, 또 한 발짝 걸음을 내디딘 뒤였다.

그리고 그녀 앞에 섰을 때, 그녀가 나를 힘껏 끌어안았다. 그대로 이끌린 나는 그녀 위에 올라탄 형태로 침대에 쓰러졌다. 그녀의 얼굴은 보이지 않았다.

두 사람분의 무게가 올라가자 침대가 삐걱거리는 소리를 냈다. 매트리스가 평소보다 움푹 꺼졌다. 한 사람분의 무게만 알고 있을 침대는 이럴 줄 몰랐다는 듯이 계속해서 삐걱삐걱 소리를 냈다.

그녀는 내 등에 팔을 두르고는 마치 잃어버린 무언가를 찾는 것처럼 손을 더듬었다. 살짝 싸늘한 손가락이 내 몸 위를 누비고 다니자, 나는 몸이 떨렸다.

"확실히, 변했을……지도 모르겠네."

그녀가 그렇게 중얼거리며 힘을 뺐다.

"저번과는 감촉이 달라. 겉모습은 변함없지만."

"겉모습도 변했거든?"

내 목소리는 살짝 떨리고 있었다.

"……똑똑히 기억해 둬. 네가 앞으로 이 방에 누구를 들이든 간에 이 방에서 너를 알몸으로 가장 먼저 벗긴 사람은, 바로 나라는 사실을."

"이런 짓을 당했는데, 잊고 싶어도 어떻게 잊겠어?"

"……그럼, 됐어."

그녀는 나를 자기 위에서 내렸다. 나는 한동안 아무 말 없이 그녀를 쳐다보았다. 이윽고 그녀가 "옷이나 입지?"라고 말했다.

대체 뭘 하고 싶었을까.

그런 의문이 들면서도 나는 얌전히 옷을 입기로 했다. 그러는 동안에도 그녀의 시선이 계속해서 느껴졌지만, 딱히 무슨 짓을 당하지는 않았다.

승부 때문에 분위기가 뒤숭숭해진 바람에 우리는 그만 할 말을 잊었다. 뭐라도 해야겠다 싶던 나는 모바일 게임이나 실행해 볼까 했지만, 생각해 보니 둘이서 할 수 있는 게임이 없었다.

우리는 어깨를 나란히 한 채 침대 위에 앉아 잠자코 있었다.

살짝 닿을 듯 말 듯 했던 서로의 어깨가 점점 더 가까워지더니 이내 딱 맞붙었다. 그럼에도 우리는 누구랄 것도 없이 몸을 떼려고 하지 않았다. 코마키의 조용한 숨소리가 귀뿐만 아니라 어깨로도 느껴졌다.

나는 눈을 감았다.

떠올리고 싶지 않았지만, 코마키가 변해 버린 계기를 떠올리고 말았다. 그건 초등학교 2학년 시절에 있었던 일이다.

그 시절의 나는 코마키와 자주 함께 놀곤 했었는데, 그러면서 매일같이 승부를 걸곤 했었다. 그 시절에는 아직 존엄 운운

하는 어려운 얘기는 오가지 않았고, 져도 그냥 분하기만 할 뿐이었다.

그 시절의 코마키는 나를 자기 집으로 불러내 고민거리를 들어달라고 말했다. 내가 알겠다고 하자 그녀는 뒤이어 이렇게 말했다.

"나, 사람 맞지? 다들 나를 완벽하다 그러고, 뭘 하든 다 잘하니까 막 화를 내고 싫어해. 나, 정말로 사람 맞아?"

지금 당장이라도 울음을 터뜨릴 것만 같은 그 표정이 지금도 머릿속에서 선명하게 떠올랐다.

사람에 따라서는 빈정거림으로 받아들일 수도 있는 말이었다. 하지만 그녀가 진심으로 고민하고 있다는 사실은 그 얼굴을 보면 알 수 있었다.

분명 그녀는 너무나도 완벽했다. 무슨 일을 하든 완벽하게 해냈고, 실은 인조인간 같은 존재가 아닐까 하는 의심이 든 적도 있었다. 그녀도 그러한 의심을 사는 바람에 자기 자신에게 두려움을 느꼈겠지.

"그게 무슨 소리야? 완벽하든 아니든 간에 넌 사람이잖아! 그런 일로 고민하지 않아도 돼!"

다른 사람의 고민거리를 들어주는 경우가 많았던 나는 여느 때처럼 고민거리를 듣고는 대수롭지 않게 웃어넘겼다. 너무 심각하게 답변하면 상대방이 침울해 하니, 나는 아무 일도 아니라는 듯이 웃으며 고민거리를 날려 버리는 것이 상책이라고 생각했었다.

하지만 그때부터였다.

코마키가 다른 사람을 깔보기 시작한 것은.

그 이후로 코마키는 노골적으로 다른 사람을 깔보기 시작했다. 그동안 본인이 품고 있던 불안감이 완전히 사라지자 마치 다른 사람처럼 변했다.

그와 동시에 그녀는 더 이상 다른 사람들로부터 미움받지 않았다. 능숙하게 내숭을 떨기 시작했기 때문이다. 하지만 그게 반드시 바람직하게 보이지는 않았다.

지금도 생각한다.

만약 그때 내가 웃으며 괜찮다고 말하지 않았다면, 울지 말라고 등을 쓸어 주었다면 지금과는 다른 미래가 도래하지 않았을까.

마음속으로 흘리던 눈물을 닦아 주었다면 그녀는 지금처럼 다른 사람을 깔보지 않았을지도 모른다. 어차피 생각해 봤자 아무런 답도 나오지 않는, 그런 후회가 그 이후로 줄곧 내 마음속에 가시처럼 박혀 있었다.

"와카바, 잠들면 안 돼."

코마키가 내 어깨를 흔드는 바람에 감았던 눈을 떴다. 그녀는 자신의 얼굴을 숨결이 닿을 만큼 가까이 들이댔다.

왜 그런 짓을 했는지는 나 자신도 알 수 없었다.

나는 자기도 모르게 코마키의 입술을 빼앗았다.

얼굴을 떼자, 코마키는 깜짝 놀란 기색으로 눈을 휘둥그레 뜨고 있었다. 나도 나 스스로에게 깜짝 놀랐다. 그렇기에 자리에서 벌떡 일어나 얼버무리듯이 웃었다.

"이만, 잘 준비나 할까?"

"……베개."

"가지고 오지 그래?"

코마키가 눈을 가늘게 떴다. 알고 있다. 어차피 나에겐 거부권이 없으니까.

"거짓말이야. 내가 베개가 되어 줄게. 또 울면 감당이 안 되니까."

"또 그러네. 내가 네 앞에서 왜 울어? 말도 안 돼."

그럼 내 앞에서만 아니라면 울 거야?

그렇게 물어보려다가 좀 짓궂은 것 같아서 나는 아무 말도 하지 않았다.

그날 밤, 나는 방금 말한 대로 그녀의 베개가 되어 주었다. 잠든 그녀의 얼굴은 예나 지금이나 변함없이 평온해 보였다.

사실 나 또한 예나 지금이나 변함없는지도 모른다.

내 마음은 줄곧 과거의 코마키에게 사로잡혀 있으니까 말이다.

초등학교 시절의 코마키와 중학교 시절의 코마키. 내 마음을 차지하는 코마키의 수는 해마다 증가했고, 이대로 가다가는 코마키에게 완전히 짓눌릴 것만 같았다.

차라리 그랬으면 좋았을 텐데, 코마키는 왜 그런 짓을 했는지 등등. 그런 것만 계속 머릿속에 싸매고 있으면 나라는 존재 자체가 사라지고 만다. 그렇기에 나는 머릿속에서 코마키를 내쫓을 요량으로 눈을 감고 잠들고자 했다.

바로 코앞에 코마키가 있는 상태에서는 그것도 뜻대로 되지 않았지만.

## 3 듣고 싶은 말과 하고 싶은 말

한 달이라는 기간이 생각보다 길다는 사실을 나는 최근 들어서야 깨달았다.

중간고사가 끝난 지 아직 한 달도 채 지나지 않았지만 체감상으로는 벌써 몇 달은 지난 것 같았다.

그것도 다 코마키에게 이런저런 이상한 짓거리를 당했기 때문일 테지. 첫 키스를 빼앗기기도 했고, 홀딱 벗겨져 알몸으로 서 있기도 했다.

일반적인 고등학생이라면 절대로 경험해 보지 못할 이벤트라 할 수 있으니, 희소성이나 가치가 있는 것처럼 보이기도 한다. 실제로는 그런 게 없으니까 문제지만.

"다시 말해, 이 덩어리 자체를 하나의 명사로 취급하여――."

"……하아."

중간고사 이후로 나는 수업 시간에 전혀 집중하지 못했다.

만점까지 딱 10점 부족했으니까 나름대로 높은 점수를 받았다고는 본다. 사상 최고 점수였다. 적어도 우리 반에서는 1등이었고 학년 전체를 통틀어도 상위권에 속했다.

그렇지만 결국 코마키에게 졌으니 아무 소용도 없었다.

기말고사 때 또 같은 승부를 벌일 마음은 전혀 들지 않았다. 나는 책상 위에서 샤프를 굴렸다.

학교에서 쓰기에는 너무 애들 취향인, 캐릭터가 그려진 샤프였다. 코마키와 깔 맞춤으로 샀다는 사실을 떠올리고 나니 더 이상 집에서는 쓸 수가 없어서 자기도 모르게 학교에 가지고 왔다.

하지만 막상 학교에 가지고 와서 보니 왜 또 울적한 기분이 들까.

코마키와 사이가 좋았던 시절의 기억이 떠오를 것 같으니까?

아니면——.

"……아."

별생각 없이 창밖을 보았다가 콩알 크기만 한 눈동자와 시선이 마주친 듯한 느낌이 들었다.

찬란한 하늘이 굽어살피는 와중에도 하늘보다 더 아름답게 반짝이는 갈색 눈동자. 그것은 틀림없이 코마키의 눈동자였다.

왜 꼭 이럴 때만 코마키가 눈에 띌까.

그녀의 반이 체육 시간임을 알고 있었기에 일부러 창밖은 보지 않으려 했는데 말이다. 자기도 모르게 한숨을 내쉬자, 코마키는 싱긋 웃으며 손을 흔들었다.

대체 무슨 생각으로 저럴까.

그녀가 내 모습을 발견하고는 순수한 마음으로 기뻐하는 중이라고 보기는 어려웠다. 게다가 나도 똑같이 손을 흔들어 답하기는 싫었다. 하지만 아무것도 하지 않으면 그건 또 왠지 모르게 진 것 같은 기분이 들었다.

나는 살짝 고민했다가 손을 흔들어 답했다.

모처럼 내가 마지못해 손을 흔들어 주었는데도 코마키는 인상을 찌푸렸다.

야, 그 태도는 뭔데?

그런 생각이 들었다가 문득 내 오른손 쪽으로 눈길을 돌렸다. 어느새 나는 그 샤프를 손에 쥐고 있었다.

그렇구나. 싫어하는 사람과 깔 맞춤으로 산 샤프는 당연히 꼴도 보기 싫겠지.

한 차례 한숨을 내쉬고 오른손을 내리자, 곧바로 옆에서 인기척을 느꼈다.

"요시자와, 수업 중에 딴짓을 하면 못써요."

선생님이 빙그레 웃으며 그렇게 말했다. 나는 뺨이 굳어지는 것을 느꼈다.

결국 그 뒤에 나는 선생님이 내 준 문제를 몇 개 풀어야 했고, 왜 이렇게 풀었는지 해설까지 해야 했다. 이게 다 코마키 때문이다. 애당초 왜 코마키는 우리 교실을 쳐다보고 있었을까. 무진장 짜증 났다. 하지만 문제를 푸느라 정신이 없어서 화낼 겨를조차 없었다.

"이야, 고생 많았어~."

수업이 끝나고.

내 자리로 온 카오리가 그렇게 말했다. 나는 책상 위에 푹 엎드린 상태였다. 아까와는 달리 창문 쪽은 거들떠보지도 않았다. 수업은 이미 끝났지만 아직 코마키가 교정에 남아 있을지도 모르니까.

그녀와 눈 마주치면 영 좋지 않을 것 같았다. 가슴속에서 여러 가지 감정이 맴도는 바람에 불쾌감이 들거나 답답함을 느끼기 때문이다.

왜 나는 고등학생이 된 뒤에도 코마키에게 휘둘려야 할까.

"고생 많았지~. 잘했어."

어느새 내 앞에 서 있던 마츠리가 내 머리를 쓰다듬어 주었다.

다정한 손길이구나 싶었다.

코마키도 가끔 이런 식으로 마츠리처럼 다정하게 날 대해 주기도 하지만, 역시나 마음이 놓이는 정도는 차원이 다르지 않나 싶었다.

코마키가 다정하게 대해 준들 조금도 기쁘지 않지만, 마츠리가 다정하게 대해 주니 살짝 기쁜 느낌이 들었다.

아, 진짜. 코마키, 코마키, 코마키, 왜 나는 자꾸 코마키만.

"고마워, 마츠리. 덕분에 기운이 좀 났어……."

"나한테 반했니?"

"옛날부터 반했었는걸."

"어머나, 고마워라~. 나도 널 엄청 좋아해~."

좋아해.

왠지 모르게 가슴이 따뜻해지는 말이었다. 마츠리가 나에게 건네는 좋아한다는 말은 옛날부터 조금도 변함없었다. 그 말을 듣고 마음이 놓이는 이유는 역시나.

내 감정의 굴곡이 격렬한 탓일지도 모른다.

"와카바, 와카바, 나는?"

"카오리는 딱히……."

"그게 뭐야! 나한테도 반했다고 말해~!"

"잠깐. 그러다 머리 다 헝클어지겠어. 그만해!"

카오리가 마치 개를 쓰다듬는 것처럼 양손으로 내 머리를 마구 헝클어뜨렸다. 마츠리나 코마키와는 다른 그 난폭함은 그야말로 카오리 특유의 느낌이었다. 힘 조절도 전혀 없었다. 그렇잖아도 요즘 같은 계절에는 머리가 엉망이 되기 십상이라 그만했으면 싶었다.

카오리가 한바탕 내 머리를 쓰다듬고 나니, 내 머리는 아침에 손질하기 이전의 상태로 고스란히 되돌아갔다.

나는 창문에 반사된 내 모습을 흘끗 확인하고 나서 조용히 자리에서 일어났다.

"카오리."

"왜?"

"너도 이리 와!"

"우왓! 잠깐, 잠깐!"

나는 카오리의 머리를 묶고 있는 머리 끈을 풀어 그 머리를 난폭하게 쓰다듬었다. 그 애도 되갚아 주겠다는 듯이 마찬가지로 내 머리를 쓰다듬어 댔지만, 이쯤 되니 아무래도 좋았다.

나는 카오리의 머리가 엉망이 될 때까지 마구 쓰다듬고 나서야 그녀의 머리 위에 머리 끈을 살며시 올려놓았다.

"풉, 꼭 *카가미모찌 같아."

"와카바, 그게 누가 할 소린데! 넌 완전 귤 머리라고!"

"그거 알아? 카가미모찌 위에 올려놓은 건 사실 귤이 아니래."

"어, 진짜? 그럼 뭔데? **퐁캉?"

"아니, 퐁캉일 리가 있나……."

그러고 보니 광귤인지 뭔지 감귤의 일종인 것 같지만 확실하지 않았다. 이런 쪽의 잡지식은 아마도…….

아니, 관두자. 이 이상 깊게 파고들면 내 마음에서 나라는 존재가 사라질 것 같으니까.

"저기, 와카바."

"응? 왜 그래, 마츠——."

내가 미처 말을 끝내기도 전에 마츠리가 내 손을 쥐고는 자기 머리 위에 올렸다. 그 폭신폭신한 감촉이 기분 좋았다. 하지만.

그녀가 반짝이는 눈동자로 나를 쳐다보았다. 설마 카오리에게 그랬듯 자기에게도 똑같이 해 달라는 뜻일까.

살짝 거부감이 들었다. 마츠리로부터 이상한 짓을 당하는 것이야 익숙했지만, 막상 내가 이런 짓을 하자니, 뭐랄까, 엄청 죄책감이 들었다. 마츠리는 나랑 가장 친한 친구지만, 으~음.

"자, 얼른. 얼른."

마츠리가 눈을 반짝이며 나를 재촉했다. 꼭 쓰다듬어 주길 바

---

* 카가미모찌 : 일본에서 신년이 되기 전 떡 두 개와 맨 위에 귤을 올려놓고 꾸며둔 공물. 추후 신년이 되면 정리하고 먹는 것으로 복을 기린다.

** 퐁캉 : 국내에서는 병감(椪柑)이라고도 하는 귤의 한 종류. 국내에서는 '한라봉'이 유명한 개량 품종이다.

라는 강아지 같다, 라고 말하면 화를 내려나. 아니, 마츠리라면 순순히 기뻐하겠지.

괜찮을까. 나는 잠시 망설이고 나서 그 애의 머리를 살짝 난폭하게 쓰다듬었다. 머릿속에 떠오른 그녀보다 살짝 짙은 갈색 머리는 그리 눈부시지도 않았으며 적당히 예쁘고 좋았다. 감촉도 좋았고.

나는 그녀의 머리를 헝클어뜨리며 그 눈동자를 쳐다보았다. 마츠리의 눈동자에는 언제나 거짓 한 점 없다고 본다. 지금도 즐겁다는 감정으로 가득했고, 잔잔한 바다처럼 맑고 투명했다.

나는 과연 어떨까. 모든 것을 다 꿰뚫어 보는 것처럼 느껴지기도 하는 마츠리의 눈동자에 나는 과연 어떤 모습으로 비칠까.

속으로 그런 생각을 하고 있으니, 뒤에서 누가 내 머리를 쓰다듬었다.

"카오리?"

"네~에, 고객님, 어디 가려운 덴 없으세요~?"

"가려운 덴 딱히 없지만, 아파."

"왜요?"

"너 때문에."

"그래, 그랬군……. 용서 못 해."

카오리가 있는 힘껏 내 머리를 잡아당겼다. 그러다 대머리라도 되면 책임질 건가? 아니, 이쯤 되면 더 이상 돌이킬 수 없는 지경까지 간 것 같은데.

다음 수업 전까지 머리를 다시 원상태로 되돌리기는 확실히 불가능해 보였다.

한동안 우리는 웬일로 한마음 한뜻이 되어 서로의 머리를 엉망진창으로 헝클어뜨렸고, 그러는 동안 10분 휴식 시간은 거의 끝나 가고 있었다.

이제 1분 남았다. 게다가 다음 수업은 이동 수업이라 서둘러야 한다. 다시 제정신을 차린 우리는 쓴웃음을 지으며 종종걸음으로 복도를 나아갔다.

이미 불도 꺼지고 문도 잠겨 있는 교실이 여러 곳 눈에 들어왔다.

의외로 다들 성실하구나 싶은 생각이 들던 차였다. 갑자기 무언가가 내 팔을 잡아당겼다.

나는 소리를 지를 새도 없이 빈 교실로 끌려 들어갔다. 들고 있던 필통과 노트가 떨어지며 잘 닦여 있는 바닥이 비명 소리를 질렀다.

그 직후에 문에서 덜컹거리는 소리가 났다. 아무래도 문이 잠긴 모양이었다.

대체 누가 나를 이 교실로 끌어들였을까. 생각할 필요도 없었다. 내 일상을 박살 낼 만한 사람이야 단 한 명밖에 없으니까.

"우메조노."

"오랜만이야, 와카바."

오랜만은 무슨. 불과 조금 전에도 서로 눈 마주쳤었는데. 애당초 오늘 아침에도 이미 한 차례 얼굴 마주한 적 있었고 말이다.

그런데도 코마키는 마치 몇 년 만에 만난 사람처럼 굴었다. 하루가 천 년 같다는 말이 있는데 이게 그런 경우일까. 잠시 그런 생각이 들었다가 나는 고개를 저었다. 어처구니가 없다. 그럴 리가 있나.

“무슨 볼일인데? 다음 수업은 이동 수업이라 어서 가 봐야 하는데.”

“나한테 일일이 묻지 마. 조금은 스스로 생각해 보는 게 어때?”

생각해도 잘 모르니까 물어봤는데 말이지.

지금까지는 우리 교실에 오는 경우는 있어도 이렇게까지 내 생활을 강제로 방해하지는 않았었다. 코마키의 내부에서 모종의 변화가 있었는지, 아니면 지금까지는 그냥 새 발의 피에 불과했었는지.

무표정으로 나를 내려다보는 코마키를 바라보고 있는데 종이 울리기 시작했다. 카오리와 마츠리는 무사히 교실에 잘 도착했을까.

마치 공포 영화 속 등장인물이라도 된 듯한 기분이었다. 한발 늦게 도망치다가 좀비에게 물어뜯긴 피해자는 분명 지금의 나처럼 절망적인 기분을 맛보았겠지.

“벌써 수업 시작했잖아. 난 이만 가 볼게.”

“안 돼.”

나는 그녀의 옆을 지나쳐 가려고 했지만, 그녀가 내 손목을 붙잡았다. 내 이럴 줄 알았지. 이대로 놓아 줄 작정이었으면 애초에 날 이 교실로 끌어들이지도 않았을 테니까.

그런데 대체 뭘 하려는 걸까.

속으로 그런 의문이 드는 와중에 갑자기 가슴 주머니 속에 들어 있던 스마트폰이 진동하기 시작했다. 아무래도 전화가 걸려 온 모양이었다.

"받지 그래?"

코마키는 그렇게 말하더니 나를 근처에 있는 의자로 잡아끌었다. 코마키는 그대로 나를 의자에 앉히더니 자기도 바로 앞에 있는 의자에 앉았다.

나는 인상을 찌푸리며 주머니에서 스마트폰을 꺼냈다. 화면에는 마츠리의 이름이 표시되어 있었다.

나는 잠시 망설이다가 전화를 받았다.

『와카바? 갑자기 쥐도 새도 모르게 사라졌는데, 지금 어디야?』

뚜벅뚜벅, 스마트폰 너머에서 발소리가 들려왔다. 아무래도 마츠리는 지금 복도에 있는 모양이었다.

"그…… 잠시 화장실에 들렀어."

『흐~음……? 몇 층인데?』

"그건……."

블라우스 단추가 풀렸다. 하나, 둘, 셋.

앞섶이 벌어지자 별안간 불안감이 엄습하는 건 어째서일까. 저번에 우리 집에서 옷을 벗었을 적과는 상황이 달랐다. 학교에서 이런 짓을 하는 와중에 누가 보기라도 하면 모든 게 끝장이다. 고등학교 생활을 시작한 지 이제 얼마 지나지도 않았는데 다짜고짜 퇴학이나 정학 처분을 받을지도 모른다.

그 점은 코마키 또한 잘 알고 있을 테지만, 그녀는 아랑곳하지 않고 내 교복 단추를 풀어 나갔다.

블라우스 단추는 집 현관문과 똑같다. 쉽사리 열려서는 안 되고, 오직 열쇠를 가진 사람만이 열 수 있어야 한다.

그럼에도 코마키는 무표정으로 내 교복을 벗기는 중이었다. 그 눈동자에는 감정이 너무나도 결여되어 있었다. 마치 나를 벌레로 착각하고 있는 것이 아닐까 싶은 생각이 들었다.

『와카바?』

“미안. 어쨌든 금방 갈게! 조금만 기다려! 그럼——.”

“안 돼. 그대로 계속 통화해.”

스마트폰을 쥐고 있는 반대쪽에서 코마키가 속삭였다. 그 간지러운 느낌에 몸을 비틀 뻔했지만 그녀는 내가 그러지 못하게 내 양쪽 어깨에다 손을 얹었다.

그러는가 싶더니 쇄골 언저리에서 통증이 일었다.

나는 내 눈을 의심했다. 코마키가 내 몸에 입술을 대고 있었다. 저번에도 이와 비슷한 짓을 당했었지만, 그때는 주위에 아무도 없었을 뿐만 아니라 통화 중도 아니었다.

이런 상황에서는 아무 말도 할 수 없다. 아무것도 할 수 없다. 통화 중이라 승부를 걸 수도 없는 노릇이고, 그저 가만히 이 녀석이 하는 짓을 감내할 수밖에 없었다. 지금 마츠리와의 통화를 끊으면 대체 무슨 짓을 당할지 알 수 없다.

아니, 끊든 말았든 간에 결국 무슨 짓을 당할지 알 수 없는 것은 매한가지지만.

"우메조노, 이 바보. 대체 무슨 생각을……."

나는 스마트폰을 입에서 살짝 떼고 나서 작은 목소리로 그렇게 말했다.

"시끄러워. 자꾸 시끄럽게 굴면 깨물 거야. ……자, 다시 통화에 집중이나 해. 이러다 마츠리가 화낼 걸?"

그런다고 마츠리가 화를 내지는 않는다. 코마키와 달리 마츠리는 착하니까.

『와카바, 괜찮아?』

"으, 응. 상황이 조금……."

『혹시 내가 가면 곤란한 상황인가 봐?』

"……미안."

쇄골, 어깨, 복부. 그녀는 내 몸 곳곳에 붉은 자국을 남겼다. 다른 사람의 몸에다 상처를 내는 것이 그리도 즐거운가 싶지만, 코마키는 전혀 즐거워하는 기색이 아니었다. 사실 이런 짓을 웃으면서 벌이면 그건 그것대로 또 곤란하지만. 과연 어떨까.

나는 자그맣게 한숨을 토해 냈다. 괜찮다. 살짝 심호흡을 하면 이 상황도 익숙해진다. 나는 제법 적응력이 뛰어난 생물이니까.

마츠리와 카오리랑 함께 있을 때만큼은 코마키와의 비일상을 잊을 수 있다. 딱히 그런 이유 때문만은 아니지만, 나는 두 사람과 함께 보내는 하루하루가 즐거웠다.

하지만 그와 동시에.

일상이 무너져 가는 감각과 코마키에게 져서 이상한 짓을 당하는 일에 서서히 익숙해져 가는 나 자신이 있었다. 이런 짓거리에 익숙해졌다간 앞으로 내 인생은 과연 어떻게 될까.

그런 생각이 들었지만, 그렇다고 익숙해져 가는 내 마음을 어떻게 할 수는 없는 노릇이다.

확실히 분노의 감정은 존재한다. 내 소중한 것을 하나씩 하나씩 빼앗으려 드는 코마키를 향한 나의 분노는 지금도 있다. 하지만 그 분노가 서서히 옅어져 가는 것 또한 시간문제에 불과할지도 모른다.

나는 내 감정을 믿지 않는다.

『상관은 없지만~. 그래도 내 도움이 필요하면 언제든 말해야 해?』

"……응. 고마워."

바로 지금 마츠리에게 도움을 청하면 과연 어떻게 될까.

지금까지 코마키에게 당한 짓을 모조리 다 털어놓고 어떻게든 도와 달라고 부탁하면 어떨까. 그렇게 생각하다 보니 하마터면 내 입술이 몹쓸 말을 자아낼 뻔했다.

안 된다. 마츠리는 나의 가장 소중한 친구다. 괜히 이런 일에 끌어들여서는 안 된다.

애당초 이 일은 내가 뿌린 씨앗이다. 내가 직접 어떻게든 확실하게 거두어들여야만 한다. 무슨 수를 써서라도 코마키와의 승부에서 이긴 다음, 그녀와의 관계에 종지부를 찍어야 한다.

그렇게 해야만 나는 앞으로 나아갈 수 있으니까.

"마츠리, 그러는 너는 괜찮고? 벌써 수업 시작하지 않았어?"

『아하하, 괜찮아~. 깜빡한 물건이 있다고 얘기하고 살짝 빠져나왔거든.』

"우와, 불량 학생."

『이 정도면 양반이지~.』

나는 내 감각이 이상해져 가는 것을 느꼈다. 오른쪽 귀에서는 일상이, 왼쪽 귀에서는 비일상이 내 몸에 끼어들었다. 그 격차 때문에 도저히 제정신을 유지할 수 없을 것만 같았다.

처음 느껴 보는 감각이었다. 과연 코마키는 대체 무엇을 위해 나더러 마츠리와의 통화를 계속하라고 했을까.

내가 그렇게 생각하는 동안에도 나에게 새겨진 키스 마크 수는 늘어만 갈 뿐이었다. 자신의 몸을 내려다보니, 정신이 아득해질 만큼 수많은 붉은 자국이 나 있었다. 모처럼 하복으로 바꿔 입고 한껏 홀가분한 기분을 맛보고 있었는데. 앞으로는 이 붉은 자국을 숨기면서 자유와는 동떨어진 생활을 보내야 할까.

나는 한숨을 내쉬고서 코마키를 쳐다보았다.

표정이 보이지 않으니 살짝 불안감이 들었다. 그녀가 대체 어떤 표정을 지어야 나는 만족할 수 있을까.

코마키가 나에게 무엇을 바라는지는 알 수 없었다. 하지만 그와 동시에 내가 코마키에게 무엇을 바라는지 또한 나 스스로도 알지 못했다.

"있잖아."

어느새 나는 허공에 대고 말을 던지는 중이었다.

"날 어떻게 생각해?"

그것은 코마키에게 한 말일까. 아니면 그 누구에게도 한 말이

아닌, 그저 혼잣말일까. 어느 쪽이 맞는지 아리송한 와중에 코마키가 고개를 들었다.

다시금 그녀의 입술이 내 왼쪽 귀로 다가왔다.

『응? 아까도 얘기했지만 난 너를――.』

내가 던진 말은 하나였다.

하지만――.

『좋아해.』

"싫어해."

돌아온 답변은 둘이었다.

일상의 말과 비일상의 말. 어느 쪽이든 내 마음을 조금은 편안하게 해 주었다. 눈에 보이지 않는 사람의 마음 또한 말이라는 형태를 거치고 나면 그 존재를 아주 조금은 믿을 수 있다.

떠오르고는 사라지고, 생겼는가 싶으면 터져 나간다. 그것이 분명 사람의 마음으로, 영원하지 않다는 사실은 나 또한 잘 알고 있다.

하지만 누군가의 마음이 오래 이어지고 있다는 사실에 나는 마음을 놓고 있다.

머나먼 옛날, 나는 코마키가 나를 호의적으로 대하는 줄로만 알았었다. 하지만 사실은 그렇지 않았다. 나를 싫어한다고 했다. 그 변화가 슬프고 가슴 아팠으며 불안했다.

하지만 나 또한 마찬가지다. 분명 선배를 좋아했을 텐데도 마치 꿈에서 깬 것처럼 선배를 향한 내 마음은 금세 식었다. 코마키도 좋아했었지만 그 사건 이후로는 싫어하게 되었다.

그런데 지금 누가 나에게 진심으로 코마키를 증오하고, 또 세상에서 가장 싫어하냐고 묻는다면 나로서는 답하기 힘들었다.

그렇기에 나는 내 감정을 믿을 수 없었다. 막상 다음날이 되면 바뀔 수도 있고, 지금 존재하는 것이 사라질지도 모른다. 나는 그것이 싫었기에 다른 사람의 마음을 확인하고 싶었다.

줄곧 간직해 온 감정이 있다면, 나 또한 좀 더 자유롭게 살아갈 수 있을지도 모르지만 말이다.

"나도……."

나도 좋아한다.

나도 싫어한다.

내가 하려던 말은 과연 어느 쪽이었을까.

어느 쪽인지 아리송한 상태에서 코마키에게 입술을 빼앗겼다. 자기도 모르게 눈을 질끈 감았다. 하지만 그런다고 코마키의 존재가 사라질 리 만무했다.

역시나 그녀의 냄새가 코앞에서 나다 보니, 또 그녀의 혀 감촉이 내 혀를 휘감다 보니 마음을 놓을 수 없었다.

하지만 차마 다시 눈을 뜰 수가 없어서 잠자코 그녀의 키스를 받아들였다.

이걸 받아들였다고 표현하면 좀 어폐가 있지 않을까 싶지만.

"다 했어."

코마키가 그렇게 말하고는 내 스마트폰을 빼앗았다.

통화를 종료한 그녀는 스마트폰을 다시 내 쪽으로 던지고는 자리에서 일어났다.

나는 커다랗게 한숨을 내쉬었다.

"느닷없이 갑자기 뭐야?"

"학교에서 키스하는 건 처음이잖아?"

말이 안 통하는 기분이 들었다.

코마키는 고개를 돌린 채 교실 문을 열기 시작했다.

"저번 마작에서 내가 이긴 만큼, 받아가지 않았었잖아?"

"아, 그거……."

그러고 보니 그때 내가 진 만큼 소중한 것을 바치지 않았었나 보다. 나는 거의 까맣게 잊고 있었지만, 역시나 코마키는 잊지 않았던 모양이다.

참 철저하다고 해야 할까. 나중에 커서 빚쟁이가 되면 어떨까 싶었다. 코마키랑 무척이나 잘 어울릴 것 같았다.

"만약 다른 사람에게 들켰다면 큰일 아니야?"

"딱히?"

아니, 딱히는 무슨.

코마키라면 고등학교에서 퇴학당하더라도 어찌어찌 잘 헤쳐 나갈 수 있겠지만, 나는 힘들지 않을까 싶었다.

뭐, 행운의 여신으로부터도 사랑받는 그녀가 설마 퇴학이라는 사태에 직면할 리는 없겠지만.

"……뭐, 됐어. 이걸로 만족했을 테니 됐지? 이제 그만 수업하러, 가 봐야 하는데."

"성실하게 수업을 받는다 한들 어차피 나에겐 이기지 못할 테지만."

"신경 끄셔. 그리고 이기든 졌든, 그것과는 별개로 수업은 착실하게 들어야 하잖아?"

"굳이 수업을 듣지 않더라도 지식을 쌓을 방법은 얼마든지 있어."

"그럴 거면 고등학교는 왜 왔는데? 그리고 너라면 얼마든지 더 좋은 학교에 갈 수 있었잖아?"

코마키는 대답하지 않았다.

어쩌면 이 녀석은 나를 괴롭힐 목적 하나만으로 이 고등학교를 택했을지도 모른다. 그렇다면 성격이 완전히 꼬일 대로 꼬이지 않았나 싶지만, 어차피 그것 또한 이제 와서 생각해 봐야 소용없겠지.

아무래도 좋다. 코마키가 어떻게 생각하든 간에 나는 그저 그녀와의 승부에서 이길 따름이다.

그렇게, 마음먹었지만.

"……뭐, 나야 아무래도 상관없지만. 그럼 넌 계속 여기에 있지 그래? 나는 이만 가 볼 테니까."

나는 교복을 고쳐 입고 나서 바닥에 떨어진 노트를 주섬주섬 주웠다.

"여기서 못 나가."

그녀는 그렇게 말하더니 내 손을 잡아끌며 걸음을 내디뎠다.

그 바람에 하마터면 노트가 손에서 떨어질 뻔했지만 가까스로 모면했다.

"대체 뭔데? 그렇게나 사사건건 내 발목을 잡고 싶어?"

"넌 내 거니까. 소유권은 나에게 있으니 넌 자유롭게 수업을 받을 권리도 없어."

말도 안 되는 소리.

지금껏 수업 중에 날 간섭한 적은 없었는데. 비일상이 일상을 침식하고 있음을 느꼈다.

이대로 침식이 완전히 끝나고 나면 과연 내 생활은 어떻게 변할까.

"그게 싫거든 승부나 걸지 그래? 어차피 못 이길 테지만."

"이번에야말로 꼭 이길 거야. ……잠깐 따라와 봐."

나는 코마키의 손을 잡아끌며 우리 교실로 향했다. 이왕 거는 승부는 내 영역에서 거는 게 좋아 보였다.

평범한 고등학교 생활을 지키기 위해서는 승부에서 이겨야 한다고 본다. 어떤 내용으로 승부를 벌일지는 곰곰이 잘 생각해야 하지 않을까 싶지만, 그렇다고 너무 꾸물거리면 그전에 내 소중한 것을 모조리 다 빼앗길 것만 같았다.

그렇기에 오늘도 나는 나에게 불리한 도박에 나설 수밖에 없었다.

"거긴, 내 자린데."

"내 자리잖아?"

어느새부턴가 내 것은 코마키의 소유가 된 모양이었다.

코마키는 자못 당연하다는 듯한 표정을 지으며 내 자리에 앉았다. 나는 어쩔 수 없이 내 자리 옆에 서서 창밖을 바라보았다.

체육 수업 중인 반 학생들이 힘찬 소리를 내질렀다. 단둘만 있는 교실은 엄청 조용했지만, 불과 수십 미터 너머에서는 어이가 없을 만큼 떠들썩했다.

나는 차가운 창문에 살며시 손을 댔다.

"10분 내로 비가 내릴지 한번 내기해 볼까? 비가 내리지 않으면 내가 이기고, 내리면 네가 이기는 걸로 어때?"

"……좋아."

6월로 접어든 이 계절에 이런 승부를 벌이다니, 무모할지도 모른다. 하지만 나에게는 다 생각이 있었다.

오늘 아침에 확인했을 때, 오늘 강수 확률은 무려 0%였다. 10%도 20%도 아닌, 0%였다. 장마가 소강상태에 접어든 모양이었다. 제아무리 행운의 여신으로부터 사랑받는 코마키라 할지라도 0%를 뒤집을 수 있을 리 만무하다.

게다가 10분 이내라는 짧은 시간을 지정했으니 나의 승리는 거의 확정이지 않을까 싶었다.

이제는 마음 놓고 시간이 지나기를 기다리기만 하면 된다.

……그런데.

친구들과 함께 있을 때는 아까처럼 10분이 금세 지나갔지만, 코마키랑 함께 있으니 그렇지 않았다. 딱히 억지로 대화를 이어 나갈 생각은 없지만, 오늘따라 왠지 모르게 대화를 좀 더 나누고 싶은 기분이 들었다.

나는 스마트폰으로 시간을 재어 가며 입을 열었다.

"우메조노, 넌 머리색이 참 예쁘네."

"뭐?"
"염색도 하지 않았는데 예쁜 갈색을 띠고 있구나 싶어서."
나는 그녀의 뒤쪽으로 이동하여 그 머리를 만져 보려고 했다.
아무래도 코마키는 뒤쪽에도 눈이 달린 모양인지 고개도 돌리지 않은 채 내 손을 움켜쥐었다.
"만지지 마."
"윽."
내 몸은 만지거나 빨거나 자기 마음대로 하는 주제에 다른 사람이 자기 몸을 만지는 건 싫다니, 좀 너무하지 않나 싶었다.
살짝 만진다고 닳는 것도 아닌데.
옛날에는 어떻게 했더라? 별생각 없이 내 손과 그녀의 머리를 번갈아가며 바라보고 있으니, 그 부드러운 머리를 만졌을 적의 감촉이 되살아난 듯한 느낌이 들었다. 그건 내 착각일지도 모르지만.
"대신 내 머리를 만져 봐도 되는데."
"됐어. 네 머리는 하도 많이 만져서 벌써 질렸으니까."
그렇게나 많이 만졌었나, 싶은 생각이 들었다.
코마키는 나와 함께했던 추억을 얼마나 제대로 기억하고 있을까. 내가 잊어버린, 사이가 좋았던 시절의 기억도 그녀라면 지금도 잘 기억하고 있을까.
그렇다면 코마키는 지금의 나를 보며 무슨 생각을 할까. 친한 척했던 시절에는 내가 대체 얼마나 싫었을까.

"최근 들어 트리트먼트도 바꿔 보았는데 나름대로 만족스러웠거든. 마츠리도 좋아하더라고."

"……마츠리가?"

"응. 만질 때의 감촉이 참 좋다는 듯한 표정을 짓더라고."

"뭐야, 그게?"

코마키가 나를 향해 고개를 돌렸다. 역시나 그 표정은 언짢아 보였다. 요즘 들어 코마키가 제대로 웃는 모습을 본 적이 없구나 싶었다.

그래도 어릴 적에는 코마키 또한 진심 어린 웃음을 지었던 것 같은 느낌이 들지만, 어쩌면 그것도 결국에는 다 거짓된 웃음이었을지도 모른다. 싫어하는 상대에게 진심으로 웃는 모습을 보일 리 없으니까 말이다.

생각이 거기에까지 미치다 보니, 나는 코마키의 진짜 감정을 거의 알지 못한다고 볼 수 있지 않을까 싶다. 딱히 아무래도 상관없는 일이지만.

"안 만져 볼 거야?"

"됐어. 세균 옮으면 어쩌려고."

"네가 무슨 초등학생이냐?"

아무래도 상관없다. 친구들이랑 할 만한 짓을 이제 와서 코마키랑 하고 싶은 마음은 없다. 다만, 나는.

높은 곳에서 나를 내려다보는 코마키를 내가 있는 곳으로 끌어내리고 싶을 뿐이다.

코마키가 완벽한 사람이 아님을 증명하고 싶다. 그 누구의 도움도 받지 않고 내 손으로 직접 말이다. 내가 그녀에게 승부를 거는 이유 중 하나가 바로 그것이기 때문이다.

"……아까 마츠리랑 계속 통화하라고 시켰었는데, 대체 왜?"

"그야 당연히 그렇게 해야 네가 더 싫어할 테니까."

"완전, 저질."

왠지 그럴 줄은 알고 있었다. 코마키가 하는 짓 대부분은 나를 괴롭히기 위함이다. 나를 괴롭힐 수만 있다면 부끄러움도 무릅쓸 수 있다며 눈 하나 깜짝하지 않고 말할 사람에게 나는 대체 무엇을 바라고 있을까.

정말로 짜증 난다.

왜 내가 이런 짓을 당해야 하나 싶은 생각이 들었다. 분명 이 학교에서 가장 부조리한 처사를 받는 사람은 보나 마나 나겠지.

자업자득이라 할 수도 있겠지만, 살짝 앙갚음 좀 한다고 천벌 받지는 않겠지.

"우메조노."

"왜——."

아무 말도 못 하게 하겠다.

대답 한마디 못 하게 하겠다. 나는 살며시 몸을 내밀어 그녀의 입술에 키스했다. 앉아 있으면 이 녀석도 그리 크지는 않다. 그렇기에 처음으로 키스했을 적과는 달리 그렇게까지 고생하지는 않았다.

이미 익숙한 참이다. 몇 번이나 키스를 당해 온 나였기에 이제 와서 내가 키스한들 아무렇지도 않았다.

심장이 경종을 울리는 듯한 기분이 드는 것도, 얼굴이 화끈거리는 듯한 기분이 드는 것도, 모두 내 착각에 불과하다.

나에게 키스를 당한 코마키는 역시나 사고가 정지된 모양이었다. 눈을 휘둥그레 뜬 채 얼어붙은 그 모습을 보니 나랑 하는 키스가 어지간히도 싫었나 보다. 이렇게나 싫어하는 주제에 자기는 진한 키스까지 하다니. 뭐, 그 점은 역시나 코마키답다고 할 수 있지만.

싫어하는 상대에게 싫어하는 키스를 해서 괴롭힌다. 역시나 나로서는 이해할 수 없는 감각이다. 직접 키스해 보았지만 조금도 기쁘지 않았다. 기분이 개운해지지도 않았다. 예전에도 그랬지만 말이다.

싫어하는 상대를 괴롭힘으로써 대체 무엇을 얻을 수 있을까. 자기가 싫어한다고 다른 사람을 괴롭힌들 행복해질 리가 없는데.

"빈틈 발견."

나는 무거워진 내 마음을 애써 외면하고자 그녀의 머리를 만지작거렸다. 그러고는 카오리에게 그랬던 것처럼 머리를 엉망진창으로 헝클어뜨렸다.

역시나 쓸데없이 감촉이 좋다니까.

마츠리보다도, 카오리보다도, 손에 착 달라붙는 듯한 느낌이 들었다. 차라리 이것도 착각이었으면 좋았으련만, 분명히 존재하는 감촉 같았다.

"아니, 지금 무슨 짓을……."

"받은 만큼 돌려줘야지!"

내 말이 진심에서 우러나왔는지조차 알 수 없었다. 나는 코마키와는 달리 다른 사람을 괴롭힌다고 좋아할 만한 사람이 아니니까.

그럼에도 내가 이런 짓을 하는 이유는 아직도 코마키에게 모종의 기대감을 품고 있기 때문일까.

다시 예전처럼, 그런 생각을 말이다.

더 이상 예전 일은 떠올릴 수 없는 주제에.

"와카바!"

코마키와 엎치락뒤치락했다.

하지만 힘은 코마키가 더 세다. 그 때문에 나는 금세 양 손목을 붙잡힌 채 바닥에 깔리는 신세가 되고 말았다.

싸늘한 바닥 감촉이 머리와 등을 타고 전해져 왔다.

아차 싶었다. 아무리 매일 청소를 하더라도 바닥에는 먼지를 포함해 다양한 것이 있을 테니 기껏 손질한 머리가 더러워지고 만다. 더러워지기 전에 코마키가 한번 만져 주었으면 싶었지만 내 뜻대로 되지 않았다.

오늘은 카오리가 내 머리를 엉망진창으로 헝클어뜨린 참이었기에 어차피 코마키는 기뻐하지 않았을 테지만.

지금 돌이켜보면 코마키를 향한 내 바람은 단 한 번도 이루어지지 않았는지도 모른다.

"화났어? 조금 만졌다고 닳는 것도 아닌데."

"내 허가 없이는 만지지도, 키스하지도 못해."

"그건 또 무슨 허가제야? 듣도 보도 못 했는데."

코마키 … 올라타 있었다. 이렇게 올려다보니 역시

나 코마 … 커졌지 속

은 무척

자기

로 품

하

은

"

고

내가 눈을 휘둥그레 뜨는 와중에 코마키가 몸을 일으켜 세우더니 창밖을 바라보기 시작했다.

나는 온몸에 소름이 쫙 돋는 걸 느끼며 자리에서 일어나 창밖을 확인해 보았다. 마치 하늘에 구멍이라도 뚫렸는지 폭우가 쏟아져 내리고 있었다.

아무래도 나는 아직도 코마키의 힘을 얕잡아보았던 모양이다. 등골에 식은땀이 흐르는 것을 느꼈다. 제아무리 나라도 일기 예보와는 상관없이 비가 내릴 줄은 꿈에도 몰랐다.

"내가, 이겼네?"

코마키가 마치 천사와도 같은 웃음을 지으며 그렇게 말했다.

나는 할 말을 잃은 채 그저 그녀의 얼굴을 쳐다보기만 할 뿐이었다.

"갑자기 꿀 먹은 벙어리가 되었네?"

코마키가 투박한 비닐우산을 펼치며 그렇게 말했다. 나는 어깨에 멘 가방을 내 몸 쪽으로 끌어당겼다. 겨우 그 정도로 가드가 가능할 만큼 코마키의 공격이 약할 리 없겠지만.

하아, 한숨을 토해 냈다.

완패였다. 설마 0이 0이 아닐 줄이야. 불과 조금 전까지만 해도 무조건 내가 이긴 줄로만 알았기에 강하게 나갔었지만, 결국 졌으니 더는 어찌할 도리가 없었다. 그 태도를 구실로 심한 짓거리를 당할지도 모르기에 벌써부터 우울한 기분이 들었다.

"들어오지 그래?"

펼친 우산 밑에서 그녀가 나를 지그시 쳐다보았다.

날씨 승부에서 진 나는 그녀와 함께 조퇴하기로 했다. 이래 봬도 중학교 시절에는 개근상을 받았던 만큼 고등학교에서도 개근상을 받으려 했는데.

내 일상이니 목표니, 그러한 것들은 모조리 다 코마키에게 박살 날 운명인가 보다. 이제 좀 그녀에게 이기고 싶은데, 운으로도 실력으로도 이길 수 없다면 대체 어떻게 해야 할까.

"……왜 비닐우산이야?"

"그게 왜?"

"아니, 넌 늘 예쁜 문양이 그려진 우산을 썼잖아. 오늘은 왜 비닐우산인가 싶어서."

예전부터 코마키는 본인이 딱히 좋아하지도 않으면서 예쁜 문양이 그려진 우산을 쓰곤 했다. 얼마 전에도 꽃무늬 우산을 가져온 모습을 본 적이 있다. 그런데 왜 오늘따라 유독 튼튼해 보이는 비닐우산을 가져왔을까.

애당초 일기 예보에서는 오늘 비가 내리지 않는다고 했다. 그런데 접이식 우산도 아니고 커다란 우산을 가지고 온 이유는 대체 뭘까.

코마키처럼 신으로부터 사랑받다 보면 미래 예지 능력이라도 생기는 걸까.

"딱히 이유는 없어. 그런 자잘한 부분은 신경 안 써도 돼."

"……뭐, 하긴."

상관없지만. 상관은 없지만 그래도 신경 쓰였다. 하지만 그 태도를 보아하니 아마 아무리 물어봐도 대답해 주지는 않겠지.

나는 자그맣게 숨을 내쉬고는 그녀 옆에 섰다. 괜히 고집부리다가 비에 젖는 것도 한심한 짓이다. 오늘은 접이식 우산도 가져오지 않았으니까.

코마키는 잠자코 걷기 시작했다. 예나 지금이나 나랑 보폭을 맞춰서 걷지 않기에 나는 필사적으로 다리를 빨리 움직여야 했다. 정말 배려라고는 눈곱만큼도 없었다. 그래도 우산을 같이 쓰게는 해 주는구나 싶었지만.

"꼭 아기 펭귄 같아."

"뭔 소리야?"

"지능이 떨어질 것 같다는 얘기지."

"아기 펭귄을 보면서 대체 누가 그렇게 생각해? 귀엽잖아."

"아기 펭귄은 그렇지. 하지만 와카바는 아니야."

그게 대체 무슨 뜻이람.

"아기에게서 귀여움을 모조리 다 들어내고 나면 딱 너처럼 되잖아?"

"지금 누구더러 못생겼다는 거야? 그렇게 치면 너도……."

아니, 아무리 깎아내리려 해도 객관적으로 봤을 때 코마키의 외모가 빼어나다는 것은 사실이다. 적어도 나보다는 훨씬 더 미인이다. 그렇지만 나랑 같이 있을 적에는 이상하리만큼 귀염성이 없다.

기본적으로 무표정이다. 다른 사람이 곤경에 처한 모습을 보며 비웃는다. 다른 사람의 몸을 거리낌 없이 함부로 만진다. 코마키의 나쁜 점을 일일이 헤아리다 보면 분명 헤아림 역만이 나오겠지.

그 이후로 마작 점수 계산 방법이나 역에 관해 여러모로 알아보았는데, 코마키의 운이 비정상적으로 좋다는 사실을 알 수 있었다. 만약 코마키가 복권을 샀다면 어렵지 않게 1등에 당첨되지 않았을까 싶다.

"……너랑 여주 중에 하나를 고르라면 난 *여주를 택하겠어."

"흐~음? 여주를 그렇게 싫어해?"

"싫어해. 세상에서 네 번째 정도로 싫어해. 쓰고 고약하거든. 그런 걸 즐겨 먹는 사람은 정말 이해를 못 하겠어."

"말이 심하네? 여주 농가에 사과하렴."

우리는 시시한 말다툼을 벌이며 억수같이 퍼붓는 빗속을 나아갔다. 그녀와 어깨가 닿지 않도록 주의하다 보니, 아무리 우산이 크다고 해도 반대쪽 어깨가 젖기 시작했다.

한쪽 어깨가 젖는다고 한들 딱히 별 대수는 아니지만, 그래도 분명 찝찝하겠지. 하지만 지금은 코마키와 어깨가 맞닿는 것이 훨씬 싫었다.

얼마 전에는 어쩌다 보니 어깨가 맞닿은 적도 있었지만, 그건 예외다. 코마키가 나를 홀딱 벗긴 바람에 그땐 살짝 내 정신이 아니었을 뿐이다.

"……있잖아."

---

* 여주 : 우리나라에서는 '쓴 오이'라고도 불리는 채소로, 쓴맛이 매우 강하다. 오키나와에서는 고야라고 불린다.

왠지 모르게 분리되어 있다는 느낌이 들었다.

아직 오전 시간대에다 비가 이렇게나 내리는 중이라 그런지 주위에는 아무도 없었다. 오직 빗소리와 코마키의 목소리만 들릴 뿐이었다. 비 때문에 외부 세계로부터 분리된 나와 코마키만이 지금 이 세계에 존재하는 유일한 생물 같다는 생각이 들었다.

신기하게도 불안감은 들지 않았다. 이 커다라면서도 자그마한 우산 밑에서 단둘이 걷는 와중에 무슨 짓을 당할지 알 수 없는데도 비가 조금 더 내려 주었으면 싶다는 마음마저 들었다.

역시나 나는 정상이 아닌지도 모른다.

"그럼 나는 세상에서 첫 번째로 싫고?"

코마키가 살짝 천천히 걸으며 그렇게 물었다.

올려다보니 갈색 눈동자와 시선이 마주쳤다.

그 시선에 담긴 의미를 나는 알 수 없었다.

"세 번째 정도로 싫어해."

첫 번째라고 말하기는 쉽지만, 그렇게 말하자니 왠지 아니꼬웠다.

게다가, 나는 분명.

누구보다도, 무엇보다도 코마키가 첫 번째로 싫다고 하기에는 뭔가 이것저것 부족하지 않나 싶었다.

"그럼 날 첫 번째로 싫어하도록 해."

그녀가 멈춰 섰다.

나도 그에 맞춰 멈췄다.

온갖 소리가 멀어져 가는 듯한 느낌이 들었다. 단둘만 존재하는 세계에서 이렇게 마주하고 있으니 내 마음이 점점 이상해져 갔다.

마치 내 마음마저 그 눈동자 속으로 빨려 들어가 사라질 듯한.

하고 싶은 수많은 말이 목 안쪽에 꽉꽉 들어차 숨이 막힐 듯한, 그런 느낌이 들었다.

"여주보다도, *양하보다도, 방울토마토보다도 나를 더 싫어하면 돼."

"왜 내가 네 명령을 일일이 들어야 하는데?"

"난 널 싫어하니까."

직구였다.

다른 사람에게 싫다는 소리를 들으면 많든 적든 간에 상처받기 마련이지만, 이제 와서 코마키에게 아무리 그런 소리를 듣는다 한들 상처받지는 않는다.

처음엔 슬펐지만, 이젠 싫어한다는 소리를 드는 것도 익숙해졌다. 나 또한 그녀가 싫다는 말을 일상적으로 입에 담고 있으니까 말이다.

그렇다. 별일 아니다. 친구라 여겼던 상대가 사실은 그렇지 않았고, 나를 그 누구보다도 싫어한다는 사실 정도는.

정말 별일 아니다.

"난 너를 제일 싫어해. 너도 날 제일 싫어해야 해. 그래야 하

---

*양하(蘘荷) : 제주도와 전라도 등지에서는 양애라고도 불리는 향신 채소. 생강과 샐러리를 섞어놓은 독특한 맛과 식감을 가지고 있다.

잖아?"

대체 왜 그래야 하나 싶었다.

싫다고 여기는 상대로부터 더 미움받고 싶다는 감정은 나에게 없고 이해도 할 수 없다. 비록 내가 짓궂은 말을 입에 담기는 하지만, 그렇다고 코마키에게 이 이상 미움받기는 싫었다.

만약 이 이상 미움받았다간 더더욱 심한 짓을 당할 테니까 말이다.

무엇보다도 다른 사람에게 일부러 미움받고 싶어 하다니, 그게 대체 무슨 소용인가 싶었다.

연애관도 그렇거니와 나로서는 코마키의 생각을 도통 이해할 수 없는 경우가 많았다. 그렇기에 그녀를 알면 알수록 불쾌감이 들었다. 그럼에도 어째서 나는 그녀에 관해 더 많이 알기를 바라고 있을까. 어차피 더 안다고 한들 나로서는 아무것도 할 수 없는데 말이다.

공연히 가슴이 따끔거렸다.

"내 알 바 아니거든? 우메조노, 이 바보."

"바보는 너잖니?"

"시끄러워."

이야기가 끝나자 우리는 다시 나란히 서서 걸음을 내디뎠다.

그때, 앞쪽에서 자동차 한 대가 달려오는 모습이 눈에 들어왔다. 나는 차도 쪽을 걷던 코마키와 서로 위치를 바꾸고 나서 그녀와 보폭을 완전히 똑같이 맞추었다.

그러고 나서 몇 초 후, 자동차가 우리 근처까지 달려오더니 물을 튀기고 지나갔다.

살짝 커다란 물웅덩이가 있었는지 내 몸은 흠뻑 젖고 말았다. 모처럼 우산도 같이 쓰는 중이었는데 이러면 말짱 도루묵이다.

한숨을 내쉬었다.

내가 대체 왜 이러는 걸까.

"와카바."

"……왜?"

"……딱히."

한 번 몸에 밴 습관은 참으로 무섭다. 매운 파스타를 대신 먹어주거나, 코마키가 젖지 않도록 위치를 바꾸거나.

정말로 내 몸이 내 것이 아닌 듯했다.

그렇지 않다고 부정하지도 못했다. 실제로 나는 코마키를 위해 발 벗고 나섰으니까. 지금까지 취한 모든 행동이 정말로 코마키를 위하는 쪽으로 이어졌는지는 모르겠지만 말이다. 예전에 코마키에게 잘못된 말을 했던 그때처럼 언젠간 오늘 있었던 일을 후회할 날이 올지도 모른다.

그때의 나는 지금의 나를 떠올리며 속으로 어떤 생각을 할까.

상대가 코마키만 아니었다면 어땠을까. 좀 더 단순하고 알기 쉬운, 예를 들면 카오리가 상대였다면 내가 무슨 말을 했든 간에 후회할 일도 전혀 없을 텐데 말이다.

왜 유독 코마키에게만 이런저런 생각이 들까. 정말로 싫증이 났다.

"있잖아, 우메조노. 혹시 그거 알아? 카가미모찌 위에 올려놓은 건 사실 귤이 아니야."

"나도 알아. 광귤이잖아. 그게 왜?"

"……아하하, 아무것도 아니야!"

역시나 어색하다.

카오리나 마츠리와 나눌 법한 잡담을 코마키랑 나눠 봤자 조금도 즐겁지 않았다. 코마키가 뭐든 다 알고 있기 때문일까, 아니면.

잘 모르겠다. 나는 얼른 코마키와의 악연에 종지부를 찍고 싶을 뿐이다. 둘이서 즐거운 시간을 보내고 싶다거나, 다시 예전처럼 사이좋게 지내고 싶다거나, 그런 생각은.

하지 않을 터. 분명 하지 않을 터. 하지 않을, 텐데.

"우메조노, 이거 줄게."

나는 가방을 코마키에게 떠넘기고는 우산 밖으로 나왔다.

하늘에서 억수같이 쏟아지는 비가 내 머리를 적셔 나갔다. 오늘 있었던 모든 일이 빗물에 쓸려 나가는 듯한 느낌이 들었다.

지금의 나는 머리에 먼지 한 톨 묻어 있지 않고, 머리가 엉망진창으로 헝클어져 있지도 않다. 물에 흠뻑 젖은 머리는 오늘 비가 왔다는 사실만 알려 줄 뿐이었다.

하지만 그거면 충분하지 않을까 싶기도 했다.

모조리, 모조리 다 쓸려 나가 사라지면 좋을 텐데. 후회할 겨를도 없을 만큼, 뒤돌아보더라도 눈에 들어오지 않을 만큼, 쓸려 나가고 희미해지고 사라지면 좋을 텐데. 그러고 나면 나는 분명 지금보다 더 자유로워지지 않을까 싶었다.

"……응, 좋은 날씨야."

"뭐라는 거야, 이 바보가."

"아하하, 그러게. 난 바보일지도 몰라."

블라우스도 스커트도 구두도, 모조리 다 흠뻑 젖었다. 내일은 여벌 구두를 신발장에서 꺼내야 하겠지.

하지만 지금은 그게 아무래도 좋다는 생각이 들었다.

"우메조노, 넌 어렸을 적에 비만 보면 막 기분이 들뜬 적 없었어?"

"없었어. 내가 무슨 바보도 아니고."

"에이~. 나는 있었는데. 비 오는 날은 새로 장만한 예쁜 우산도 쓸 수 있었고, 평소와는 경치가 달라서 흥미진진했어. 게다가 가정집 파이프를 타고 흐르는 물도 신기했고!"

코마키는 어떤 아이였더라?

여러 가지 기억에 덧칠되어서 그런지 지금은 딱 떠오르는 기억이 없었다.

어렸을 적에 나는 코마키랑 승부 외에 대체 무엇을 하고 지냈을까. 함께 소풍을 갔을 적에는? 같이 놀았을 적에는? 늘 그녀 옆에서 무슨 얘기를 했더라?

하나도, 모르겠다.

"내가 그렇게 단순한 사람도 아니고, 그런 걸로 일일이 즐거움을 느끼진 않아."

하긴, 그렇구나 싶었다.

하지만 코마키도 카오리만큼 단순했다면 좋았을 텐데. 그랬다면 나는 지금도 코마키와 평범한 친구 사이로 지내지 않았을까 싶다.

만약 코마키가 단순한 사람이었다면 애초에 나도 승부를 걸지 않았을 테니 서로 친구가 되지 않았을지도 모른다.

"그래도 우산은 옛날부터 예쁜 걸 쓰고 다녔잖아. 그거 쓰고 다니면 막 즐겁지 않았어?"

"그건……."

코마키가 한순간 무언가를 말하려다 말았다.

"딱히? 우산은 그냥 우산인걸."

그녀는 그렇게 말하고는 고개를 홱 돌렸다.

역시나 그 예쁜 우산은 코마키가 아니라 코마키 부모님의 취향이었나 보다.

시시하구나 싶었다.

"그럼 넌 언제 기분이 막 들뜨고 그래?"

"……글쎄? 난 너랑 달리 단세포가 아니다 보니 기분이 막 들뜨지는 않아."

"누구더러 아메바라는 거야, 이 자식아."

단세포였다면 얼마나 행복할까.

다음 생에는 지금보다 훨씬 단순한 생물로 태어나고 싶었다. 가능하다면 코마키처럼 성가신 사람이 주변에 꼬이지 않았으면 싶었다.

나는 하늘을 올려다보며 자그맣게 한숨을 토해 냈다.

"바로 그런 점이 싫단 말이지."

나는 그렇게 중얼거리고 나서 폭우 속에서 걸음을 옮기기 시작했다.

코마키가 내 뒤를 따라왔다. 하지만 더 이상 아무 말 없이 그저 가만히 나를 쳐다보기만 할 뿐이었다.

"하…… 엣취!"

"와카바, 재채기 좀 조심해서 해."

왠지 그대로 집으로 돌려보내 줄 것 같은 분위기는 아니었는데, 아니나 다를까 나는 코마키의 집으로 끌려왔다.

이 집은 대체 몇 년 만에 오는지 모르겠다. 참 오랜만이었지만 나는 조금도 즐겁지 않았다. 오히려 내 기분은 착 가라앉을 뿐이었다.

이 집은 악의 소굴과 같은 곳으로, 일단 발을 들이고 나면 이 안에서 무슨 짓을 당할지 알 수 없다. 하지만 빠져나가려고 해도 빠져나갈 수 없다는 사실은 나 자신이 가장 잘 알고 있다.

"……하아. 진짜 무슨 바보도 아니고. 잠시만 기다려 봐."

그녀는 어이가 없다는 듯이 말하고는 집 안쪽으로 들어갔다.

운이 좋았는지, 아니면 웬만한 일은 다 완벽하게 할 수 있어서 그런지, 코마키는 그 폭우 속을 걸어 왔음에도 조금도 젖지 않았다.

이것이 가진 자와 가지지 못한 자의 차이일까. 나는 형용하기 힘든 기분을 느꼈다. 그냥 차도 쪽으로 계속 걸어가게 둘 걸 그랬나 싶었다.

아무리 여름이라 해도 이 정도로 젖었으면 역시나 추위를 느끼기 마련이다. 속옷까지 흠뻑 젖었기에 마음 같아서는 곧장 욕조에 몸을 담그고 싶었다.

"수건 가져왔어."

잠시 후에 그녀가 현관으로 돌아왔다. 수건과 작은 바구니를 손에 들고 있었다.

"고마워."

수건을 받으려고 팔을 뻗었다. 하지만 그녀는 나에게 건네줄 기색이 전혀 없었다.

……응?

"우메조노?"

"내가 닦아 줄 테니 가만히 있어."

"어?"

대체 무슨 바람이 불었을까. 나보다 훨씬 더 복잡한 구조의 다세포 생물 나리께서 단세포 생물에 불과한 나를 위해 친히 몸을 닦아 주시겠다니.

"아니, 됐어. 내가 알아서 닦을게. 내가 무슨 아기도 아니고."

"시끄러워. 내가 닦아 주는 게 정 그렇게 싫거든 지금 당장 승부라도 벌이지 그래? 네가 이기면 관둘게."

지금 여기서 벌일 만한 승부라, 마땅히 떠오르는 것이 없었다. 가위바위보, 손가락 씨름, 눈싸움, 죄다 코마키가 이길 만한 승부잖아.

아니, 일발 역전의 기회만 잘 노리면 눈싸움으로 이길 수 있지 않을까?
설마 그럴 리가. 눈싸움을 벌이자고 해도 어차피 코마키가 받아들일 리 없는데.
"어쩔 수 없지. 너에게 내 몸을 닦을 수 있는 영광을 내려 줄 테니 감사히 받도록."
"역시 바보 맞지? 와카바."
"무슨 소리야."
코마키는 더 이상 아무 말 없이 내 머리를 수건으로 닦아 주었다.
섬유 유연제 향기에서는 그 집안의 개성이 묻어 나오지 않나 싶다. 평소 코마키의 몸에서 나는 것과 비슷한 향기가 수건에서 풍겼다. 꽃처럼 달콤하면서 왠지 모르게 포근한 느낌이었다.
하지만 코마키 본인의 냄새와는 살짝 달랐다.
코마키가 마치 개처럼 내 머리를 닦아 주고 있는 와중에 나는 문득 코마키의 집안 냄새에 점점 더 관심이 갔다. 저번에 왔을 때와 거의 똑같은 냄새였다.
왠지 모르게 그리운 냄새였다. 편안한 느낌이라 할 수는 없지만, 그래도 왠지 모르게 마음을 자극하는 냄새였다.
코마키가 우리 집에 왔을 적에 본인은 어떻게 생각했을까.
속으로 그런 의문이 드는 와중에 갑자기 그녀의 손이 내 교복으로 내려왔다.
"벗어."
그때와 같은 대사였다.

하지만 그때와는 달랐다.

승부에서 지고 소중한 것을 빼앗겼던 지난번과는 달리 지금은 살짝 여유가 있었다. 그럼에도 그녀 앞에서 옷을 벗기 싫다는 점은 그때나 지금이나 변함없지만 말이다.

하지만 이대로 고집부려 봤자 어차피 감기만 걸릴 뿐이다. 지금까지 감기에 걸린 적은 거의 없었지만 말이다.

나는 자그맣게 숨을 내쉬며 블라우스 단추를 풀었다. 지금은 코마키 앞에서도 아무렇지 않게 옷을 벗을 수 있는데, 과연 이게 좋은 일인지 나쁜 일인지 모르겠다.

"벗었는데?"

"속옷은? 흠뻑 젖었잖아."

"……."

분명 젖었기는 한데.

역시나 현관 앞에서 벗기에는 좀 그렇지 않나 싶은 생각이 들었다. 어쩌면, 저번에 방에서는 알몸을 잘만 보여 줬으면서 이제 와서 뭘 망설이느냐는 얘기일지도 모르지만.

내 알몸은 싸구려가 아니다.

코마키한테 아무렇지 않게 보일 만한 것도 아닐뿐더러, 보여 주고 싶은 마음도 없다. 하지만 그녀의 심드렁한 눈동자가 자꾸만 재촉하자 나는 거스를 기력마저 나지 않았다.

실수했구나 싶었다.

아무리 마음속 불쾌감을 씻어 내기 위함이었다 해도 폭우 속으로 뛰어든 건 실수였다. 그 때문에 또 이 녀석에게 내 몸을 보이는 처지가 되고 말았으니까.

나는 한숨을 내쉬며 속옷을 잡았다.

"자, 벗었어. 다 벗었다고. 뭐 해, 얼른 닦지 않고. 이러다 사랑스러운 와카바 짱이 감기 걸릴걸?"

"……이거, 입어."

그녀는 그렇게 말하고는 가지고 온 바구니를 나에게 건넸다. 그 안에는 실내복으로 보이는 옷이 들어 있었다.

그대로 알몸 상태로 계속 있지 그래~ 라는 말을 들을 줄 알았는데 거기까지 막 나가지는 않나 보다.

"응, 고마워."

"벗은 건 이리 내. 말릴 테니까."

"그래……."

나는 그녀에게 속옷째로 옷을 건넸다.

그녀는 내 옷을 눈으로 확인하더니 갑자기 한숨을 토해 냈다.

"와카바, 이거 주니어 속옷이야?"

"아니거든?"

"흐~음? 아니구나. 깜짝 놀랐어."

야, 이 자식아. 지금 나랑 싸우자는 거야, 뭐야.

이 녀석은 날 꼭 바보 취급해야 직성이 풀리나? 나도 올해로 16살이니까 애들 속옷을 입을 리 없는데 말이다.

아주 살짝 다정한 모습을 보이나 싶더니 결국 이 모양 이 꼴이다. 역시나 코마키는 코마키였다.

"……내 몸은 아직도 젖은 그대로인데? 닦아 줄 마음 없으면 수건 빌려 줘."

"싫어."

아, 짜증 나.

내 요구를 조금이라도 순순히 들어주면 어디가 덧나나? 그런 생각이 들었지만, 사실 솔직하고 귀염성 있는 코마키는 코마키라 할 수 없지 않을까.

나는 어쩔 수 없이 코마키에게 몸을 닦아 달라고 했다.

저번에는 알몸으로 홀딱 벗겨진 상태에서 포옹까지 당했었는데, 설마 이번에는 온몸을 닦이는 처지가 될 줄은 꿈에도 몰랐다. 하지만 오늘은 저번과는 달리 뇌가 경종을 울리는 느낌이 들지 않았다.

결국 코마키에게 무슨 이상한 짓을 당하지는 않았다. 여느 때처럼 내 몸을 뚫어져라 쳐다보기는 했지만 말이다.

왠지 엄청나게 피곤했다.

역시나 속옷까지는 빌려주지 않았기에 묘하게 허전한 느낌이 들었다. 그나저나 옷 사이즈가 내 몸에 딱 맞아서 불쾌했다. 왜 이런 작은 옷을 가지고 있을까. 아무리 봐도 코마키가 입기에는 사이즈가 지나치게 작은데.

그녀의 부모님도 키는 큰 편인 데다, 코마키는 외동이니 여동생이 입을 만한 옷도 아닐 텐데.

옛날에 샀던 옷을 그냥 버리지 않고 두었나?

그렇다면 코마키는 의외로 물건을 소중히 여기는 측면이 있지 않나 싶었다. 물건을 소중히 여기는 마음이 있다면 나도 소중히 대해 주었으면 싶은데 말이다.

"그래서? 학교 수업까지 빼먹으면서 집으로 왔는데, 이제 뭐 할 거라도 있어?"

코마키는 나를 자기 방까지 데려온 다음 침대 위에 앉혔다.

마지막으로 왔을 때와 거의 변함없어 보이는 침대였는데, 예전에 나랑 같이 오락실에서 땄던 인형은 역시나 온데간데없었다.

인형을 버린 이유는 나름대로 짐작이 갔다. 옷이랑은 달리 나와의 추억은 소중하게 여기지 않는 모양이구나, 싶었다. 하지만 그렇다고 딱히 슬프지는 않았다.

코마키의 이런 짓에는 이미 익숙해진 참이다.

"딱히?"

딱히 할 일도 없다면 얼른 집으로 돌아가고 싶은데 말이다. 뭐, 아마 그러지는 못하겠지만.

더 이상 얘기할 거리도 없었기에 방에서는 시계 움직이는 소리만이 공허하게 울릴 뿐이었다. 곧 12시가 다 되는데, 마츠리와 카오리는 지금쯤 뭘 하고 있을까.

잠깐, 그러고 보니.

"……점심, 안 먹었잖아."

"먹지 그래? 어차피 도시락 싸 가지고 왔을 텐데."

"그건 그렇지만…… 너는 어쩌고?"

"난, 됐어."

"뭐 다이어트라도 하는 중이야?"

"안 해. 옆으로 뻗은 너랑은 다르니까."

"난 평균보다도 더 말랐거든?"

애초에 아까 내 알몸을 실컷 봤을 텐데 말이지. 지금 당장 옷을 벗고 잘록하게 잘 빠진 내 복부를 확 보여 줄까 싶은 생각이 들었다.

뭐, 난 코마키랑 달리 변태가 아니기에 스스로 자진해서 내 몸을 보이는 짓은 하지 않지만.

나는 이래 봬도 정숙한 여자애라고. 조신하게 잘 사는 편이라고 생각한다. 아마도.

"……하아. 그럼 난 도시락을 먹을 테니, 넌 손가락이나 빨면서 지켜보지 그래?"

"마실 거 가져올게."

코마키는 그렇게 말하더니 방 밖으로 나갔다.

나는 코마키에게 떠넘겼던 가방에서 도시락 통을 꺼내 탁자 위에다 올려놓았다.

딱히 할 일도 없었기에 코마키의 방을 둘러보았다. 어이가 없을 만큼 전체적으로 예전과 똑같았다. 나와의 추억이 깃든 물건, 같은 것은 남아 있지 않는 모양이었지만.

잠시 후에 코마키가 페트병 두 개를 가지고 돌아왔다.

두 병 다 멜론 소다였다. 혹시 나의 열성적인 포교 덕분에 마침내 코마키도 멜론 소다에 눈을 떴을까.

그렇다면 살짝 기쁜데.

"멜론 소다잖아?"

"딱히, 별 뜻은 없어."

그건 좀 무리수가 아닐까 싶은데. 굳이 구태여 멜론 소다를 가지고 왔으면서 별 뜻이 없을 리가.

그런 생각이 들었지만, 그 부분을 너무 깊게 파고들면 왠지 또 이상한 짓을 당할 것 같았기에 더 이상 아무 말도 하지 않았다.

오늘은 벌써부터 지쳤으니 괜히 쓸데없는 일에 휘말리지 않도록 조심하자. 그렇게, 마음먹었지만.

"우메조노, 그건 뭐야?"

"이거 몰라? 이 세상에는 구미라는 음식이 있거든."

"아니, 그건 나도 아는데……."

점심 식사 대신으로 먹으려는지 코마키가 멜론 맛 구미를 주머니에서 꺼냈다.

멜론 소다에 멜론 맛 구미라. 특정 맛에 별다른 선호가 없는 코마키가 굳이 구태여 멜론 맛 음식을 먹으려는 이유는 대체 뭘까.

파고들지 않는 편이 상책이다. 잘 알고 있다. 괜히 쓸데없는 소리를 입에 담았다간 나만 피곤해질 뿐이라는 사실은 나 자신이 가장 잘 알고 있다.

하지만.

"그것도 멜론 맛이네?"

"집에 과자가 이것밖에 없었거든."

"그게 말이 돼?"

우메조노가 고개를 홱 돌렸다.

나는 피식 웃었다.

"드디어 너도 멜론에 눈을 떴구나? 멜론에서 나고 멜론에서 자란 나로서는 기쁠 따름이야."

"뭐야, 그건? 징그러워."

"후후, 마음대로 떠드셔."

나는 콧노래를 부르며 도시락 통에 손을 댔다.

웬일로 오늘따라 못 부른다며 태클을 넣지 않는구나 싶었다. 왠지 김빠지는 느낌도 없잖아 들었지만 가끔은 이런 분위기도 나쁘지 않겠지.

우리 엄마가 만들어 준 도시락을 먹으려다가 문득 떠오른 생각이 있었다.

코마키는 딱히 좋아하는 음식이 없어 보이는데, 정말로 그럴까. 코마키는 식사라는 행위에 별로 관심이 없는 모양인지 밥은 늘 대충 때우는 편이다. 그렇기에 자신이 좋아하는 음식을 아직 발견하지 못했나 싶기도 했다.

그렇다면 나보다 코마키가 훨씬 더 아기 같지 않을까 싶은데.

나는 젓가락으로 반찬을 2등분으로 나눈 다음 절반을 코마키에게 내밀었다.

"자, 아~앙."

"어?"

코마키가 인상을 찌푸렸다.

참 받아 줄 줄 모르네.

"먹어, 우메조노. 넌 쓸데없이 몸집이 크니까 제대로 먹지 않으면 영양실조로 죽을 걸?"

"내가 무슨 말라깽이도 아니고. 대체 뭐야?"

"뭐, 한입 정도는 괜찮잖아? 난 의외로 적게 먹는 편이거든."

"늘 도시락을 다 먹어 치우는 네가? 굳이 내가 먹을 필요가 있어?"

학교에서 코마키와 함께 점심 식사를 한 적은 없다. 애초에 이 녀석은 우리 반도 아니다. 그런데 내가 도시락을 늘 남김없이 다 먹어 치우고 있다는 사실을 대체 무슨 수로 알았을까. 중학교 시절에 비하면 도시락 양도 바뀌었는데.

네가 무슨 초능력자라도 돼?

"우리 엄마가 네 소감을 한번 들어 보고 싶대."

거짓말이었다.

하지만 겉으로는 좋은 사람인 척하는 우리 코마키 님께서는 우리 엄마 얘기에 약한 모양이었다.

"……알았어. 하지만 네가 먼저 먹어."

"어? 에이, 그럼 젓가락이 더러워지잖아."

"젓가락은 네가 좀 썼다고 더러워지질 만큼 약하진 않아."

이게 강하냐 약하냐의 문제일까.

이왕이면 내가 아직 쓰지 않은 젓가락으로 먹어야 본인이 더 맛있게 먹을 수 있지 않을까 싶었는데.

아니, 어쩌면 이 녀석은 나를 시켜 독의 유무를 확인하려는지도 모른다. 안에다 이상한 것은 넣지 않았으니 굳이 걱정하지 않아도 되는데. 우리 엄마가 만든 걸 그대로 가지고 왔으니까 말이다.

뭐, 오늘은 딱 하나 내가 만든 반찬이 있기는 하지만.

물론 그것은 코마키에게 먹일 목적이 아니라 카오리랑 교환할 목적으로 만들었다.

나는 자그맣게 숨을 내쉬고 나서 반찬을 집었다. 반으로 갈라진 반찬을 종류별로 먹고 독이 없음을 알려 주었다. 밥은 코마키도 먹을 테니 반 이상 남겨 두기로 하자.

코마키는 눈 하나 깜짝하지 않고 나를 지그시 쳐다보았다. 이러다 안구 건조증에 걸리지 않을까 싶은데.

"자, 먹었어. 이번엔 네 차례야."

"……그래."

"그럼, 아~앙."

"일일이 그런 식으로 말하지 마."

"왜? 이래야 좀 더 분위기가 살잖아?"

"그게 대체 무슨 분위기야."

"그야 즐거운 식사 시간 분위기지."

코마키가 눈썹을 곤두세웠다.

"하나도 안 즐거우니까 쓸데없는 짓 하지 마."

말이 심하잖아.

나 또한 즐겁지 않지만, 그렇기에 애써 분위기 좀 내 보려고 한 건데.

이 이상 분위기가 험악해지지 않도록 해야겠다.

"……알았어. 자, 먹어 봐."

"……응."

나는 코마키의 입으로 음식을 날랐다.

의외로 또 이런 부분은 고분고분하지 않나 싶었다. 내가 아~앙, 하면서 먹이려 했던 음식은 왠지 입에 대기도 싫다고 할 것 같았는데, 그래도 일단은 먹어 보려는 모양이었다.

어쩌면 이것이 엄마라는 존재의 위력일지도 모른다.

그래도 한 번이나마 내 손으로 직접 그녀에게 음식을 먹였으니 나는 이미 만족했다. 여러 번 했다가는 왠지 화를 낼 것 같으니 나머지는 자기가 알아서 먹게 두는 편이 좋겠지.

그렇게 생각하고서 코마키를 쳐다보았는데, 그녀는 입을 살짝 벌리고 있었다.

혹시 다음 것도 먹여 달라는 뜻일까?

나는 살짝 고민하고 나서 햄버그를 그녀의 입으로 날랐다. 카오리가 늘 탐내는 햄버그는 우리 엄마의 특기 요리다. 과연 코마키의 입맛을 사로잡을 수 있을지는 모르겠지만.

"어때? 맛있어?"

"맛있어."

내가 만든 음식이 아니기에 코마키는 순순히 답했다.

이 도시락을 혹시 엄마가 아닌 내가 만들었다고 말했다면 아마 맛없다고 했겠지만.

그렇게 생각하고 나니 살짝 짜증이 났다. 나는 차례차례 그녀의 입에다 도시락 음식을 넣어 주었고, 그때마다 맛이 어떤지 소감을 물었다.

그녀는 맛있다는 말만 되풀이했지만 실제로는 어떤지 알 수 없었다. 계속 무표정했고 즐거운 기색도 보이지 않았기 때문이다.

카오리였다면 만면에 활짝 웃음꽃을 피웠겠지. 뭐, 걔도 뭐든 다 맛있다고 그러니 비교 대상으로는 적절하지 않겠지만.

"……자, 이게 마지막이야."

나는 오늘 아침 직접 만든 계란말이를 그녀의 입으로 날랐다.

비록 모든 종류의 반찬을 만들 만큼의 실력은 없지만, 그래도 계란말이 하나만큼은 자신 있게 만들 수 있다. 언제부터 만들기 시작했는지는 모르겠지만 어느새 나는 계란말이 명인 자리를 꿰차고 있었다.

코마키는 계란말이를 씹고 나서 표정을 살짝 바꾸었다.

나 말고 다른 사람은 알아차리기 힘들 정도의 미묘한 변화였다. 그 변화가 좋은 쪽일지 나쁜 쪽일지는 잘 모르겠지만.

"달아."

"그야 설탕을 넣었으니까. 넌 달달한 계란말이보다 짭짤한 계란말이를 좋아해?"

"딱히? ……이거 너희 어머니가 만든 거 맞아?"

간담이 서늘했다.

코마키가 이런 식으로 물어보는 이유는 우리 엄마가 만든 것이 아님을 알아차렸기 때문이다.

대체 무슨 수로 알았을까. 맛이 그렇게나 없었을까.

"……맞아."

"거짓말. 와카바 같은 맛이 났어."

그건 또 뭔 소리야.

나는 눈을 끔뻑거리며 그녀를 쳐다보았다.

그녀는 여전히 무표정한 얼굴로 나를 쳐다보고 있었다.

"그거, 맛있어? 아니면 맛없어?"

"와카바 같아."

동문서답이 따로 없었다.

하지만 이 이상 물어봤자 어차피 똑같은 말만 되풀이하겠지. 하다못해 맛있는지 맛없는지, 둘 중 하나로 답해 주었으면 싶었는데.

"……이걸로 끝이야. 잘 먹었습니다."

"잘 먹었어. 너희 어머니께 말씀 전해 드려. 맛있었다고."

"그래, 알았어. 꼭 전할게."

내가 퉁명스러운 말투로 답하자, 코마키는 디저트 삼아 멜론 맛 구미를 먹기 시작했다.

이럴 줄 알았으면 차라리 먹이지 말 걸 그랬는지도 모른다.

나는 자그맣게 한숨을 토해 낸 다음 멜론 소다를 마셨다. 역시나 멜론 소다는 언제 마셔도 맛있다. 이렇게 맛있으니 코마키도 굳이 구태여 샀겠지. 입 안에서 톡톡 터지는 기포가 살짝 가라앉았던 내 기분마저 들뜨게 해 주었다.

아주 살짝 시야가 트인 듯한 기분이었다.

"……아까 도시락 먹을 때 어느 반찬이 제일 맛있었어?"

"하나같이 엄청 맛있었어. ……계란말이만 빼고."

이게 누굴 놀리나.

이래 봬도 카오리랑 마츠리도 다 맛있다고 얘기해 주었는데 말이다. 혹시 코마키는 혀에 무슨 문제라도 있나?

나랑 거의 같은 가정환경에서 자란 주제에.

대체 뭐냐고. 이 녀석은 매일 고급 프랑스 요리라도 먹나 보지? 맛있는 걸 많이 먹는 바람에 배탈이라도 나면 꼴좋겠구나 싶었다.

"……와카바."

"그래, 무슨 일인데~?"

"이거 줄게."

그녀가 그렇게 말하며 구미 하나를 집어 내 입가로 날랐다.

멜론 맛은 좋아하지만, 그렇다고 굳이 직접 먹여 줄 필요까지는 없지 않을까 싶은데. 왠지 코마키의 맛을 거쳐서 먹으면 맛이 변할 것 같았다.

"됐어."

"왜? 원래 넌 이런 싸구려 같은 걸 좋아하잖아?"

"좋아는 하지만, 네가 손으로 만진 건 됐다는 뜻이야."

"……무슨 소리야?"

코마키가 기분이 상한 기색으로 말했다.

내가 열심히 만든 계란말이를 깎아내린 벌이다. 이왕 기분이 상한 김에 아주 팍 상했으면 싶었다. 그러면 내 심정을 조금이나마 이해하겠지.

속으로 그렇게 생각하는 와중에 충격이 어깨를 덮쳤다.

풀썩, 하는 소리가 왠지 모르게 멀찍이서 들려왔다. 코마키가 내 어깨를 힘껏 누르고 있음을 알아차렸다. 겨우 그 정도로 나동그라지는 나도 문제겠지만, 역시나 코마키는 정상이 아니다.

무슨 올빼미도 아니고 아귀힘이 뭐 이렇게 세?

"와카바, 넌 아직도 자기 처지를 잘 모르나 보네."

그녀는 그렇게 말하며 나를 내려다보았다.

"네 존엄은, 네 전부는, 내 거야. 나와의 승부에서 이기지 않는 한, 그 사실은 변치 않아. ……그러니 무슨 짓을 당하든 너에게 거부권은 없어."

"그럼 어떻게 할 건데?"

나 스스로도 놀랄 만큼 강하게 나섰다.

이런 저런 짓거리를 당하다 보니 이제 내 마음이 마비되었는지도 모른다.

이번에는 대체 무슨 짓을 당할까, 그런 불안한 마음도 분명 들었을 텐데.

"이렇게 할 거야."

그녀는 멜론 맛 구미를 입에 물더니 그대로 내 얼굴을 향해 다가왔다.

그렇군. 이번엔 그런 패턴으로 나오시겠다?

나는 왠지 모르게 남의 일처럼 그렇게 생각했다.

하지만 입술과 입술이 딱 맞붙고 나니 더 이상 남의 일처럼 여길 수도 없었다. 멜론 맛과 코마키의 냄새가 뒤섞여 내 혀를 마비시켰다.

이렇게 멜론과 코마키가 서로 엮이고 나면, 앞으로 나는 대체 무슨 표정으로 멜론 맛 과자를 먹어야 할까. 내가 제일 좋아하는 음식마저 침식당했다간 마침내 내 생활은 코마키의 색으로 물들고 말 테지.

아까 그녀가 손으로 건넨 구미를 얌전히 먹었다면 좋았으련만, 살짝 그런 생각이 들었다.

하지만 이미 때는 늦은 뒤였다.

"이 키스광, 변태, 바보."

"그래도 너 정도는 아니지."

나는 바보일지언정 키스광도 변태도 아니다.

하지만 맞받아치기도 귀찮았다.

"그래서? 네가 제일 좋아하는 멜론 맛 과자는, 어땠어?"

"맛없어. ……이게 다 너 때문이야."

"그럼 맛있다고 할 때까지 계속할게."

그녀는 그렇게 말하더니 다시 구미를 입에 물고서 나에게 키스했다.

참 끈질기구나 싶었다. 맛있다고 말하면 끝날 줄은 잘 알고 있지만, 이렇게 된 이상 물러설 수 없었다.

맛있어요~ 라고 고분고분 말하자니 왠지 진 것 같은 기분이 드니까.

"맛있어?"

"맛없어."

"그럼 한 번 더."

그녀는 내가 맛없다고 말할 때마다 몇 번이고 몇 번이고 키스

를 했다.

때로는 얕게, 때로는 깊숙하게.

무수히 많은 키스가 내 입술을 방문할 때마다 몸과 마음이 어긋나는 느낌이 들었다. 나는 지금쯤 대체 어떤 표정을 짓고 있을까.

이대로 계속 고집을 부리다 보니, 이윽고 코마키의 움직임이 뚝 멎었다.

아무래도 구미가 먼저 바닥난 모양이었다. 나는 이겼다는 기분이 들어 의기양양한 표정을 지어 보였다.

그 점이 거슬렸는지 코마키는 구미를 입에 물지도 않고서 나에게 키스했다. 구미보다도 더 부드러운 감촉이 느껴졌다. 둘이서 몇 번이고 멜론 맛을 나눈 탓인지 그녀의 입술에서 진한 멜론 맛이 났다.

최악이구나 싶었다.

멜론과 엮인 코마키에 관한 기억을 지우려면 대체 얼마나 오랜 시간이 걸릴까.

아무리 내 감정이 흐릿해지기 쉬운 편이라 해도, 오늘의 기억과 감정을 흐릿하게 만들기란 쉽지 않아 보였다.

하지만.

이렇게 키스를 하는 데 익숙해지고 나니, 아주 살짝, 아주 조금, 이런 시간도 나쁘지 않을지도 모른다는 생각이 든 나는 역시나 제정신이 아니구나 싶었다. 코마키와 마찬가지로 정상의 범주를 벗어나고 있다.

"맛있어?"

이쯤 되면 이제 멜론과 아무 상관도 없었다.

코마키의 혀가 맛있느냐 맛없느냐, 그런 얘기로 접어들고 나니 마침내 뭐가 뭔지 영문을 알 수 없었다.

이제 슬슬 나도 나 자신을 되찾아야만 한다. 더 강하게 나가서 키스는 싫다고 말해야 한다.

그렇게 마음먹은 내가 그녀를 노려본 그 순간, 하얀 빛이 반짝였다.

한 박자 늦게 굉음이 온 사방에 울려 퍼졌다. 아무래도 벼락이 바로 근처에 떨어진 모양이다. 정전이 나지는 않았지만, 그 대신 코마키의 움직임이 뚝 멎었다.

그러고 보니 코마키는 이런 커다란 소리가 질색이었던가.

매운 것도 질색, 번개도 질색. 날 어린애나 아기라 부르며 바보 취급하지만 그건 코마키도 마찬가지다. 완벽한 것처럼 보여도 역시나 완벽하지 않다. 나는 그녀 밑에서 슬쩍 빠져나와 벽에 등을 기댔다.

"우메조노, 여기에 좀 앉지?"

나는 어쩔 수 없이 내 무릎을 두드렸다.

코마키는 아무 말도 하지 않았다. 불안한 표정을 짓는 주제에 내 쪽으로 오지 않는 이유는 역시나 자존심이 발목을 잡고 있기 때문일지도 모른다. 코마키는 언제 어느 때나 자존심이나 그런 부류에 휘둘리며 살고 있기 때문이다.

인생 참 살기 힘들겠구나 싶지만, 그럼 어쩔 수 없지.

나는 그녀의 팔을 잡아당겨 내 허벅지 위에다 앉혔다. 그러고는 그녀의 양쪽 귀를 내 손으로 틀어막아 주었다.

나는 대체 뭘 하고 있는 걸까.

코마키가 불안해하든 무서워하든 나랑은 아무 상관도 없을 텐데.

코마키를 상대하다 보면 감정이나 행동이 서로 어긋나는 경우가 있다. 좋아하는 상대에게는 호의를 갖고 대해야 마땅하며, 싫어하는 상대에게는 그때그때 맞춰서 대해야 마땅하다.

원래는 그렇게 해야 정상이지만, 나는 싫어하는 상대인 코마키에게 무심코 마음을 쓰는 경우가 있다.

참으로 귀찮다는 생각이 들었다. 이 세상에 존재하는 모든 것은 좋아하는 것과 싫어하는 것, 이 두 가지만 있어도 충분하다.

"우메조노."

이름을 불러 보았다. 당연할지도 모르겠지만 귀를 틀어막고 있으니 당연히 대답은 돌아오지 않았다. 코마키는 이런 내 행동에 무슨 생각이 들었는지 나에게 등을 기댔다.

무거웠다.

코마키의 체중이 얼마나 나가는지는 모르겠지만, 어쨌든 무거웠다. 어쩌면 그것은 물리적인 무게가 아닐지도 모르겠지만.

"코마키."

불러도 들리지 않는다.

그렇다는 사실을 알고 있어서일까.

나는 살며시 코마키의 이름을 불러 보았다. 역시나 대답은 돌아오지 않았다. 나는 그 사실에 마음이 놓이면서도 또 한편으로는 가슴이 따끔거렸다.

"괜찮아, 코마키. 내가 곁에 있으니까 무서워하지 마."

시시하고 공허한 말이었다. 너무 늦게 입에 담은 그 말은 이미 효력을 완전히 잃은 상태였다. 7년 전에 같은 말을 입에 담았더라면, 어쩌면 무언가가 변했을지도 모르지만 말이다.

하지만 모든 것이 이미 늦은 뒤였다.

나는 더 이상 그 시절의 내가 아니며, 코마키 또한 그 시절의 코마키가 아니다. 내 마음에 겹겹이 쌓인 코마키는 천천히 나를 침식하며 전혀 다른 것으로 바꾸어 나갔다.

코마키는 어떠할까. 내 실수 때문에 변해 버린 코마키는 어떻게 보자면 나에게 침식당해 변했다고도 할 수 있지 않을까.

뭐, 아무래도 좋은 얘기긴 하지만.

"내가 널 확실하게 지켜 줄게."

사실은 줄곧 코마키에게 그렇게 말하고 싶었는지도 모른다. 하지만 어차피 지금 이런 얘기를 해 봤자 내 마음에도 코마키의 마음에도 아무것도 남지 않겠지만.

코마키를 좋아했던 시절의 마음도, 기억도, 거의 다 잊고 말았다.

이제 와서 뭘 어떻게 해도 나는 코마키를 좋아할 수 없으며, 좋아할 마음도 없다. 다만 나는 그녀가 완벽하지 않음을 증명하고 싶을 뿐이다.

하지만, 그것은.

대체 어째서일까. 단순히 나 스스로를 뽐내고 싶으니까? 더 이상 완벽하지 않은 그녀를 비웃고 싶으니까?

아니면.

"……하아, 코마키는 바보야."

모르겠다. 아무래도 좋다. 어차피 뭘 하든 간에 내가 이기기만 하면 모두 끝나는 얘기다.

코마키에게 이겨서 그녀와는 다른 길을 걷는다. 그러다 보면 언젠가 코마키를 잊을 수 있겠지.

완전히 잊기는 힘들겠지만.

하지만 분명 나라면 괜찮겠지. 나는 그 어떠한 감정도, 기억도 흐릿하게 만들 수 있으니까 말이다. 정말, 신물이 날 정도로.

"……뭔데?"

귀에서 오른손을 떼고 그녀의 얼굴을 쓰다듬어 보았다.

그러자 불과 조금 전까지만 해도 석상처럼 굳어져 있던 그 모습은 어디로 갔는지, 그녀는 언짢은 기색으로 나를 쳐다보았다.

평소 그대로였다. 얌전한 모습의 코마키는 코마키가 아니다. 나도 그리 오래 보고 싶은 모습이 아니었기에 차라리 잘되었구나 싶었다.

나는 눈을 가늘게 떴다.

"딱히?"

"뭐야, 그게."

"네 흉내 좀 내 봤어."

"난 그렇게 바보 같이 그러지 않거든?"

교실에서는 그렇게나 거부했던 주제에 지금은 어째서 잠자코 내 손길을 가만히 받고 있을까.

아마도 그 부분을 본인에게 언급하면 지금 당장이라도 내 곁을 떠날 것만 같았다.

딱히, 그래도 상관은 없지만.

지금 내 곁을 떠나면 난처한 쪽은 오히려 코마키다. 또 벼락이 떨어지면 두려움에 몸을 와들와들 떨어도 전혀 이상하지 않겠지.

그렇기에 나는 아무 말도 하지 않았다. 내겐 코마키를 함부로 울리고 싶은 마음은 없으니까. 이건 내 천성이나 다름없다. 물론 그렇다고 내가 행복하게 만들어 주겠다는 생각까지는 들지 않지만 말이다.

"있잖아, 와카바."

"왜애?"

"그 샤프. 학교에 가지고 오지 마."

"왜?"

"그걸 보면 불쾌한 기분이 드니까."

내가 예상했던 말을 그녀가 입에 담았다.

나는 자그맣게 한숨을 토해 냈다.

"알았어. 그럼 버릴게. 다시는 네 눈에 띄지 않으면 되지?"

"……알아서 해."

그녀는 자못 언짢은 목소리로 그렇게 말했다.

나는 그 이상 아무 말도 하지 않고서 그녀의 머리를 쓰다듬었다.

아까도 들었던 생각이지만 그녀의 머리는 만졌을 때 촉감이 좋다. 그래서 자꾸만 손이 갈 수밖에 없지 않나 싶지만, 정작 본인이 거부하지 않는 바람에 그만둘 타이밍을 놓쳤다.

차라리 머리를 땋아 줄까 싶은 생각도 들었다. 다른 사람의 머리를 보면 막 땋아 주고 싶다는 생각이 드는 것 또한 내 천성이기도 하다. 무슨 그딴 천성이 다 있냐 싶겠지만.

"끝말잇기라도 할까?"

"뭐?"

"끝말잇기의 말부터, 시작해 봐."

침묵을 억지로 깰 필요는 없지 않을까 싶지만, 그럼에도 나는 그녀에게 쓸데없이 말을 걸었다.

왼쪽 귀에서 조용히 손을 떼고는 양손으로 그녀의 긴 머리카락을 쓸었다. 나보다는 짧지만, 그래도 역시나 나름대로 긴 편이었다.

이 머리는 참으로 땋는 맛이 있겠구나 싶었다.

나는 그녀에게 들키지 않도록 조금씩 머리를 땋기 시작했다.

"……말발."

보나 마나 무시할 줄 알았는데, 뜻밖에도 코마키가 끝말잇기에 응해 주었다.

자기도 모르게 눈을 휘둥그레 뜨자, 그녀는 등을 내 쪽으로 밀착시켰다.

얼른 다음 단어나 말해 보라는 뜻일 테지.

"발매."

"매부리코."

반응이 너무 빠르잖아.

생각할 시간을 조금이나마 줬으면 참 좋겠다 싶은데.

코, 코, 코.

코로 시작하는 단어라면.

"코마키."

자기도 모르게 입 밖으로 튀어나온 단어가 그것이었다.

아니, 이럴 수가.

중학교 시절에 들었던, 평소 1인칭을 이름으로 부르면 면접 시에 자기도 모르게 입 밖으로 튀어나올 수 있으니 주의하라는 선생님의 말이 떠올랐다.

그렇구나. 이걸 두고 한 말이었어.

평소 마음속으로는 코마키를 이름으로 부르다 보니, 나도 모르게 그만.

"……와카바."

'키' 는 대체 어디로 갔담. 이러면 끝말잇기를 전혀 진행할 수 없는데.

그런데 코마키는 당당한 기색으로 나를 올려다보았다.

평소에는 늘 코마키가 나를 내려다보기 일쑤였기에 지금처럼 내가 코마키를 내려다보니 사뭇 신선한 느낌이 들었다. 한순간의 우위라고나 할까. 아마 아무런 의미도 없겠지만.

"와카바."

다 듣고 있으니 그렇게 여러 번 부르지 않아도 되는데.

왜 두 번이나 부를까 싶었다. 나는 그렇게까지 코마키의 이름을 부르고 싶은 마음이 없는데. 싫어하는 상대의 이름을 불러봤자 무슨 소용일까 싶으니까. 하지만.

"와카바."

참 집요하네.

내 이름을 코마키의 입으로 듣고 싶지 않았다. 나는 그녀를 허벅지 위에서 밀어낸 다음 그대로 어깨를 잡아 눌렀다.

아까 내가 그랬던 것처럼 그녀가 침대에 등을 딱 붙였다. 둘이서 체중을 실었는데도 코마키의 침대에서는 삐걱거리는 소리가 나지 않았다. 왠지 모르게 치사하다는 느낌이 들었다.

나는 그녀 위에 올라탔다.

즐겁지는 않았다.

이런 건 딱히 내 취향도 아니다. 더군다나 코마키가 날 뚫어져라 쳐다보는 바람에 나는 무척이나 안절부절못했다.

"있잖아, 와카——."

"우메조노, 너 오늘따라 여러모로 참 집요한 것 같아."

나는 코마키에게 살짝 입을 맞추었다.

이 이상 코마키가 내 이름을 불러 댔다간 정신이 나갈 것 같았다. 애당초 끝말잇기를 하려고 했을 뿐인데 대체 어쩌다 일이 이렇게 되었을까.

얌전히 나를 따르려 하지 않는 코마키의 모습이 더 본인답다는 생각은 들지만 말이다.

오늘은 키스만 잔뜩 하지 않았나 싶었다. 모처럼 카오리와 마츠리랑 장난치고 놀면서 코마키와 있었던 이런저런 일들을 잠시나마 잊을 수 있지 않을까 싶었지만, 결국 이 모양 이 꼴이었다.

어쨌든 간에 코마키랑 계속 같은 고등학교에 다니는 한, 나는 그녀로부터 벗어날 수 없겠지. 물리적으로도, 정신적으로도 말이다.

나는 몇 번이고 그녀의 입술을 쪼아 댔다.

살짝 멜론 향이 났지만, 그래도 역시나 코마키는 코마키였다. 섬유 유연제인지, 향수인지, 샴푸인지는 알 수 없지만 코마키의 냄새가 났다. 그러는 나는 어떨까 싶기도 했지만 차마 물어볼 엄두가 나지 않았다.

저 멀리서 천둥소리가 들려왔다.

코마키는 이미 익숙해졌는지 이번에는 두려워하는 기색을 보이지 않았다.

아까 벼락이 떨어지고 나서 불과 몇 분밖에 지나지 않았는데도 코마키가 벌써 나보다 몇십 미터는 더 앞서 나간 듯한 느낌이 들었다.

나는 속으로 어처구니없다고 생각하면서 그녀와 키스를 계속했다.

코마키는 이곳에 있다. 나도 이곳에 있다. 하지만 서로 멀리 떨어져 있다. 이어지지 않는다. 그게 살짝 싫었지만, 지금의 우리가 딱 그러해 보였다.

"함부로 키스하지 말라고 분명 말했을 텐데?"
"알 게 뭐야."
"……건방져, 와카바. 벌을 내려야겠는걸?"
또 키스를 당하는가 싶었는데, 코마키가 내 뺨을 잡아당겼다.
역시나 코마키는 완벽과는 거리가 있구나 싶었다. 드링크 바에서 주스를 서로 섞는 광경을 봤을 적에도 든 생각이지만, 코마키는 의외로 어린애 같은 면모가 있다.
"와카바, 넌 입도 꼭 바보 같이 쪼끄맣단 말이지. 꼭 참새 같아."
너무 그렇게 조류에 비유하지 않았으면 싶은데.
뺨이 잡아당겨진 상태에서 뭐라 받아치기도 귀찮았던 나는 아무 말도 하지 않았다.
코마키는 즐거운 기색으로 웃고 있었다. 무표정보다는 낫지 않을까…… 싶지는 않았다. 지금쯤 엉망이 됐을 내 얼굴을 보며 웃다니, 사람이 참 못됐다. 이럴 바에는 차라리 키스가 훨씬 낫겠구나 싶었다.
훨씬, 말이다.
"비가 그칠 때까지 우리 집에 있지 그래? 기껏 말린 옷이 또 젖으면 말린 의미가 없잖아?"
그녀는 그렇게 말하며 나에게서 손을 뗐다.
그러는가 싶더니, 코마키는 아까처럼 나를 앉히고는 자신의 등을 나에게 기댔다. 내 무릎 위에 앉는 것이 그렇게나 마음에 들었을까. 썩 그렇게 기쁘지는 않았지만, 이 이상 이상한 짓만 벌이지 않는다면야 차라리 낫겠구나 싶었다.

나는 자그맣게 숨을 내쉬고는 땋다 만 그녀의 머리를 다시 땋기 시작했다.

거부하지는, 않았다.

그녀는 따분하다는 듯이 손톱을 바라보며 그대로 내 손길에 몸을 맡겼다.

코마키는 지금 어떤 심정으로 나와 함께 있을까. 싫어하는 상대가 자기 머리를 만지는 와중인데 자기가 그 상대에게 몸을 기대고 있으니까 말이다.

내가 알 리도 없을뿐더러 알 필요조차 없을지도 모른다. 나는 자그맣게 숨을 내쉬고는 그녀의 머리를 손으로 한 움큼 쥐었다.

그러고는 거기에다 조용히 입을 맞추어 보았지만 별다른 반응은 없어 보였다.

우리는 정말, 뭘 하고 있는 걸까.

## 4 나만이 말할 수 있는 것

비 내리던 그날로부터 이틀이 지났다.

나는 아침부터 그 샤프와 한바탕 눈싸움을 벌이는 중이었다. 코마키로부터 버리라는 말을 들었지만, 정말로 샤프를 버릴 마음은 없었다.

아무리 그녀가 시켰다고 해도 그렇지, 학교에 가지고 가기를 순순히 관두자니 아니꼬웠다.

하지만 혹여나 가지고 왔다는 사실을 그녀에게 들키면, 그건 그것대로 또 일이 꼬인다. 그렇다고 해서 더 이상 집에서 쓰기도 싫었다. 그녀와 깔 맞춤으로 샀다는 사실을 떠올렸으니까 말이다.

한숨이 나왔다.

왜 이 아침 댓바람부터 코마키에 관한 일 때문에 이렇게나 고민해야 할까. 내 일상도, 마음도, 코마키가 아닌 내 것이다. 그러니 좀 더 나 자신을 위해 움직여 줬으면 싶었다.

결국 나는 학교 가방 바닥에 몰래 샤프를 넣기로 했다.

이것이 내가 할 수 있는 최대한의 저항이었다.

앞으로는 이런 귀찮은 일이 발생하지 않도록, 코마키를 상대로 이길 만한 승부를 고려해야 한다.

"승부, 승부라."

나는 책상 위로 흘끗 눈길을 주었다.

책상 위에는 코마키로부터 빌린 꽃무늬 접이식 우산이 놓여 있었다. 결국 그 이후에도 비가 그칠 기미가 보이지 않아서 나는 그녀에게 우산을 빌려 집으로 돌아왔다.

코마키는 '하룻밤 자고 가지 그래?' 라고 말했지만, 역시나 거절했다.

아직 여러모로 준비가 되지 않았다. 내가 이길 만한 승부도 아직 떠올리지 못한 마당에 만악의 근원인 그녀의 집에 머무르면 어떤 일이 벌어질까.

아무리 생각해 봐도 큰일 나겠구나 싶었다.

어쩌면 그녀가 우리 집에 하룻밤 자러 왔을 때보다 훨씬 더 끔찍한 짓을 당할지도 모른다.

결국 그녀도 날 억지로 붙잡아 두지는 않았으니, 어쩌면 이상한 짓을 저지를 마음은 없었는지도 모르지만.

하지만.

"……하아."

물건을 빌렸으면 다시 돌려줘야 마땅하다.

어제는 날씨가 좋았기에 우산을 하루 종일 밖에서 말렸고, 그리고 일요일을 맞이했다. 그렇게 흠뻑 젖어 있던 모습은 어디로 갔는지 우산은 완전히 바싹 말라 있었다.

기분 탓인지. 우산에 그려진 꽃도 햇빛을 받고 쑥쑥 자란 것처럼 보였다.

뭐, 아무래도 좋지만.

코마키가 어제 나에게 전화를 걸더니, 어서 빨리 자기 우산을 돌려 달라고 재촉했다. 일기 예보에 따르면 당분간 비가 내리지 않는다고 하니, 그냥 월요일에 돌려줘도 괜찮지 않을까 싶었다. 본인이 당장 쓸 우산이라면 비닐우산도 가지고 있으니까.

하지만 집으로 찾아와서 돌려 달라는 명령이 떨어졌고, 존엄을 허락받지 못한 나로서는 그 명령을 거스를 수 없는 노릇이었다.

그래도, 하지만, 그럼에도.

가기 싫었다.

약속은 했다. 오늘 돌려주러 가겠다고는 했다. 하지만 그것과 내 마음은 또 별개다. 무슨 짓을 당할지 알 수 없었기에 가기 싫었다.

몰래 집 앞에 놓고 가려고 해도 왠지 코마키라면 나를 단번에 알아차릴 것 같기도 하고 말이다.

한숨이 점점 더 길어지며 허파 속 공기가 모조리 다 빠져나가는 듯한 느낌이 들었다. 이대로 가다가는 나는 산소 결핍으로 죽고 말 테지.

한창 그렇게 생각하던 바로 그때였다. 갑자기 집 초인종이 울렸다.

혹시 택배라도 왔나 싶었는데, 엄마 목소리가 들려왔다.

"와카바~! 마츠리 짱이 왔어!"

"어?"

마츠리가?

곧바로 스마트폰을 확인해 보았지만 온다는 얘기는 없었다. 딱히 약속도 하지 않았을 텐데 갑자기 무슨 일일까.

뭔가 고민거리라도 상담하려고?

욱신, 가슴에서 통증을 느꼈다. 요즘 들어 다른 사람의 고민거리를 들어준 적은 없지만, 혹시라도 그 얘기 때문에 왔다고 생각하니 살짝 두려움을 느꼈다.

더 이상은 나 때문에 소중한 사람이 변하는 모습을 보기 싫으니까 말이다.

……소중한 사람.

예전의 코마키는 분명 내 소중한 친구였다. 그녀를 향한 내 호감이야 지금은 마치 전생에 품고 있던 감정처럼 까마득히 멀게 느껴지지만 말이다.

"와카바, 들어가도 돼?"

어느새 내 방 앞까지 온 모양이다.

나는 살짝 망설이고 나서 들어오라고 말했다.

마츠리는 천천히 미끄러지듯 내 방 안으로 들어왔다.

"안녕, 와카바."

"응, 안녕. ……오늘은 엄청 잘 꾸미고 왔네?"

마츠리는 늘 귀여운 옷을 입고 있다. 오늘은 평소에 비해 훨씬 귀여운 느낌이 들었다.

마츠리는 향수를 거의 사용하지 않는 편일 텐데, 오늘은 뿌리고 온 것 같았다. 코마키와는 달리 크레이프처럼 달달한 냄새가 났다.

거기에다 얼굴에 머금은 포근한 미소까지 맞물리자, 마치 크레이프가 그대로 사람이 되어 나타난 듯한 느낌이 들었다.

폭신, 폭신.

열에 녹인 부드러운 휘핑크림을 방불케 하는 그 미소가 내 마음을 아주 살짝 가볍게 해 주었다.

"응. 오늘은 모처럼 힘 좀 써 봤지. 어제 새 향수도 하나 장만했거든~. ……한번 맡아 볼래?"

"어? 이 정도 거리에서도 향이 확 나는데?"

"에이, 그러지 말고~. 가까이에서 맡으면 향이 훨씬 더 좋거든~."

마츠리가 내 손을 잡아끄는 바람에 내가 그대로 그 애의 가슴에 뛰어든 모양새가 되었다.

부드러운 감촉이 코에 달라붙는가 싶더니, 달콤한 냄새가 곧바로 뒤따라왔다.

본인 말마따나 정말 가까이에서 맡아야 더 향이 좋을지도 모르겠다.

"금요일에, 무슨 일 있었어?"

위쪽에서 목소리가 떨어졌다.

나는 고개를 들어 올렸다.

"살짝 컨디션이 안 좋아서 조퇴했어."

"우메 짱이랑 같이?"

"……아니. 혹시 그 녀석도 조퇴했어?"

"……음~."

마츠리는 무언가를 생각하는 듯한 표정을 지으며 내 머리를 쓰다듬어 주었다.

"마츠리?"

"카오리 짱이 엄청 화냈어."

"카오리가? 왜?"

"계란말이 못 먹어서 인생 손해 봤다고 막 그러더라."

"아~……."

최근 들어서는 카오리와 반찬을 서로 교환하는 경우가 많았고, 금요일도 그럴 예정이었다. 정 원망하고 싶거든 코마키를 원망했으면 싶지만, 어떤 식으로든 다음에 땜빵해야 할지도 모른다.

"바보는 감기에 걸리지 않으니 보나 마나 꾀병이다! 월요일에 학교 오거든 간지럼 형벌에 처하겠다! 라고 전해 달래."

마츠리는 조금도 닮지 않은 목소리로 카오리의 흉내를 내고는 웃어 보였다.

카오리 이 자식, 누구더러 바보라는 거야.

내가 이번 중간고사에서 학년 순위 한 자릿수에 들어갔다는 사실을 모르나 본데.

뭐, 결국 코마키에게 지는 바람에 지금처럼 호된 꼴을 당하고 있으니 굳이 뽐내고 싶은 마음은 없지만.

"……마츠리, 너는?"

"응?"

"넌, 화 안 내?"

"음~. 나는, 딱히? 그래도 거짓말은 안 했으면 싶지만~."

컨디션이 좋지 않았다는 내 말이 거짓이었음을 역시나 마츠리는 알고 있었나 보다.

코마키와 같이 하교했다는 사실 또한, 분명.

나도 가능하다면 마츠리에게는 거짓말을 하고 싶지 않았지만.

"……미안해."

"사과하지 않아도 돼. 조퇴할지 말지는 어디까지나 네 자유니까. ……하지만."

마츠리가 내 앞머리를 손가락으로 만지작거리며 말했다.

"오늘은 네 시간을 나에게 내어 준다면 참 좋겠어~."

걱정을 끼쳤는지도 모른다.

느닷없이 이상한 전화를 걸지 않나, 몸 상태도 멀쩡한데 조퇴하지 않나. 만약 내가 마츠리의 입장이었다면 분명 걱정이 들었겠지. 무슨 일이라도 생겼는지, 괜찮은지.

대체로 코마키 때문이었다고는 하지만, 그래도 내 잘못도 있구나 싶었다.

금요일에 걱정을 끼쳤던 만큼 오늘은 내 시간을 써서 마츠리와 함께 시간을 보내야 마땅하겠지.

코마키에게 우산을 돌려주는 거야 딱히 밤에 해도 상관은 없다.

오늘 돌려주러 가겠다고 약속은 했지만, 시간까지는 따로 정하지 않았으니까 말이다. 굳이 아침에 갈 필요도 없겠지.

"좋아. 어디 놀러가게?"

"응. 갈 곳은 대충 정해 놨으니, 맡겨만 줘."

"알았어. ……그런데 카오리는 어쩌고? 둘이서 놀러 가면 자기만 따돌렸다고 나중에 삐지지 않을까?"

"그건 괜찮지 않을까? 오기 전에 같이 가자고 해 봤는데, 오늘은 위장의 한계에 도전해야 하니까 안 된다고 그랬거든."

"혹시 카오리는 무슨 푸드 파이터라도 돼……?"

늘 활기차게 돌아다녀서 그런지 그녀는 운동부 출신보다 더 많이 먹는다.

같이 어울리느라 하루 종일 달달한 것을 먹으며 지냈던 적이 있었는데, 그땐 정말로 죽는 줄 알았다.

가능하다면 앞으로 먹는 것은 그녀에게 맡기고, 나는 지켜보는 데 전념하고자 한다.

"……뭐, 그럼 괜찮겠지. 그 외에 또 부를 사람 있어?"

"아니. 우리 둘이서 놀려고."

"그렇구나. 그럼, 갈까?"

나는 살짝 마츠리에게서 떨어져 손을 내밀었다.

원래는 코마키의 집에 갈 예정이었기에 화장도 복장도 썩 그렇게 공을 들이지는 않았다. 지금부터라도 꾸미면 늦지 않겠지만, 그렇다고 괜히 마츠리를 기다리게 하자니 미안했다.

공을 들인 정도가 확 다르다 보니 조금 어색하겠다 싶은 느낌이 있었다. 나란히 걸으면 위화감이 들 것 같았다.

하지만 마츠리는 별로 신경 쓰지 않는 모양인지 그대로 내 손을 잡았다.

여느 때처럼 손을 마주 잡자, 마츠리가 포근하게 웃었다.

"그 옷, 잘 어울려~."

"일상복인데?"

"귀엽다고 생각해~. 편안한 차림이든 어른스러운 차림이든 넌 너니까."

살짝 등이 근질거리는 느낌이 들었다.

나를 이렇게까지 솔직하게 칭찬해 주는 사람은 아마 마츠리밖에 없겠지.

쪼끄맣다거나 땅콩이라고 놀림 받은 적은 수도 없이 많았지만 말이다.

그동안 내가 칭찬을 박하게 받은 원인은 아마도 코마키 때문이 아닐까 싶다. 어릴 적부터 나는 대부분의 시간을 그녀 옆에서 보냈으니까 말이다.

"……마츠리, 그러는 너도 귀여워."

"그래? 후후, 고마워. ……좋았어! 그럼 오늘은 아침부터 밤까지 신나게 놀아 볼까~."

마츠리는 농담인지 진담인지 알 수 없는 말투로 그렇게 말했다.

나는 사뿐히 걸음을 내디딘 그녀와 자연스럽게 보폭을 맞추었다.

그동안은 누군가와 함께 걷는다고 모종의 감정을 느낀 적은 없었을 텐데.

사소한 일이었지만, 그래도 나는 왠지 모르게 살짝 기뻤다.

오늘이 여름치고는 선선한 날이라 다행이구나 싶었다.

나는 우등생처럼 블라우스 단추를 가장 위쪽까지 채우고 있었다. 쇄골 언저리에 코마키의 키스 마크가 지금도 남아 있었기에 답답하고 더웠지만 이렇게 할 수밖에 없었다.

최근 이틀 동안 제법 옅어지기는 했지만, 왠지 마츠리의 눈에 띄면 누가 이런 것을 남겼는지까지 다 알아차릴 것만 같았다.

하지만 여름이라 덥기 마련이었다.

여느 때라면 단추 한둘 정도는 풀었을 텐데. 이런 상황에서 만약 오늘 기온까지 높았다면 아마 지옥이 펼쳐지지 않았을까.

나는 마츠리의 손에 이끌려 쇼핑몰에 와 있었다. 집에서 전철을 타고 몇 정거장을 가야 하는 곳에 자리한 이 쇼핑몰은 이번이 처음이었다.

저번에 코마키와 갔던 곳보다 더 넓었고, 모든 구역에 실내 냉방 설비가 잘 갖춰져 있는 덕분에 쾌적한 시간을 보낼 수 있었다.

게다가 오늘은 그렇게까지 사람이 많은 편도 아니라 편했다.

사람이 붐비는 장소도 나름대로 좋아하는 편이지만, 그래도 오늘은 한적하게 시간을 보내고 싶었다. 아마 금요일에 이런저런 일들을 겪었기 때문일 테지만.

"마츠리, 그래서 어디 가고 싶은 가게라도 있어?"

"음~. 뭐, 여기저기?"

"뭔 소리야?"

특별히 가고 싶은 어떤 가게가 있으니까 일부러 멀리 떨어진 곳에 자리한 이 쇼핑몰까지 온 줄로만 알았다. 하지만 그렇지 않은 모양이었다.

마츠리는 변함없이 솜털 같은 미소를 짓고 있었다.

보다 보면 나마저 어디론가 날려 갈 것만 같은 분위기였다.

"뭐, 간만에 단둘이서 놀잖아. 느긋하게 시간을 보내 보자."

하긴, 그럴지도 모른다.

요즘은 정말로 이런저런 일들이 너무 많이 벌어진 바람에 마츠리와 둘이서 놀 기회가 적었다.

의외로 중학생 시절에는 자주 둘이서 놀곤 했었다. 내가 동아리 활동을 그만둔 뒤로는 특히나 더더욱 말이다.

중학교 시절엔 그다지 좋은 추억이 없지만, 그나마 마츠리와 만나서 다행이 아닐까 싶었다.

"게다가 아직 시간은 한나절도 더 남았고~."

"어?"

"오늘은 여기에 있는 가게를 싹 다 돌아보자고. 재미있겠는걸~."

"아니, 잠깐만. 그거 진심이야?"

정말로 밤까지 놀 작정인가.

거짓말이겠지 싶어 마츠리를 쳐다보았다. 하지만 본인은 나에게 미소만으로 답할 뿐, 그 속마음까지는 볼 수 없었다. 어떤 의미로는 코마키보다 더 이해하기 힘들지도 모른다.

나는 자기도 모르게 쓴웃음을 지었다.

싫지는 않다. 결코 싫지는 않지만, 마츠리의 이런 과감한 모습이나 천연덕스러운 모습에 때때로 놀라움을 느끼곤 한다.

나는 잠자코 그녀가 내 팔을 잡아끄는 대로 쇼핑몰 내부를 나아갔다.

내 팔을 잡아끌고 있음에도 불안감은 전혀 들지 않았다. 나는 새삼 그것이 얼마나 고마운 일인지를 절감했다. 사이좋은 친구. 평범한 일상. 그걸 이토록이나 절절하게 느낄 줄이야.

이게 좋은 건지 나쁜 건지.

――속으로 그런 생각을 하면서 나아가길 몇 분 뒤.

"귀여워! 와카바, 최고야!"

나는 옷 갈아입히기 인형 신세로 전락했다.

아니, 이건 좀.

마츠리는 피팅 룸에서 새로운 옷으로 갈아입은 나에게 스마트폰을 들이대며 사진을 찰칵찰칵 찍어 댔다.

민폐 짓은 좀 자제해 주시죠, 고객님.

그나저나 대체 어쩌다 이 지경이 되었담.

"이번엔 이거 한번 입어 볼래? 의외로 너는 밝은 색상뿐만 아니라 이런 어두운 느낌의 색상도 잘 어울릴 것 같거든~. 그리고……."

옷 가게로 끌려왔는가 싶더니 이 모양 이 꼴이었다.

마츠리는 그 어느 때보다 즐거운 기색이었다. 얼마 전에는 내 몸의 소유권을 주장하는 것이 일종의 유행인가 싶은 생각이 들기도 했었는데, 이번에는 나를 가지고 노는 것이 최신 유행일지도 모른다.

그래도 코마키와는 달리 내가 옷 갈아입는 모습을 막 보려고 들지는 않았으니, 뭐, 좋은 게 좋은 거겠지만.

하지만 어깨나 쇄골 언저리가 드러나는 옷은 곤란하다.

“이런 내 차림새를 좋아할 만한 사람이 세상에 있겠어?”

나는 몸을 빙글 돌려 보았다. 원피스는 싫어하지 않지만 내가 입으면 꼭 초등학생처럼 보이지 않을까 싶었다.

“왜 없겠니? 난 너의 이런 귀여운 모습을 더 보고 싶은걸~.”

“이런 어린애 체형이 그리도 보기에 좋아?”

“좋아. 그야 와카바인걸.”

“그게 무슨 소리야?”

마츠리가 생긋생긋 웃었다. 그 말에 거짓은 없어 보였지만, 그건 또 그것대로 난처한데.

“와카바, 너는 귀엽거든. 이런 귀여운 모습도 잘 어울려 보여서 나는 보기만 해도 좋아. ……혹시 싫니?”

그런 식으로 말하면 뭐라 할 말이 없는데.

뭐, 본인만 즐겁다면 상관없지만.

“날 귀엽다고 하는 사람은 아마 세상에 너밖에 없을 거야.”

“정말?”

“응. 그 왜, 보다시피 내 체형이 이렇잖아. 귀엽다는 소리는 살면서 들어 본 적이 없어.”

"흐~음……."

"그럼 옷 좀 갈아입을 테니 잠시만 기다려."

나는 커튼을 치고 마츠리로부터 받은 옷을 입기 시작했다.

이런 귀여운 부류의 옷은 집에 거의 없다. 꾸미는 데 관심이 없지는 않지만, 굳이 따지자면 나는 활동하기 편한 차림을 선호했다.

그래도 가끔은 이런 것도 나쁘지 않겠지.

"우메 짱은?"

"어?"

마츠리가 불쑥 그렇게 물었다.

"우메 짱은 널 귀엽다고 안 해?"

참 생뚱맞은 소리가 아닌가 싶었다.

나는 옷을 입으며 잠시 생각에 잠겼다. 요즘 들어 코마키는 나에게 독설만 퍼붓는 데다, 코마키의 옛날 시절은 좀처럼 떠올리기 힘들었다.

옛날에는 어땠더라?

귀엽다. 귀엽다. 그런 소리를 들어 본 것 같기도 하고, 아닌 것 같기도 하고.

아니, 모처럼 마츠리와 둘이서 놀러 나왔는데 내가 대체 왜 코마키를 신경 써야 한담?

이건 좀 아니지.

"우메조노? 안 해. 그 녀석은 날 좋아하지도 않을 테고."

"으~음…… 그런가? 그럼 네가 한번 얘기해 보지 그래?"

"아니, 그 녀석은 귀여운 인상과는 거리가 멀잖아."

"그런가? 꽤 귀여운 편이라 보는데……."

굳이 따지자면 코마키는 아름답다는 소리를 들을 만한 부류로 귀여움과는 거리가 멀어 보였다.

그런 코마키를 귀엽다고 얘기하다니, 마츠리는 역시나 대인배가 아닐까 싶다.

뭐, 옛날에는 코마키도 좀 더 귀여웠던 것 같은 느낌이 없잖아 있지만.

"……그럴 리가. 난 됐어. 그 녀석한테 귀엽다고 말하느니 차라리 카오리한테 귀엽다고 말할래."

"그래~?"

"물론 너한테도 할 거야. 오늘도 귀여워."

"그런 말은 내 눈을 직접 쳐다보면서 해 줬으면 싶은데~."

좌락, 하는 소리가 나며 커튼이 걷혔다.

내가 이미 옷을 다 갈아입었다는 사실은 또 어떻게 알았을까.

아니면 내가 갈아입는 중이든 아니든 상관없이 커튼을 걷으려고 했을까?

아니, 무슨 코마키도 아니고.

"자, 와카바. 말해 볼래?"

"어, 그게."

"……그럼 나부터 말할게. 귀여워, 와카바."

"……응. 너도 귀여워, 마츠리."

"아하하, 고마워~."

왠지 모르게 좀 부끄러운데.

다른 사람을 칭찬하는 건 나쁜 일이 아니지만, 서로 마주 보면서 그러자니 못내 쑥스러웠다. 하지만 마츠리가 내 눈을 지그시 계속 쳐다보고 있었기에 나도 그녀의 눈을 계속 쳐다보았다.

먼저 눈 돌린 쪽이 패배, 딱히 그런 것도 아니었지만. 어쨌거나 싫지는 않았다.

그 눈동자 속에 확실하게 존재하는 호의의 감정은 보기만 해도 행복한 기분이 드니까 말이다.

"……응, 만족했어! 네 눈은 예쁘네~."

마츠리는 그렇게 말하고는 내 머리를 톡 쓰다듬어 주었다.

"그럼 다른 옷도 가지고 올게. 이번에는 노출이 많은 옷에 한 번 도전해 볼까?"

"아니, 잠깐만. 아무리 그래도 그런 건 안 입어."

"에이~. 귀여울 것 같은데~."

"귀엽다 그런다고 뭐든 다 되는 거 아니거든?"

"나라면 뭐든 다 해 줄 텐데~."

"귀여우니까 키스해 달라고 누가 그러면 보통 안 하잖아? 그거랑 같다고."

"응? 해도 별 상관은 없는데? 닳는 것도 아니고."

이니, 닳는 것 맞잖이.

혹시 내가 이상한 걸까. 코마키도 그렇고 마츠리도 그렇고 키스에 왜 이렇게 관대할까.

그간 첫 키스를 소중히 간직해 왔던 내가 꼭 바보 같잖아.

"마츠리, 혹시 남친 있어?"

"없어. 그건 왜?"

"아니, 키스를 일상적으로 하니까 왠지 그런 느낌이 들어서."

"키스는 해 본 적 없는걸? 그래도 왠지 즐거울 것 같아. 시험 삼아 한번 해 보는 것도 괜찮겠다~ 싶은 느낌이랄까?"

"어……."

혹시 내가 그동안 키스에 너무 환상을 품어 왔었나? 다음에 카오리한테도 키스에 관해 한번 의견을 물어봐야 할지도 모르겠다.

뭐, 카오리의 평소 모습을 보면 별 참고가 되지 않을지도 모르지만.

"와카바, 넌 키스해 본 적 있어?"

마츠리가 지그시 나를 쳐다보았다.

마치 모든 걸 다 꿰뚫어 보고 있는 듯한 그 눈동자로부터 나는 눈을 살짝 돌렸다.

뭐라 대답해야 할까. 최근 두 달 동안 키스는 수도 없이 해 왔지만, 그 얘기를 있는 그대로 할 이유는 없다. 그런데 어차피 거짓말을 해 봤자 왠지 마츠리라면 다 알 것 같았다.

마츠리에게는 거짓말을 하고 싶지 않다, 불과 조금 전에 그렇게 마음먹은 참인데. 어쩌면 좋을까.

바로 그때였다. 개켜 놓은 옷 위에 놓아두었던 스마트폰이 진동하기 시작했다.

무척이나 불길한 예감이 들었다. 솔직히 말해서 쳐다보기도 싫었지만, 그럴 수도 없는 노릇이다. 이런 상황에서 스마트폰을 확인하지 않으면 이상하니까.

"와카바, 전화 온 것 같은데?"

"……응."

금요일과 비슷한 상황이었다.

그렇지만 이 전화를 건 사람은.

스마트폰을 흘끗 확인했다. 역시나 코마키의 이름이 표시되어 있었다. 한참 전에 등록해 두었던 코마키라는 이름이 지금도 변함없이 고스란히 표시되었다.

왜 나는 등록한 이름을 우메조노로 바꾸지 않았을까.

바꿀 기회라면 그동안 얼마든지 있었을 텐데.

"안 받아?"

"아마도 잘못 걸려 온 전화 같아."

벨 소리가 계속 울려 댔다.

코마키의 집요함은 어제오늘 일도 아니지만 이제 그만 날 놔줬으면 싶은데.

모처럼 마츠리와 놀러 나왔는데 말이다. 오늘 하루 정도 코마키를 잊어도 별문제 없지 않을까.

하지만 연신 울려 대는 벨 소리가 나에게 코마키의 존재를 잊지 말라고 각인시키는 듯했다.

"아까부터 계속 울리는데?"

받을 때까지 끊을 기색이 없어 보였다. 애당초 지금 이 자리에서 코마키로부터 걸려 온 전화를 받지 않으면 추후에 호된 꼴을 당할 것 같았다.

실은 받기 싫었다. 오늘을 즐거운 하루로 마무리 짓기 위해서는 지금은 코마키를 무시하고 스마트폰 전원을 끊어야 한다.

하지만 그럴 수도 없으니 고민이었다.

내 존엄은 코마키에게 바친 상태다. 승부에서 이기지 않는 한, 나는 평생 그녀가 시키는 대로 계속 따라야만 한다.

나는 자그맣게 숨을 내쉬고는 통화 버튼을 터치했다.

『와카바, 뭐 하다 이제 받아?』

첫 마디부터 그 소리냐.

나는 싫증이 났다.

"애당초 이 휴일에 갑자기 전화를 건 사람이 누군데? 어떻게 그걸 바로바로 받아?"

『왜 못 받아? 어차피 넌 오늘도 한가로울 텐데.』

"아니거든? 오늘은 데이트 중이거든?"

『뭐?』

그 어느 때보다 언짢은 기색의 목소리가 스마트폰 너머에서 들려왔다.

『내가 분명 우산 돌려주러 오라고 했을 텐데?』

"그랬지만 시간까지는 안 정했잖아?"

『보통 그런 경우에는 아침에 돌려주러 오곤 했었잖아. 그 우산, 당장 오늘 써야 하는데.』

이 쾌청한 날씨에 우산을 써야 하는 상황이 대체 뭔데.

뭐, 개인 비행기를 타고 굳이 비가 내리는 지역까지 가려고?

왠지 코마키라면 충분히 그러고도 남을 것 같았다.

하지만.

“정 우산이 필요하거든 집에 있는 걸 쓰면 되잖아. 이것저것 가지고 있을 텐데?”

『와카바, 건방져. 내가 지금 당장 돌려 달라고 하면 넌 당연히 돌려줘야 해. 넌 거부하면 안 되니까.』

모처럼 맞이한 휴일은 엉망이 되었다. 누가 봐도 지금 당장 우산을 써야 하는 상황이 전혀 아닌데 돌려 달라고 하다니.

역시나 날 괴롭힐 목적으로 이러는 걸지도 모른다.

마츠리 쪽을 흘끗 살폈다. 그녀는 가만히 날 쳐다보고만 있었다.

“우메 짱이니?”

나는 살며시 고개를 끄덕였다.

『……잠깐. 지금 마츠리랑 데이트 중이야?』

“……그런데?”

전화 너머에서 전해져 오는 분위기가 살짝 변한 듯한 느낌이 들었다.

나는 인상을 찌푸리며 이어질 코마키의 말을 기다렸다.

『……갈래.』

“어?”

『나도, 갈래. 지금 어디야? 가르쳐 줘.』

“지금 오면 5시간은 더 걸릴 텐데?”

『거짓말하지 마. 마츠리가 널 그런 먼 곳까지 데리고 갈 리 없잖아. 마츠리 좀 바꿔 봐.』

코마키가 마츠리에 관해서 대체 뭘 안다고 그럴까. 나는 자기도 모르게 한숨을 푹 내쉬고는, 하는 수 없이 마츠리에게 스마트폰을 건넸다.

"아, 우메 짱? 응, 응. 그래~. 여기 장소는~……."

결국 일이 이렇게 되나. 마츠리가 코마키에게 오지 말라고 얘기해 주지 않을까, 살짝 그런 기대를 품었는데 말이다. 하지만 마츠리가 그런 식으로 말할 리 없다는 사실 또한 잘 알고 있다.

그런데 혹시 코마키는 내 첫 키스나 개근상 등, 그런 것들 외에도 내 소중한 친구인 마츠리마저 빼앗을 심산일까.

그건, 그러지 않았으면 싶었다. 첫 키스와 마찬가지로, 아니, 그 이상으로 나는 마츠리와의 관계를 소중히 여기고 있다. 그것을 코마키가 짓밟으면, 마침내 내 안식처는 사라지고 만다.

"우메 짱, 금방 온대. 잠시 어느 가게에 들어가서 기다릴까?"

"……그러자."

이럴 줄 알았으면 옆에 카오리도 있었으면 싶었다. 그녀가 있으면 이 무거운 분위기도 조금은 가벼워졌을 텐데.

그 걸신들린 녀석, 하필 이럴 때 옆에 없다니. 나도 모르게 괜히 화풀이를 하고 싶은 심정이었다. 어차피 그래 봤자 현실은 변하지 않는데도 말이다.

나는 멜론 소다의 이 싸구려 같은 느낌을 좋아한다. 하지만 그렇다고 해서 고급스러운 멜론 맛이 싫다는 뜻은 아니다. 결국 나는 멜론이라면 전반적으로 좋아하는 셈이다. 심지어 멜론 빵을 반찬 삼아 멜론 빵을 먹을 정도로 말이다.

"역시나 넌 멜론 종류밖에 안 마시네~."

카페에 들어와 여느 때처럼 멜론 맛 드링크를 주문한 나를 보며 마츠리가 웃었다.

마츠리는 웬일로 밀크 티 대신 말차 라떼를 마시는 중이었다.

"나도 가끔은 멜론 맛 말고 다른 것도 맛보곤 해."

"예를 들면?"

"음~……."

잠시 생각에 잠긴 나는 저번에 코마키와 노래방에 갔던 기억을 떠올렸다. 그 잡탕은 내 기억 속에서 지워 버리고 싶은 맛이었지만, 너무나도 강렬했던 탓에 머릿속에 단단히 새겨진 모양이었다.

"스포츠 음료?"

"그건 좀 뭔가 아닌 것 같은데~. ……한 모금 마셔 볼래?"

"그래도 돼?"

"응. 그 대신 네 것도 좀 마실게~."

"응."

서로 각자의 컵을 교환한 후, 말차 라떼를 한 모금 마셔 보았다. 부드러운 맛이 났다. 말차 그 자체는 쓴맛만 나서 살짝 진입장벽이 높게 느껴졌는데, 이렇게 다양한 것과 함께 섞이고 나면 부드럽고 맛있어지는 모양이었다.

코마키도 이런 걸 좋아했으면 좋겠구나 싶었다.

역시나 섞은 것은 섞은 것 그 자체로 맛있는 것이 최고다. 각각의 장점은 희박해질지언정 최종적으로 누군가가 맛있다고 느낀다면 그걸로 충분하지 않을까 싶었다.

그렇지만, 뭐.

그녀의 말을 빌리자면 순전히 일반인의 생각에 불과할지도 모르겠지만 말이다.

"이로써 와카바도 멜론 외계인으로부터 탈출했구나~."

"그 대신에 오늘부터 마츠리가 멜론 외계인이 됐네?"

"에~? 조금 마셨다고 외계인 취급이야~?"

"오늘부로 2대 멜론 외계인으로서 생활하도록."

"음~…… 그럼."

마츠리가 살짝 생각에 잠긴 듯한 표정을 지어 보이더니 컵을 내 쪽으로 내밀었다. 나는 거기에 꽂힌 빨대에 입을 댔다.

아까 마셨을 때와 마찬가지로 멜론 맛이 났다. 일반적인 멜론 소다와는 달리 과일 맛이 진하게 느껴졌다.

"이제 너도 다시 멜론 외계인이 됐네?"

"순식간에 제자리로 돌아왔잖아."

"앞으로는 우리 둘이 멜론 외계인으로서 열심히 잘 살아 보자~."

"열심히 잘 살아 보자니, 뭘 하려고? 무슨 멜론 포교 활동이라도 하게?"

"글쎄?"

아무 말 대잔치가 따로 없네.

나도 모르게 웃자, 마츠리도 피식 웃었다. 이처럼 실없는 잡담을 함께 나눌 수 있는 상대는 사실 엄청 귀중한 존재가 아닐까 싶었다.

나는 마츠리와 다시 한번 각자의 음료수를 교환하고 나서 다시 한바탕 잡담을 나누었다. 최근에 있었던 사소한 일상 얘기라든가, 편의점에 새로 나온 제품 얘기라든가.

무슨 얘기를 하든 즐거워 보이는 마츠리를 나는 좋아했다. 뭐랄까, 꾸밈없는 아름다움이 있다고나 할까, 마음이 편안해진다고나 할까. 같이 있기만 해도 저절로 마음이 놓이는 상대는 아마 마츠리 정도밖에 없을지도 모른다.

그렇게 대화를 나누다 보니 어느새 30분 가까운 시간이 지나 있었다. 슬슬 코마키가 올지도 모른다. 그렇게 생각하니 살짝 마음이 무거워졌다.

모처럼 간만에 마츠리랑 둘이서 노는 날이었는데.

"있잖아, 와카바."

문득 마츠리가 내 눈을 쳐다보았다. 눈동자 색도, 그곳에 깃든 감정도 여느 때와 다르지 않았다.

"난, 너를 좋아해."

갑작스러운 그 발언에 눈이 휘둥그레졌다.

농담을 입에 담을 때와는 다른, 진지한 어조의 '좋아한다.' 는 말이 내 고막을 진동시켰다.

얼굴을 마주하고서 상대방에게 좋아한다고 말할 때, 대부분의 사람은 적잖이 쑥스러워하기 마련이다. 그렇지만 마츠리는 그런 모습을 전혀 보이지 않았다.

참 강하구나, 싶었다. 그와 동시에 그녀가 무척이나 눈부시게 보였다.

"갑자기 왜 그래?"

"응? 그야 금요일에 전화로 네가 물어봤었잖아? 내가 괜히 불안하게 만들었나~ 싶어서."

분명 나는 요즘 들어 감정이라는 존재에 여러모로 고민하는 중이다.

다른 사람의 감정도, 자신의 감정도 곧이곧대로 믿기 힘들었다. 언제 사라져도 이상하지 않기에 어떻게 해야 좋을지 생각에 잠긴 적도 있다.

다른 사람을 향한 좋아한다는 감정조차 희미해져 사라진다면.

나는 대체 앞으로 무엇을 의지하며 살아가야 할까. 나로서는 알 수 없었다. 모든 감정이 희미해진다면 나는 앞으로 무슨 낯짝으로 살아가야 할까.

내가 이런 걸로 고민하는 이유 또한 죄다 코마키 때문이 아닐까 싶다.

코마키가 이상한 짓만 저지르지 않았어도 나는 훨씬 더 단순하게 세상을 살아갔을 텐데.

……아니, 내가 만약 좀 더 정이 두터운 사람이었다면 어땠을까. 그랬다면 선배가 코마키에게 매달리는 모습을 보고 나서도 실망감을 느끼진 않았겠지.

결국 이건 나 자신의 문제다. 비록 코마키 또한 원인의 일부에

해당한다 하더라도 말이다.

"그래서 나는 널 엄청 좋아해."

"……응. 나도, 너를, 좋아해."

변함없이 서로 주고받을 수 있는 '좋아한다.'는 말에 마음이 놓였다. 좋아하는 감정이 싫어하는 감정으로 바뀌고, 좋아하는 감정이 실망하는 감정으로 바뀌는 건 이제 질렸다.

"그래, 그렇구나. 다행이야. ……우메 짱은 어떻게 생각해?"

"어?"

마츠리가 내 뒤쪽으로 말을 걸었다.

내가 몸을 뒤로 돌리자, 그곳에는 어느새부턴가 코마키가 서 있었다.

기척을 조금도 느끼지 못했다. 평소에는 싫증마저 느껴질 만큼 존재감이 압도적인데 말이다. 어쩌면 코마키에게는 닌자로서의 소질이 있을지도 모른다.

아니, 닌자로서의 소질은 무슨.

"좋아해, 마츠리도, 와카바도."

코마키는 마음에도 없는 말을 입에 담았다.

그녀는 상대가 마츠리가 됐든 내가 됐든 딱히 좋아하지 않겠지. 우정이든 연애 감정이든 간에 코마키가 다른 사람을 좋아할 리 없다.

코마키가 입에 담은 좋아한다는 말은 마츠리의 경우와는 달리 너무나도 색이 희박했다. 그렇다고 감정을 듬뿍 담아 좋아한다고 말해 달라는 뜻은 딱히 아니지만.

오히려 그게 더 불쾌하지 않을까 싶었다.

다만, 아주 조금. 만약에 코마키가 누군가에게 진심을 담아 좋아한다고 말할 날이 온다면 대체 어떤 상대에게 어떤 식으로 좋아한다고 말할까. 그 부분이 아주 조금 궁금했다. 딱히 나랑 상관도 없는 일이지만.

"그렇구나~. 나도 우메 짱을 좋아해~."

"고마워. 와카바, 너는?"

"어?"

"넌 나를, 좋아해?"

평소보다 살짝 고운 목소리로 코마키가 질문했다.

마츠리가 보는 앞에서 굳이 분위기를 흐리고 싶지는 않았다. 게다가 좋아한다는 말이든 싫어한다는 말이든 단순히 입에 담는 것 정도라면 얼마든지 할 수 있다.

아까 코마키가 그랬던 것처럼 거짓으로나마 좋아한다고 말하면 되니까 말이다.

나는 자그맣게 입을 벌리고는 좋아한다고 말하려 했다.

하지만 입만 뻐끔뻐끔 움직일 뿐, 좋아한다는 말을 좀처럼 입에 담을 수 없었다. 역시나 나는 코마키가 너무나도 싫은 모양이다. 거짓으로나마 좋아한다는 말조차 할 수 없는 지경인지도 모른다.

"뭐, 그럭저럭."

"……그래."

내 말을 듣고 무슨 생각이 들었는지 그녀는 희미한 웃음을 지으며 그대로 옆자리에 앉았다.

그것도 쓸데없이 가까웠다.

소파는 충분히 넓으니 너무 그렇게 딱 붙지 말았으면 싶었다. 일반적으로 서로의 무릎이 맞닿을 정도로까지 가까이 붙어서 앉지는 않잖아.

어쨌거나 날도 더운데 그러지 말았으면 싶었다.

하지만 어차피 떨어지라고 말해 봤자 내 말은 귓등으로도 듣지 않을 테니 괜한 소리는 하지 않았다.

"우메 짱, 뭐 마실래?"

"아니, 됐어. 와카바, 그거 좀 줄래?"

"다 마셔도 돼."

"그럼 네가 마실 것도 없잖아? 조금만이면 돼."

웬일로 기특한 소리도 다 하네.

속으로 대체 뭘 꾸미고 있는지는 모르겠지만, 상관없겠지. 본인이 어떻게 나오든 간에 나는 그저 맞받아칠 따름이다.

나는 정신을 집중하고 그녀가 어떻게 나올지 기다렸다.

"아, 그럼 내 것도 마셔도 돼~."

"고마워, 마츠리."

그 상쾌한 웃음이 무진장 수상쩍었다.

아니, 그보다도.

"……우메조노, 그 옷, 왠지 처음 보는 것 같은데?"

"얼마 전에 새로 샀어. 모처럼 외출하는 김에 한번 입어 볼까 싶어서."

"흐~음……."

나는 빨대에 입을 대고 있는 코마키를 바라보았다.

옷도 그렇지만 화장도 평소와 느낌이 달랐다. 학교 가는 날에는 자연스러운 느낌을 살리는 쪽으로 화장을 하고 외출할 적에는 살짝 공을 들이는 편이다. 하지만 오늘은 그 어느 쪽도 아니었다.

평소 외출할 적에 비해 훨씬 더 공을 들였다. 마치 누군가와 데이트하는 것 같은 느낌이었다. 여기까지 오는데 그렇게까지 시간이 오래 걸리지 않았다는 점을 고려해 봤을 때, 아마 나에게 전화를 걸기 전부터 이미 화장을 한 상태였겠지.

무슨 좋은 일이라도 있었나.

나는 살짝 고개를 갸웃거렸다.

"고마워, 와카바. 맛있었어. 나머지는 네가 마셔."

"응."

코마키가 입에 댄 걸 마시고 싶은 마음은 별로 없다.

하지만 새삼스럽다면 새삼스럽겠지. 이미 키스도 그만큼 잔뜩 했는데 이제 와서 싫다고 그러는 것도 이상하니까. 무엇보다도 이미 마츠리와 음료수를 교환한 마당에 코마키는 안 된다고 거부하면 이상하다. 그러면 마츠리가 의아하게 여기겠지.

나는 어쩔 수 없이 빨대에 입을 댔다.

음료수를 단숨에 모조리 쭉 들이켰다. 맛이 제대로 느껴질 리 없었다.

그런데도 금요일에 코마키와 멜론 맛 키스를 나누었던 기억은 선명하게 떠올라 살짝 불쾌한 기분이 들었다.

마츠리와 정답게 대화를 나누는 코마키를 보고 있으니, 그날 있었던 일이나 지금까지 있었던 일들이 모조리 다 한낱 꿈속 이야기처럼 느껴졌다.

이상하리만큼 이틀 전과 오늘의 연결 고리를 느낄 수 없었다.

하지만 입술에 남은 감촉이나 맛 등등이 나에게 모든 것이 현실임을 알려 주었다.

차라리 꿈이었으면.

나는 속으로 그렇게 생각하면서 내 입술을 더듬었다.

그 감촉은 여느 때와 변함없었다. 아마도. 그 사실을 아는 사람은 코마키밖에 없겠지만.

"모처럼 셋이서 한자리에 모였으니 영화를 보고 싶어~."

마츠리의 그 말에 우리는 영화관으로 향했다.

마츠리와 단둘이라면 모를까, 코마키도 포함해 셋이서 나란히 걷다 보면 금세 지칠 것 같았기에 잘되었다 싶었다. 영화관에서는 내숭 모드의 코마키랑 굳이 얘기할 필요도 없고 말이다.

이미 본성을 다 알고 있는 마당에 그 상대가 내숭을 떠는 모습이 눈에 들어오면 그보다 기분이 나쁠 수 없다. 평소에는 살짝 낮은 톤의 목소리가 높아지기만 해도 온몸에 소름이 쫙 돋았으니, 역시나 사람의 몸은 참 신비롭구나 싶었다.

"영화 본 소감을 다 같이 얘기하면 즐겁잖아~."

"그건 그래. 뭐 볼래? 요즘 상영하는 영화가 제법 많던데."

"음~……. 저건 어때?"

마츠리가 영화관 내에 걸린 포스터를 손가락으로 가리켰다.

쓸데없이 내 손을 움켜쥐고 있는 코마키가 살짝 반응했다.

"……정통 공포 영화잖아."

"응. 공포 영화는 영화관에서 봐야 제맛이니까~. 박진감이 넘치잖아~."

"아하."

나는 딱히 공포 영화를 싫어하는 편이 아니다. 무서운 영화나 무서운 이야기는 어릴 적부터 여러 번 접해 왔지만 밤에 잠 못 든 적은 한 번도 없었고 말이다.

하지만, 뭐.

커다란 소리를 싫어하는 우리 코마키 짱은 과연 어떨까. 그런 생각이 들어 그녀 쪽을 봤더니 표정이 싹 사라져 있었다. 나도 모르게 웃음이 나올 뻔했다.

아니, 이봐. 지금까지 완벽하게 내숭을 떨던 그 사람은 대체 어디로 사라졌담? 가면이 완전히 벗겨진 코마키는 딱 봐도 공포 영화는 보기도 싫다는 표정을 짓고 있었다.

어쩔 수 없지.

공포 영화 좀 봤다고 기분이 팍 상하면 곤란하니, 지금은 내가 나서야――.

"좋네. 보자."

"어."

코마키가 싱긋 웃으며 그렇게 말했다.

내가 아니면 알아차리기 힘들 만큼 아주 살짝, 그녀의 표정은 굳어져 있었다. 늘 남들에게 보이는 그 상쾌한 모습은 10퍼센트 정도 가라앉은 것처럼 보였다.

대체 왜 지금 허세를 부릴까.

저번에 매운 파스타를 먹으려 했던 적도 그렇고, 코마키는 허세를 부릴 상황이 아닌 경우에서만 꼭 허세를 부리곤 했다. 결국 자신만 고통받을 뿐이라는 사실은 본인도 잘 알고 있을 텐데 말이다.

"왜 그래, 와카바?"

코마키가 내 손을 힘껏 움켜쥐었다.

무진장, 아프잖아.

아마 쓸데없는 소리는 하지 말라는 뜻일 테지. 하지만.

굳이 자진해서 괴로운 경험을 겪을 필요는 없지 않을까 싶었다. 아무것도 하지 않았음에도 지금껏 괴롭고 힘든 경험을 숱하게 겪어 온 주제에 스스로 그곳에 뛰어드는 건 바보다. 이럴 땐 쓸데없이 자존심 내세우지 않아도 될 텐데.

"나는 로맨스 영화를 봤으면 싶은데. 공포 영화는 조금 그래서."

"어라, 그래? 그런데 저번에 왔을 적에는 잘만 보지 않았어?"

"……너희 둘이서, 자주 영화도 보고 그래?"

코마키가 불쑥 그렇게 말했다.

"응, 상대적으로 말이지~. 난 원래 영화 보는 걸 좋아하지만, 내 주위에는 활동적인 애들이 참 많거든~. 저번에는, 1시간도 못 앉아 있겠어! 라는 소리도 들었고.”

“저번에 카오리랑 셋이서 왔을 땐 완전 장난 아니었잖아. 걔, 그때 팝콘을 있는 대로 먹어 치우더니 푹 곯아떨어졌었고.”

“아하하, 그건 그래~. 제일 큰 사이즈를 거의 혼자서 모조리 먹어 치웠으니까~.”

“어라, 그때 우리도 같이 돈 냈을 텐데? 분명 본전도 못 건졌을 거야.”

마츠리와 대화를 나누는 와중에 오른손이 빠질 것만 같았다.

이제 보니 코마키가 다른 한쪽 손도 움켜쥐고 있었다.

내가 괜히 쓸데없는 소리를 하는 바람에 기분이 상했나 보다.

“으~음, 와카바는 공포 영화를 싫어한단 말이지~.”

“미안해.”

“정 그렇다면야…….”

“다수결로 정하자.”

코마키가 아주 살짝 손에서 힘을 풀며 그렇게 말했다.

반사적으로 고개를 들어 올리자, 싱긋 미소 짓는 그녀의 얼굴이 눈에 들어왔다.

솔직히 무서운데.

“공포 영화 보고 싶은 사람?”

“음~…… 저요.”

코마키와 마츠리가 손을 들어 올렸다.

이렇게 된 이상 이제 어쩔 수 없겠구나 싶었다. 속마음이야 어떻든 간에 다수결로 몰고 가면 답이 없다.

나는 코마키에게 눈길을 주었다.

이제 겁에 질려 밤길 걷지 못하는 신세가 되더라도 난 모른다, 라고 말이다.

내 의도가 잘 전해졌는지 전해지지 않았는지는 알 수 없었다. 코마키는 싱긋 웃으며 나를 내려다볼 뿐이었다. 뭐, 본인이 괜찮다면 상관없겠지만.

그런데 막상 의외로 아무렇지 않게 잘 볼지도 모른다. 그러면 오히려 김빠지는 결과로 이어지겠지.

하지만.

아마 그렇게 되지는 않겠구나 싶었다. 근거는 없지만, 지금까지의 코마키를 보자면 결과는 너무나도 뻔했다.

"좋아, 결정. 그럼 티켓 끊어 올게."

"그러자~. 미안해, 와카바. 오늘은 공포 영화를 보고 싶거든!"

"옆에 카오리가 있었다면 내 편을 들어 주었을 텐데……."

나는 코마키에 비하면 서투른 연기로 공포 영화는 보기 싫다고 어필했다. 결국 아무런 의미도 없었지만, 어쩔 수 없이 나는 티켓을 끊었다.

자, 이제 어떻게 될까.

결과는 역시나 불을 보듯 뻔했다.

커다란 스크린과 높은 음량으로 상영되는 공포 영화를 보고 내 왼편에 앉은 마츠리는 눈을 반짝이며 흥미진진한 기색이었다.

반면에 내 오른편에 앉은 코마키는 완전히 죽상이었다. 심지어 아까 영화 속에서 죽은 인물보다 더 죽은 사람처럼 보였다.

조금 전까지의 그 상쾌한 표정은 대체 어디로 사라졌는지 완전히 얼어붙은 모습이었다. 게다가 몸도 살짝 떨고 있는 것처럼 보였다.

그러게 왜 괜한 허세를 부린 걸까. 지금 모습을 보아하니, 보나 마나 나중에 밤에 혼자 욕실에서 머리를 감을 때 뒤쪽이 너무나도 신경 쓰여서 안절부절못하겠지.

그리고 보나 마나 캄캄한 복도에 무언가가 있는 듯한 느낌이 들어서 몸을 오들오들 떨겠지.

참 쓸데없는 부분에서만 고집이나 부리고 말이지. 고집을 부려야 하는 상황은 그 외에도 얼마든지 있지 않을까 싶은데.

아니, 이쯤 되니 아예 영화를 보지도 않고 있다. 아무리 봐도 시선이 스크린에서 벗어나 있었다.

설마 이 지경까지 될 줄이야. 솔직히 말해서 이렇게까지 무서워할 줄은 몰랐다.

정말 완벽과는 한참 동떨어진 모습이 아닐까 싶었다. 나는 그녀 쪽으로 손을 내밀었다. 그녀는 금세 내 손의 존재를 알아차리고는 뼈가 부러질 정도의 힘으로 움켜쥐었다. 덩치만 커다란 아기를 키우는 부모의 심정이 바로 이와 같지 않을까 싶었다.

"……정말, 바보라니까."

나는 자그맣게 숨을 내쉬고는 영화가 끝날 때까지 계속 그녀에게 내 손을 빌려주었다.

엔딩 크레딧이 끝나고 상영관 내부가 밝아지자, 영화의 세계에서 다시 현실로 돌아온 느낌이 들었다. 나는 이 순간을 무척 좋아했다.

현실과 비현실의 경계가 서서히 또렷해지며 꿈속에서 현실로 이동하는 그 찰나의 순간, 멀리 떠났던 내가 다시 가슴속으로 돌아온 듯한 기분이 들기 때문이다. 그러면 살짝 마음이 놓였다.

"재미있었어~."

다른 관객들이 밖으로 나가기 시작하자 마츠리가 그렇게 말했다.

오른손이 너무 아파서 도저히 영화를 즐길 상황은 아니었지만, 그래도 박력이 넘쳐서 다행이구나 싶었다.

마지막은 희망적인 엔딩이라 보긴 힘들었지만, 이것도 공포영화 나름의 묘미가 아닐까 싶었다.

설마 히로인처럼 보이는 여성이 죽을 줄은 꿈에도 몰랐지만.

"엄청 무서웠지?"

"그러게~. 우메 짱, 넌 어땠어? 재미있었니?"

"……응."

목소리가 작았다.

평소의 그 완벽 초인 나리의 모습은 대체 어디로 갔담. 이쯤 되니 죽다가 겨우 살아난 듯한 느낌인데.

"얘기도 이것저것 나누고 싶으니 일단 아무 가게나 가 볼까!"

마츠리가 반짝반짝 웃는 얼굴로 그렇게 말했다.

의외로 뒷맛이 씁쓸한 영화였지만, 그 부분은 상관없는 모양이었다. 뭐랄까, 마츠리답다고나 할까.

나는 마츠리가 내민 손을 잡고 자리에서 일어나려고 했다.

하지만 코마키가 내 오른손을 잡아끄는 바람에 자리에서 일어나지 못했다.

"우메조노, 자. 가자."

"……응."

완전히 어린애로 퇴행했잖아.

하는 수 없이 나는 코마키의 손을 잡아끌었다. 그녀는 한동안 꼼짝도 않다가 이윽고 천천히 자리에서 일어나 걸음을 내디뎠다.

셋이서 나란히 손을 맞잡고 걷다니, 남들 눈엔 어떻게 보일까.

어쩌면 살짝 나사 빠져 보일지도 모른다. 마츠리는 싱긋싱긋 웃고 있는 데 반해 코마키는 착 가라앉은 표정을 짓고 있으니까. 나는 어떤지 잘 모르겠지만, 아무튼 참 제각각으로 보이겠지.

이게 다 뭘까, 싶은 생각을 하며 나는 상영관을 뒤로했다.

걷는 동안에도 내 오른손은 여전히 아팠다.

"오늘은 엄청 즐거웠어~."

집으로 향하는 전철 안에서도 마츠리는 즐거운 기색으로 웃고 있었다.

그 이후, 우리는 다른 카페에 들어가 영화를 본 소감을 주고받고 나서 쇼핑몰 내부를 잠시 거닐었다.

코마키는 정신이 나간 듯한 모습이었지만, 마츠리는 계속 즐거운 기색이었다. 나도 마츠리와 함께였기에 즐겁기는 했다. 하지만 그 이상으로 코마키의 존재가 계속 신경 쓰였던 바람에 마음 놓고 실컷 놀지는 못했다.

귀중한 시간을 참으로 아깝게 보내지 않았나 싶었다.

"그러게. 참 오랜만에 마츠리랑 같이 논 것 같아."

"하긴, 요즘 들어서 와카바가 통 같이 어울려 주질 않거든~."

"그건 미안. 나도 여러모로…… 그, 어른이 되어 가는 과정이라 이해해 줘."

"……후후, 그랬구나~."

"……다음에 같이 놀 일 있으면 나도 불러 줘."

서로 웃음을 나누는 와중에 코마키가 내 어깨 너머에서 마츠리에게 말을 걸었다.

어깨에 손을 얹는 건 괜찮지만, 그렇다고 체중을 싣지는 말았으면 싶었다. 짓눌리는 바람에 키가 줄어들면 책임질 거냐고.

"좋아~. 처음부터 우메 짱이랑 함께라면, 다음엔 같이 볼링은 어때~?"

"좋네. 재미있을 것 같아. 나, 실은 볼링 꽤 하거든."

그렇겠지.

저번에 테니스를 쳤을 적에도 예전보다 실력이 더 늘었으니까. 그렇잖아도 원래부터 뭐든 다 잘하는데 성장 속도마저 눈부시다면 나로서는 도저히 승산이 없잖아.

그래도, 뭐.

언젠가는 정신이 맑아진 상태의 내가 코마키에게 이길 수 있는 좋은 승부를 떠올려 줄 테지. 나는 미래를 기약하며 오늘은 얌전히 있을 수밖에 없었다.

마츠리와 코마키는 한동안 서로 대화를 나누었지만, 이윽고 마츠리의 집에서 가장 가까운 역에 도착하자 자연스럽게 대화가 끝났다.

"이만 갈게. 와카바, 우메 짱, 내일 봐."

"응, 내일 봐."

"그럼, 안녕."

우리는 손을 흔들며 마츠리와 헤어졌다.

대화가 뚝 끊어졌다. 잡담을 하려고 해도 어차피 내 뜻대로 되지 않는다는 사실은 최근 두 달 동안 뼈저리게 느꼈다. 그렇기에 나는 아무 말도 하지 않고서 집에서 가장 가까운 역에 도착하기를 기다렸다.

그러는 동안에도 코마키는 내 손을 계속 움켜쥐고 있었다.

전철에서 내려 날이 저물기 시작한 거리를 나아갔다. 같은 거리 풍경에 같은 발걸음, 모든 것이 같은 것처럼 보여도 조금씩 확실하게 변하는 중이었다.

같은 상태로 변함없이 이어지는 것은 아마 이 세상에 없지 않을까 싶었다.

그럼에도 나는 그런 것을 계속 바랄 수밖에 없었다.

"와카바, 왜 네 마음대로 마츠리랑 같이 놀러 나갔어?"

"왜 나갔냐니. 나는 친구랑 마음대로 같이 놀지도 못해?"

"마음대로 그러면 안 되지. 오늘은 나에게 우산을 돌려주러 올 예정이 있었잖아."

"그건 딱히 하루 종일 걸릴 일도 아니잖아. 그냥 집에 갔다가 돌려주고 끝인데? 밤에 가도 별 문제없잖아."

"그건 옳지 못하니까. ……와카바, 그런 일이 있으면 늘 아침에 오곤 했었잖아? 네가 아침에 오지 않은 바람에 내 일정에 차질이 생겼어."

"내 알 바 아니거든?"

나는 퉁명스럽게 답하고는 가방에 넣어 두었던 꽃무늬 우산을 그녀에게 떠넘겼다.

"자, 난 돌려줬다? 이럼 됐지? ……나도 돌려줬으니까 너도 돌려줘."

"내가 너에게 돌려줄 건 없어."

"없긴 왜 없어. ……내 속옷, 돌려줘야지."

결국 그날 중으로 속옷을 다 말리지 못했다. 교복은 다 말랐으니까 입고 집으로 갔지만, 솔직히 그땐 내가 내 정신이 아니었다.

코마키의 집과 우리 집이 서로 가까웠으니 망정이지, 혹여나 남들 눈에 띄었다면 최악의 사태가 일어났을 테지.

젖은 상태라도 좋으니 돌려주었으면 싶었지만, 그래도 무조건 말려야 한다는 그녀의 집착은 보통 수준이 아니었기에 결국 돌려받지 못했다.

정 무언가를 말리고 싶으면 차라리 건어물이라도 말리지 그래. 그쪽이 훨씬 더 건전하니까.

"……못 줘."

"뭐?"

"……네 건, 내 거니까."

내 것을 자기 마음대로 빼앗으려 드는 짓은 이제 그만했으면 싶었다.

그런 생각은 들었지만.

"내 속옷은 대체 어디다 쓰려고? 어차피 넌 입지도 못 할 텐데."

"그야 당연하지. 난 너처럼 작지 않으니까."

그녀는 내 머리와 몸통을 번갈아가며 내려다보았다.

거참 작아서 미안하네. 아무래도 나는 코마키랑 너무나도 오랜 시간을 함께 지내 왔던 탓에 행운이나 키에 해당하는 부분을 이 녀석에게 송두리째 빼앗기고 말았나 보다.

그렇지 않으면 서로 비슷한 환경에서 자란 코마키가 이렇게까지 자랐을 리가 없다.

용서할 수 없다.

그건 그렇고.

"그럼, 대체 왜?"

"딱히?"

이건 그녀가 막무가내로 대화를 끝내려고 할 때 쓰는 패턴이다.

그녀가 입에 담는 '딱히' 라는 말에는 너무나도 다양한 의미가 포함되어 있다. 이번에는 아마도 '이 이상 대화를 이어 나갈 마음은 없다.' 는 뜻일 테지.

속옷에 관해 언급해 봤자 아무 소용없다는 뜻이 뼈저리게 전해져 왔다.

딱히, 상관은 없지만.

그 속옷은 그렇게 비싼 편도 아니고, 썩 그렇게 내 마음에 들던 것도 아니다. 코마키의 집에서는 그걸 걸레로 사용할지도 모르지만, 그건 그것대로 또 상관없다고 본다. 왜 이렇게까지 완강한 태도를 고집하면서까지 돌려주려 하지 않는지는 살짝 신경 쓰이긴 하지만.

하지만 코마키에 관해 여러모로 신경 쓰이는 건 어제오늘 일이 아니다.

그렇기에 의문을 마음속 깊은 곳으로 밀어 넣기란 그리 어려운 일도 아니었다.

코마키는 그 말을 끝으로 더 이상 아무 말도 하지 않았다. 우리는 그저 맞잡은 상태의 손을 서로 잡아끌며 걸음을 옮길 뿐이었다.

딱히 나란히 걷고 싶은 마음은 없다. 다만 나는 왠지 모르게 코마키가 나보다 앞을 걷는 것이 싫었다.

그래서 살짝 잰걸음으로 나아가 그녀보다 약간 앞에서 걸었다.

"우메조노, 지금 속으로 무슨 생각해?"

"갑자기 무슨 소리야?"

"고개를 푹 숙이고 있잖아. 그 영화가 그렇게나 무서웠어?"

앞을 걸으며 그녀의 얼굴을 들여다보았다. 여전히 무표정이었다. 그녀가 속으로 무슨 생각을 하는지는 역시나 잘 모르겠지만 고개를 숙인 채 걷는 것은 위험하니 자제했으면 싶었다.

혹여나 다치면 곤란하니까.

"딱히, 무섭진 않았어."

"그런 것치고는 몸을 와들와들 떨던 것 같던데? ……싫으면 안 보면 되는데, 왜 굳이 허세를 부려서."

"허세가 아니야. 네가 공포 영화를 싫어한다고 해서 나까지 그렇다고 여기지 마."

그 말을 진심으로 믿나 보네.

사실 나는 무서운 걸 전혀 싫어하지 않는데 말이다.

하지만 생각해 보니 코마키와 함께 공포 영화를 본 적은 없었으니 본인이야 당연히 모를 수도 있지 않을까 싶었다. 어릴 적에는 오로지 내 관심사에 코마키를 끌어들였던 것 같기도 하고 말이다.

코마키는 나에 관해 잘 모른다. 나도 코마키를 그렇게까지 알지 못한다. 어릴 적부터 줄곧 함께해 왔을 텐데도 말이다. 소꿉친구라 해도 결국엔 남남이니 어쩔 수 없겠지만.

싫어하는 것, 서투른 것은 이것저것 알고 있다. 무슨 생각을 하는지도 어느 정도는 알고 있지…… 않을까 싶다.

하지만 좋아하는 것은 알 수 없었다. 다른 사람을 좋아할 수는 없어도 음식이나 이야기 등, 그런 장르에서는 좋아하는 것이 있어도 이상하지 않을 텐데.

나는 분명 그것을 알고 싶겠지.

어떤 음료수를 좋아하는지, 어떤 음식을 좋아하는지, 어떤 이야기를 좋아하는지.

어차피 알아 봤자 아무 의미도 없음은 잘 알고 있다. 싫어하는 상대에 관해 더 깊이 알아 봤자 어차피 소득 하나 없다는 사실도 말이다.

그럼에도 알고 싶은 이유는, 아마도.

내가 답이 없는 인간이기 때문이다.

"무서운 것 좋아해?"

"딱히, 좋아할 정도는 아닌데."

"그럼 좋아하는 영화 장르는?"

"그런 건 왜 묻는데?"

"뭐, 어때. 대답해 줘. 이 정도는 그냥 평범한 잡담 축에 속하잖아."

코마키의 얼굴을 다시 한번 들여다보았다. 그녀는 인상을 찌푸리고 있었다.

이제 와서 그런 정도로 상처를 받지는 않겠지만, 참 오만하다는 생각이 들었다. 겨우 이런 일로 그렇게나 언짢은 표정을 지어 대면 아마 친구는 평생 사귀지도 못할 텐데 말이다.

뭐, 코마키가 이런 표정을 지을 만한 상대야 나밖에 없겠지만.

어떻게 보면 특별 취급이지만, 나는 조금도 기쁘지 않았다.

코마키 팬 분들이 이 녀석의 이런 표정을 보면 과연 무슨 생각이 들까. 역시나 평소와는 다른 표정을 봤다며 기뻐할까.

"좋아하는 장르는 없어."

"그럼 좋아하는 음식이나 좋아하는 음료수, 그런 건 없어?"

"없어. 어차피 위장 속에 들어가면 다 똑같으니까."

그건 거짓말이겠지.

맛있게 맛보는 그 과정이 제일 중요한데, 아무래도 코마키는 음식을 즐기는 마음을 어딘가에 두고 왔나 보다. 우정보다 식욕을 우선하는 카오리를 좀 본받았으면 싶은데.

그러고 보니 이 녀석이 옛날부터 이랬었나?

일단 옛날에는 친구로서 사이좋게 지냈었고, 좀 더 귀염성이나 친근감이 있었던 것 같기도 한데.

과거의 코마키는 정말 어떤 이미지였을까.

"뭐야, 그게? 그럼 당장 내일부터 네가 먹는 밥을 죄다 유동식으로 바꿔도 아무 상관없어?"

"딱히."

"……하아."

나는 한숨을 내쉬었다.

"좋아하는 사람도 없어. 좋아하는 것도 없어. 그런 주제에 싫어하는 것만 잔뜩 있다니, 어쩌자는 건데?"

"시끄러워. 네가 왜 참견인데? 신경 꺼."

그 말을 듣고 몸이 얼얼해졌다.

"……맞아. 사실 내가 참견할 일도 아니지. 하지만 우리는 이렇게나 얽히고설킨 사이잖아? 그런데 아무것도 신경 쓰지 말고, 또 알려고도 하지 말라니, 그게 말이 된다고 생각해?"

"뭐야, 그게?"

"좋든 싫든 서로 한 번이라도 엮이면, 관계가 계속 이어지면, 상대방을 알려고 하는 건 당연하잖아?"

갈 곳 없는 감정이 가슴속에서 빙글빙글 맴돌자 불쾌감이 들었다.

분명 나는 코마키를 싫어한다. 그럼에도 코마키를 알고 또 알고 싶었다. 그래서 나는 이토록이나 불쾌한 감정에 사로잡혔는지도 모른다.

알려 달라고 했을 때 모조리 다 알려 준다면.

조금이라도 코마키의 마음에 다가갈 수 있다면 내 마음은 좀 더 가벼워질 텐데.

거기에까지 생각이 미치자 나는 자그맣게 숨을 내쉬었다. 싫어하는 상대를 이렇게까지 알고 싶어 하다니, 또 내가 내 정신이 아니었나 보다. 이렇게 될 줄은 알고 있었지만, 그래도 코마키를 알고 싶다는 내 마음을 억누를 수 없었다.

내 마음은 대체 어디로 향하려는 걸까.

"싫어하는 것만 잔뜩 있는데, 너는 아무렇지도 않아? 좋아하는 것 하나 없이도 살아갈 수 있어?"

나는 코마키를 걱정하는 걸까.

아니면 너무나도 시시한 그녀의 말에 분노를 느끼는 걸까.

알 수 없었다. 알 수 없었기에 알고 싶었다. 내 마음도, 코마키의 마음도. 그걸 알고 나면 그 너머에 무엇이 있는지는 모르겠지만.

"좋아하는 건, 딱 하나만 있어도 사는 데 아무 문제없어."

"……너한테도 좋아하는 게 있어?"

"……응. 있어. 그 무엇보다 좋아하는 것이, 딱 하나."

"그럼 넌 오직 그것만 생각하면서 사는 거야?"

눈을 빼앗고 마음을 빼앗고 그 외에 아무것도 들어오지 않도록 해야 마땅하다. 그것이 바로, 좋아하는 사람을 향한 그녀의 마음가짐이다.

그렇다면 자신이 좋아하는 것에 관해서도 그러할까.

오직 그것만 생각하기에 그 외에는 이 녀석의 눈에 아무것도 들어오지 않는 걸까?

그렇기에 나 또한 아무렇지 않게 상처 입힐 수 있는 걸까. 길바닥에 널린 돌멩이처럼 말이다.

"……그래. 난 언제 어느 때나 그것만 생각해."

"네가 좋아하는 게, 대체 뭔데?"

"말 못 해. 너한테만큼은 평생, 절대로."

만약 코마키가 제일 싫어하는 것이 나라면 가장 좋아하는 것은 대체 뭘까.

대체 언제부터 그것을 좋아했을까. 그것은 대체 무엇일까.

여태껏 줄곧 함께해 왔을 텐데도 나는 코마키가 무엇을 좋아하는지조차 모른다. 나름대로 관찰력은 자신 있었는데.

그렇게나 좋아하는 것이 있는데도 내가 좋아하는 것은 아무렇지 않게 짓밟으려 드는 코마키를 향한 분노와, 또 다른 정체불명의 감정 하나가 내 안에서 부글부글 끓어오르고 있음을 느꼈다.

"이제 됐지? 이 이상 쓸데없는 얘기는 할 필요도 없어."

쓸데없다.

쓸데없다라.

분명 그럴지도 모른다. 서로가 서로를 싫어하고 있음을 잘 아는데 알려고 하는 것도, 실없는 잡담에 즐거워하는 것도, 모조리 다.

코마키에게는 모조리 다 쓸데없는 것에 지나지 않겠지. 싫어하는 상대와 억지로 엮여 봤자 소용없다는 생각이 드는 건 당연하겠지.

그렇다면 얼른 나와의 인연에 종지부를 찍으면 되지 않을까 싶었다.

나는 코마키와 사이좋게 지내고 싶은 마음이 없다. 딱히 호감을 사고 싶은 것도, 호감을 느껴 주었으면 싶은 것도 아니다.

……아니라고.

그저 알고 싶었다. 이 가슴속 응어리를 어떻게든 하고 싶었다.

그리고.

코마키의 미래가 행복하기를, 아주 조금 바랐을 뿐이다. 설령 코마키가 내 불행을 바라고, 날 상처 입히려 들더라도 말이다.

정말, 정상이 아니다.

"우메조노……."

딱히 뭐라 할 말도 없었다.

이미 우리는 더 이상 친구 사이가 아니었고, 내가 무슨 말을 하든간에 어차피 코마키에겐 들리지도 않겠지. 그걸 알고 있음에도 나는 어떻게든 할 말을 찾았다.

그러나 결국 아무 말도 떠올리지 못한 채로 나는 그녀의 집 앞에 도착했다.

"……이만 갈게."

내가 그렇게 말했음에도 코마키는 내 손을 놓으려 들지 않았다.

나랑 나누는 대화는 쓸데없다고 여기고, 나는 자기 일에 참견해서도 안 된다고 여기며, 나를 싫어하는 주제에, 대체 왜 내 손은 놓지 않는지 알 수 없었다.

이것도 나를 향한 괴롭힘의 일종일지도 모른다. 그렇다면 이제 진짜 좀 작작했으면 싶은데. 하지만 힘은 나보다 코마키가 더 세기에 어차피 저항해 봤자 소용없음은 잘 알고 있다.

나는 그녀를 지그시 쳐다보았다.

"……있잖아."

잘 가, 라고 말해 주었으면 싶었다.

내일 또 보자, 도 좋았다.

어쨌든 간에 작별 인사를 나누고 내 손을 놓아주었으면 싶었다. 그래 주지 않으면 나는 또 쓸데없는 얘기를 입에 담을 것만 같았다.

"오늘은 말이야. 달이 엄청 예쁘게 잘 보인다나 봐."

코마키는 대답하지 않았다.

얼른 내가 더 이상 말을 하지 못하게 나 좀 말려 주었으면 싶은데.

나 또한 쓸데없다는 사실을 잘 알고 있기에 더 이상 코마키에게 말 걸고 싶지 않았다. 싶지, 않았는데. 한 번 움직이기 시작한 입을 더 이상 멈출 수 없었다.

"그러니까 고개를 들어 올리면 마음이 편안해질지도 몰라."

애당초 나는 코마키에게 미움받고 있다. 그렇다면 쓸데없는 짓인지 굳이 내가 신경 쓸 필요는 없겠지. 어차피 내 행동이 마음에 들지 않으면 또 코마키가 나에게 이상한 짓을 할 뿐이니까.

이미 익숙해졌다. 키스 정도는 얼마든지 해 주고말고. 키스마크 또한 남들 눈에 띄지 않는 부위라면 얼마든지 남겨도 상관없다.

그러니까, 지금은.

"그렇게 뚱한 표정 짓지 말고 웃어 봐. 그러면 더 즐거울 거야."

"네 앞에서, 난 하나도 즐겁지 않아."

"굳이 내 앞일 필요는 없잖아. 다른 사람 앞에서도 상관없어. 내 앞에서 웃을 수 없다면, 그만큼 다른 사람 앞에서는 활짝 웃어 봐. 원래 사람은 즐거워서 웃는 게 아니라, 웃다 보니 즐거워진다나 봐."

"……뭐야, 그게."

역시나 코마키는 뚱한 상태였다.

사람이 좀 더 귀염성이 있었으면 좋겠다 싶었다.

내 앞에서 싱글벙글 웃는 것도 좀 곤란하지만, 그래도 가끔은 활짝 웃었으면 싶기도 했다.

나는 코마키가 진심으로 웃는 얼굴 표정을 떠올릴 수 없었다.

오랜 옛날부터 코마키는 내 앞에서 즐거워하는 척 연기만 했을지도 모른다. 역시나 나는 코마키의 진정한 모습을 무엇 하나 알지도 못할 테지.

그래서일까. 코마키를 알고 싶다는 생각이 드는 이유가 말이다.

"아무렴 어때. 싫어하는 상대의 망언이라고 여기면 되잖아."

"……그런 거, 짜증 나."

그녀는 그렇게 말하며 내 가슴을 밀쳤다.

드디어 그녀의 손이 나를 놓아주었다. 나는 아주 조금 자유로워졌다.

"내일 봐. 오늘은 여러모로 고생 많았어. 우메——."

내가 미처 말을 끝내기도 전에 그녀가 나에게 키스했다.

긴 그림자가 땅바닥에 드리우는 시간대의 키스는 왠지 모르게 여느 때와는 느낌이 다른 것 같았다. 저 멀리서 피어오르는 저녁밥 냄새. 아이들이 작별 인사를 나누는 목소리. 어디에선가 들려오는 새 울음소리.

그 모든 것이 하나같이 적막하게 느껴졌다. 하지만 코마키가 그 위를 덧칠해 나갔다.

그럼에도 역시나 적막함이 완전히 가시지는 않았다. 아직 해 질 녘의 적막함이 완전히 덧칠되지 않았는지, 아니면 모조리 다 코마키에게 덧칠되었기에 괜히 더 적막하게 느껴지는지.

어느 쪽이 맞는지 알지 못하는 상태에서 나는 그녀의 키스를 받았다.

따뜻하고 부드러우며 애절한 감촉이었다.

하지만 분명 기분 좋았다. 나는 지금 이때만큼은 이 녀석에게 몸을 맡겨도 되지 않을까 싶은 생각이 들었다.

얼마나 오래 지났는지 알 수 없는 키스가 끝나자 그녀는 조용히 발길을 되돌렸다.

"……내일 봐, 와카바."

"응, 내일 봐……."

내일 또 얼굴을 마주하게 될까.

내가 눈을 떼고 나면 사라질 것 같은 이 녀석을 말이다.

내일은 대체 무슨 짓을 당할까. 또 승부를 벌였다가 소중한 것을 하나씩 빼앗기고, 결국에는 어떻게 될까.

아니, 그러면 안 된다.

자꾸 진다는 생각만 하면 내 마음마저 약해지고, 그러면 이길 승부도 이기지 못한다.

애초에 내가 이길 만한 승부가 있는지조차 미심쩍긴 하지만.

나는 옛날에 비해 훨씬 커다래진 그 뒷모습이 집 안으로 사라질 때까지 계속 그녀를 쳐다보았다.

그녀가 집으로 들어가고 나서 잠시 후, 미지근한 바람이 내 뺨을 쓰다듬기 시작했다. 나는 그에 맞춰 조용히 발걸음을 옮겼다.

소매를 살짝 걷어 올리고 내 어깨를 확인해 보았다.

금요일에 새겨진 키스 마크는 이미 완전히 희미해져 원형은 거의 온데간데없었다.

참으로 귀찮다는 생각이 들었다. 진하게 남았든 희미하게 남았든 내 마음을 심란하게 만드는 이 키스 마크라는 저주를 나로서는 어떻게 할 수가 없었다.

나는 입술을 깨물고 걸음을 내디뎠다.

내일이 와도 변함없이 이어질 무언가. 그런 것을 바란다 한들 아무 소용없다는 사실은 이미 잘 알고 있다. 하지만 그럼에도 불구하고 변치 않는 무언가를 계속 바라는 건 내가 약한 탓일지도 모른다.

"……하아."

코마키에게는 웃어 보라고 말한 주제에 정작 나 자신은 웃지도 못하잖아.

나중에 웃는 연습을, 하는 편이 나을지도 모른다. ……나도 참, 뭐라는 건지.

★

답답함에 눈을 떴다.

부드러운 무언가가 내 머리를 감싸고 있었기에 눈조차 제대로 뜨기 힘들었다. 이게 그 말로만 듣던 가위 눌림인가 싶었는데 그렇지 않은 모양이었다.

몸은 잘만 움직였고, 무엇보다도.

익숙한 냄새가 나를 감싸고 있었다. 그렇기에 지금 내가 무슨 상황에 처했는지는 왠지 모르게 알 수 있었다. 나는 팔다리를 바동거렸다.

"응……."

머리 위에서 목소리가 떨어졌다. 그제야 내 몸은 아주 조금 자유로워졌다. 고개를 들어 올리자 코마키의 잠든 얼굴이 눈에 들어왔다.

대체 어느 틈에 내 방으로 침입했는지, 코마키가 숨소리를 내며 자는 중이었다.

그 터무니없는 무례함에 살짝 짜증이 났다.

저번에 우리 집에 왔을 적에도 그랬지만, 이 자식은 왜 내 방을 자기 집 안방처럼 쓰고 다닐까.

이렇게 된 이상 코를 콕 집어서 깨울까도 싶었지만, 편안하게 잠든 그 얼굴을 보고 있으니 그럴 마음도 싹 가셨다. 만약 정반대의 입장이었다면 코마키는 인정사정없이 나를 억지로 깨웠겠지. 그렇게 생각하고 보니 역시나 우리 사이는 불공평하지 않나 싶었다.

"우메조노, 일어나."

코를 콕 집어 깨우자니 왠지 모르게 불쌍해 보이기도 했지만, 코마키를 계속 이대로 재울 수도 없는 노릇이다. 이대로 코마키의 베개 신세에서 벗어나지 못하면 무조건 지각이다. 애당초 지금이 몇 시일까. 그리고 코마키는 대체 언제부터 여기에 있었을까.

교복을 입고 있는 모습을 보아하니, 이제 막 왔는지도 모른다.

옷에 주름이 생겨도 난 모른다고.

"……우메조노!"

"……시끄러워."

그녀는 언짢은 기색으로 말하며 다시 나를 꼬옥 끌어안았다.

내가 무슨 인형이라도 된 줄 아나?

이건, 틀렸다. 기껏 깨웠다니 다시 잠들고 말았다. 이렇게 된 이상 이제 시간의 흐름에 모든 걸 맡길 수밖에 없다.

어쩔 수 없이 나는 눈을 감고 코마키에게 몸을 맡겼다. 이러다 지각하면 그건 모두 코마키의 책임이다. 뭐, 어차피 나중에 따지고 들어 봤자 코마키가 책임을 질 리 없다는 사실은 잘 알고 있지만.

개근상을 놓친 이후로 나는 마치 나락으로 떨어지듯 불성실한 길로 빠져드는 듯한 느낌을 받았다. 무지각, 무결석, 무조퇴, 내 삼종 신기는 대체 어디로 갔을까.

나도 모르게 한숨을 내쉬었다. 그러자 그녀가 나를 한층 더 세게 껴안는 바람에 숨이 막혔다. 어쩌면 코마키는 예전부터 내 목숨을 노리고 있었는지도 모른다.

그러고 나서 잠시 후, 문득 그녀의 힘이 풀렸다.

해방된 나는 상체를 일으켜 세우고 그녀를 내려다보았다.

"안녕, 잠꾸러기 아가씨. 좋은 꿈 꿨어?"

"와카바, 그러는 너야말로 잠꾸러기잖아. ……기억 안 나?"

"뭐가?"

코마키는 원래 아침잠이 없는 편일 텐데도 지금은 엄청 언짢은 표정을 짓고 있었다.

내가 무언가를 잊었기 때문에 그럴까. 하지만 내가 코마키에게 딱히 무언가를 저지른 기억은 없는데.

"……됐어. 시간도 벌써 꽤 지났으니 너는 오늘 아침밥 굶어."

"우메조노, 그러는 너는 벌써 아침밥 먹었어?"

"응. 너희 어머니가 먼저 먹으라고 하셨거든."

"……."

어머니, 당신 딸보다 남의 딸을 먼저 챙기면 어떡합니까.

그런 생각이 들었지만, 확실히 지금은 밥이나 먹을 때는 아닌 것 같았다. 스마트폰을 확인해 보니 서두르지 않으면 지각할 시간이었다. 나는 서둘러 잠옷을 벗고 교복으로 갈아입기 시작했다.

"와카바."

"왜? 지금 바쁜데."

"……딱히."

딱히 용건도 없으면 지금은 말 걸지 말았으면 싶었다. 나는 코마키를 무시하고 마저 옷을 갈아입으려고 했지만, 그녀가 나를 뚫어져라 쳐다보고 있음을 알아차렸다.

처음에 옷 갈아입는 모습을 보였을 적에는 부끄러웠다. 하지만 그 이후로 알몸으로 홀딱 벗겨진 내 모습을 한두 번 보인 것도 아니었기에 지금은 딱히 그렇지도 않았다.

코마키가 쳐다보니 부끄러워요~ 라고 얼굴을 붉히려 해도 어차피 상대가 코마키라 딱히 상관없다는 감정밖에 들지 않았다. 그건 딱히 호의에서 비롯된 감정은 아니었다. 익숙함과 체념에서 비롯된 감정에 불과했다. 정말로 그럴까 싶기도 하지만.

"……역시나 그 태도는 짜증 나."

나를 찬찬히 바라보나 싶던 그녀가 불쑥 그렇게 중얼거렸다.

느닷없이 그게 무슨 소리냐고 말하려 했지만, 말하지 못했다. 갑자기 나에게 다가온 코마키가 날 침대 위로 넘어뜨렸기 때문이다.

아무래도 양팔이 눌리다 보니 아팠기에 그만했으면 싶었다. 내가 항의하듯 코마키를 올려다보자, 그녀는 인상을 찌푸리고 있었다. 본인이 왜 그런 언짢은 표정을 짓고 있을까. 마음 같아서는 오히려 내가 훨씬 더 언짢은 표정을 짓고 싶은데 말이다.

"와카바, 설마 잊지는 않았겠지? 너는 나에게 존엄을 바쳤어."

간만에 듣는 문구였다. 하지만 잊으려야 잊을 수 없었다. 아무리 코마키와의 관계에 익숙해졌다 한들, 존엄을 빼앗겼다는 최악의 상황을 내가 대체 어떻게 잊겠어.

그건 코마키도 잘 알고 있을 텐데.

"내가 바라면 넌 무슨 짓이든 다 해야만 해. 내가 키스하라고 말하면 해야 해. 내가 첫 경험을 바치라고 말하면 바쳐야 해. 그렇잖아?"

"……나도 알아. 그러니 승부에서 널 이기려고 애쓰고 있잖아."

손목이 아팠다. 내 방은 냉방이 잘 되는 중이라 속옷 차림으로 계속 있으니 제법 추웠다. 뭐든 좋으니 얼른 교복을 입고 싶었다. 하지만 코마키가 날 놓아줄 기색은 보이지 않았다.

역시 팔 힘이 완전 고릴라 수준이 아닐까 싶었다. 대체 뭘 먹고 자라야 이렇게 힘이 세질까. 나에게 그 악력을 절반 정도 나눠 주었으면 싶을 정도였다.

코마키로부터 무언가를 나눠 받자니 아니꼬웠지만.

"그럼. ……그럼, 날 더 싫어해 봐."

"뭐?"

"이미 익숙하다는 식의 그런 태도가 짜증 난다는 얘기야. 싫다면 더 싫어하지 그래?"

참 이상한 요구였다.

나는 이 관계를 이미 충분하고도 남을 만큼 싫어한다고 여기지만, 아직도 본인 성에는 차지 않는 걸까. 싫어하는 상대가 싫어하는 모습을 보고 싶다니, 이건 또 상당히 비뚤어진 사고방식이 아닐까 싶은데.

하지만 과연 어떨까.

이미 키스는 익숙했다. 알몸을 보이는 것도, 싫다면 싫지만 차차 익숙해지는 중이다. 너무 이런 쪽으로 익숙해지다 보면 여러모로 윤리관이나 청순한 소녀로서의 소중한 것을 잃을 것만 같은 기분이 들었다.

그렇지만 어쩔 수 없는 건 어쩔 수 없다.

나는 코마키를 지그시 쳐다보았다. 그녀는 언짢은 기색으로 나를 내려다보았다.

코마키는 대체 어디까지 날 상처 입힐 작정일까. 대체 어디까지 짓밟을 작정일까. 대체 뭘 시킬 작정일까. 그어진 선 너머로 가고자 한다면, 내가 할 수 있는 것은.

"그럼 내가 널 더 싫어할 만한 짓을 네가 해 보면 되잖아?"

나는 내 목소리라고는 믿기 힘들 만큼 자그마한 목소리로 그렇게 중얼거렸다.

왜 그런 말을 입에 담았는지는 모르겠지만 이제 돌이킬 수는 없다. 왜냐하면 코마키가 무시무시하리만큼 눈을 커다랗게 뜨고서 나를 쳐다보았기 때문이다.

그냥 거짓말이었어, 라고 말해 봤자 어차피 안 믿을 표정이었다. 분명 그녀의 말마따나 잠꾸러기는 나일지도 모른다.

아직 잠이 덜 깬 바람에 나도 모르게 마음에도 없는 이상한 말이 튀어나온 모양이었다. 아무래도 내 머리는 제대로 작동하기까지는 시간이 꽤나 오래 걸리나 보다. 이래서는 5G 시대를 살아가기 힘들겠는걸.

"자, 우메조노. 어디 해 봐. 그럼 나도 완전 싫다는 표정을 지어 줄 테니까."

"뭐야, 그게. 어디서 잘난 척이야? 넌 감히 나에게 의견을 제시할 입장이 아니거든?"

또 저번처럼 내 배를 혀로 핥을 셈일까. 속으로 그런 생각을 하고 있는 와중에 그녀가 나에게서 조용히 물러났다.

뭐야, 아무 짓도 안 하잖아.

김빠지긴 했지만 그래도 마음이 살짝 놓였다. 역시나 이런 아침 댓바람부터 이상한 짓을 당했다간 대체 무슨 낯짝으로 학교에 가야 할지 불안했으니까 말이다.

"……안 하게?"

"그럴 시간 없잖아. 지각할 텐데."

"아무렇지 않게 수업을 빼먹는 사람이 이제 와서 무슨 소리야? 갑자기 성실함에 눈이라도 떴어?"

"시끄러워. 투덜거릴 시간 있으면 얼른 옷이나 갈아입지 그래?"

"옷 갈아입는 걸 방해한 사람이 누군데?"

코마키는 더 이상 아무 말도 하지 않았다. 하지만 나에게서 눈길을 돌릴 생각도 없는 모양인지, 갈아입는 동안에 나를 지그시 쳐다보았다.

전신 거울 앞에 서니 살짝 마음이 무거워졌다. 입학식 날에 코마키를 발견하기 전까지는 마츠리와 같은 교복을 입을 수 있다는 사실에 실컷 기뻐했었는데.

지금은 마츠리와 함께한다는 기쁨보다 코마키와 함께한다는 괴로움이 더 컸다. 모처럼 교복이 예쁜 고등학교로 왔는데, 이래서는 아무 소용도 없잖아. 3년 동안 예쁜 교복으로 지낼 고등학교 생활에, 불과 3개월 전까지는 기대감으로 가슴이 부풀어 올랐었는데.

코마키와 깔 맞춤한 것이 원치 않게 더 늘고 말았다.

예전에 깔 맞춤으로 샀던 샤프는 최악의 경우에 여차하면 버릴 수 있지만, 교복은 그럴 수도 없는 노릇이다. 그렇기에 내 마음은 무거워졌고, 교복을 입기만 해도 한숨이 나올 것만 같았다.

"있잖아, 우메조노."

"왜?"

"우리 학교 교복, 귀여워?"

"교복은 그래. 알맹이는 좀 그렇고 그렇지만."

"야, 뭐가 어째?"

그렇고 그런 알맹이에게 키스한 사람이 대체 누구였더라?

교복 입은 와카바도 귀여워, 라는 말을 듣고 싶었던 건 딱히 아니지만. 역시나 나는 코마키가 싫었다.

"그런 시시껄렁한 질문은 이제 됐어. 자, 얼른 가자, 와카바."

"나도 알거든. 손 좀 잡아끌지 마. 그러다 팔 빠지겠어."

"이런다고 빠질 정도면 이미 옛날 옛적에 빠졌어."

한마디도 질 생각을 않네.

코마키는 언제나 내 말을 귓등으로도 듣지 않는다. 조금만 더 내 말에 솔직하게 따라 주면 코마키를 지금보다는 조금 더 좋아할 수도 있을 텐데.

……코마키를 좋아하게 될 날이 결코 오지 않으리라는 사실은 잘 알고 있지만 말이다.

나는 자그맣게 숨을 내쉬었다. 코마키가 내 손을 잡아끌었다.

대체 뭐가 그리 아쉬워서 나는 코마키랑 손에 손잡고 학교에 가야만 할까.

코마키의 반은 1반이고, 우리 반은 3반이다. 우리 반이 현관에서 더 가깝기 때문에 교실에 도착하면 코마키와 자연스레 헤어진다.

그래야, 하는데.

"……왜?"

3반 교실에 도착했는데도 코마키는 내 손을 놓으려 하질 않았다. 대체 무슨 속셈인가 싶어 눈빛으로 따져 물었지만, 그녀는 그저 무표정으로 나를 쳐다보기만 할 뿐이었다.

지금 와서 생각해 보면 코마키가 내 앞에 있을 적에는 무표정 내지는 언짢은 기색의 표정을 짓는 경우가 많다. 재미라고는 정말 눈곱만큼도 없지만, 가끔 짓는 가학적인 미소는 짜증 나니까 자제했으면 싶었다.

그렇다면 나는 대체 코마키의 어떤 표정을 보고 싶은 걸까.

나도 모르게 한숨을 쉴 뻔했다.

"왜는 무슨. 얼른 이 손 좀 놓고 너희 교실로 가야지. 조금 있으면 종이 울릴 텐데?"

"그건 안 돼."

도대체 뭣 때문에 안 된다는 걸까. 코마키는 마치 처음 발을 들인 유치원에서 부모랑 헤어지기 싫다고 떼를 쓰는 어린아이처럼 내 손을 꽉 움켜쥐었다.

그 힘은 어린아이와는 완전히 동떨어질 수준으로 세지만 말이다. 아프니까 좀 놓지?

"……와카바, 나한테 승부를 걸어 봐. 네가 이기면 이 손 놓아 줄게."

"그럼 네가 이기면?"

"그건 그때 가서 얘기할 테니 기대해."

조금도 기대되지 않았다. 하지만 코마키는 승부를 벌일 의욕이 완전 충만한 기색이었다. 평소에는 내가 승부를 거는 경우가 많기에 이런 코마키의 모습은 참 보기 드물구나 싶었다.

대체 무슨 꿍꿍이속일까. 어지간히도 나에게 꼭 시키고 싶은 무슨 일이라도 있는 걸까. 아니면.

저번에 내 방에서 당했던 짓을 떠올리자 심장 박동이 살짝 빨라졌다.

내가 싫어할 만한 짓이라도 떠올린 걸까. 어느 쪽이든 간에 승부에서 졌다간 호된 꼴을 당하는 건 분명하지만.

"무엇으로 승부할 건데?"

"그건 네가 정하지 그래?"

"네가 먼저 승부하자고 말을 꺼냈잖아. 네가 정해."

"뭐, 좋아."

어차피 무엇으로 승부를 벌이든 질 것 같았기에 나로서는 무슨 내용으로 승부를 벌여야 할지 마땅한 아이디어가 떠오르질 않았다. 하지만 내가 이길 수 있을 만한 승부를 이제 슬슬 고민해 봐야 한다. 그렇지 않으면 빼앗겨서는 안 될 것까지 모조리

다 빼앗길 것만 같으니까.

"……그럼 마츠리에게 말을 걸어서, 걔가 가장 먼저 무슨 말을 입에 담을지 맞히는 승부는 어때?"

"뭐야, 그건. 다른 사람을 승부의 도구로 삼는 건 좀 아니지 않아?"

"하지 않겠다면, 너의……."

"……알았어. 하면 되잖아. 하면. 마츠리라면 보나 마나 '안녕' 이라고 말하겠지."

내가 그렇게 말하자 코마키가 살짝 눈썹을 움찔거렸다.

"와카바."

"그래, 왜?"

"그게 아니라 마츠리는 '와카바' 라고 말할 거야."

코마키는 내가 전혀 생각지도 못한 말을 입에 담았다. 썩 그렇게 내키지는 않는 승부였지만 이번에는 내가 이길지도 모른다.

내가 안녕이라고 말하면 상대방도 안녕이라고 답해 준다. 마츠리는 그런 사람이다. 코마키와는 달리 속과 겉이 다르지도 않다. 살짝 종잡을 수 없는 구석은 있지만, 그래도 좋은 친구다. 게다가 마츠리랑 가장 친한 사람은 바로 나다. 코마키를 상대로 도저히 질 수가 없는 승부라 할 수 있다.

코마키가 내 손을 잡아끌며 교실 안으로 들어갔다.

코마키의 갑작스러운 등장에 교실이 술렁였다. 그런 와중에 마츠리는 여느 때처럼 웃는 얼굴로 나를 쳐다보았다.

"안녕, 마츠리."

내가 말을 걸자, 마츠리는 자리에서 일어나 이쪽으로 다가왔다.

그러더니 나를 부둥켜안았다.

코마키보다 부드러운 감촉과 미묘한 충격이 느껴졌다. 그리고 마치 언제 그랬냐는 듯이 불과 조금 전까지 내 손을 힘껏 잡고 있던 코마키가 나에게서 손을 뗐다.

아픔으로부터 해방되어 기뻐하는 내 마음과는 달리, 오른손이 멋대로 코마키의 손을 찾았다. 하지만 그 손은 그저 허공만 가로저을 뿐이었다.

"와카바, 안녕! 우메 짱도 안녕!"

부드럽고 편안한 목소리였다.

평소에는 아무리 들어도 질리지 않을 듯한 그 목소리가 지금은 살짝 듣기 거북했다.

마츠리가 가장 먼저 입에 담은 말은 코마키의 말마따나 '와카바' 였다. 하지만 '안녕' 이라는 말도 했으니, 이번 승부는 무승부로 했으면 싶은데.

그런 생각을 담아 코마키를 바라보자, 그녀는 아까보다 훨씬 언짢은 표정을 짓고 있었다.

이건 대체 무슨 표정일까. 그래도 자기 예상이 적중했으니 좀 더 기쁜 표정을 지을 줄 알았는데 말이다.

물론 그녀에게 예상은 당연히 맞는 것이고, 승부에 이기는 것은 당연한 일이다. 새삼 기쁠 일도 없을 테지.

하지만 아무리 그래도 굳이 언짢은 표정을 지을 필요는 없지 않을까 싶은데.

그것도 최근 들어 내가 본 가장 언짢은 표정이었다. 어쩌면 나는 오늘부로 코마키에게 목숨을 빼앗기는 처지가 될지도 모른다.

"응, 안녕. 오늘도 기운이 넘치네."

"뭐, 그렇지~. 어제 재미있게 보낸 덕분이려나~?"

"그럼 다행이야."

"그런데 와카바는 어째 오늘따라 기운이 영 없어 보이는데, 무슨 일 있어? 뭐 이상한 거라도 먹었니?"

"아니, 내가 무슨 카오리도 아니고."

"아하하, 그건 그래~. 카오리 짱도 아니고 설마 땅에 떨어진 걸 함부로 주워 먹지는 않았겠지~."

"이것들이 대체 날 뭘로 아는 거야?"

아침부터 힘차게 콜라를 쭉 들이켰는지 카오리가 빈 페트병을 손에 쥐고서 나타났다.

페트병으로 어깨를 탁탁 두드리는 동작이 이렇게 잘 어울리는 여자애는 아마 카오리밖에 없지 않을까 싶었다. 그만큼 몸에 밴 동작이었다.

"와카바, 특히 너. 넌 대체 날 뭘로 아는 거야?"

"……야생아?"

"지금 누구더러 야생아라는 거야! 그러는 너도 나랑 다를 게 뭔데!"

"카오리 짱, 너무 그렇게 떠들면 우메 짱에게 민폐잖니."

"우메……? 으엑! 코, 코마키!"

"……안녕, 카오리. 간만에 보네. 저번에 같이 테니스 쳐서 즐거웠어."

"으, 응! 나도 그, 엄청 즐거웠어!"

카오리는 갑자기 공손해졌고, 코마키는 생글생글 웃으며 말을 건넸다. 서로 내숭 떠는 모습이 참으로 가관이었다. 나는 뭐라 형용할 수 없는 기분을 느끼며 내 자리에 앉으려고 했다.

그때 코마키가 내 손을 잡아끌고는 살며시 귓가에 대고 속삭였다.

"내가 이겼네? 수업 끝나고 나서 기대해."

갑작스러운 사형 선고가 내려졌다.

오늘 하루는 이제 막 시작되었을 뿐인데 벌써부터 내 기분은 최악이었다. 코마키의 말투로 보았을 때 아마 심한 짓을 당할 테지.

수업 끝날 때까지 과연 어떤 심정으로 오늘 하루를 보내야 할까. 나는 뺨이 굳어지는 것을 느꼈다. 코마키가 곧바로 카오리와 대화를 주고받기 시작하자 나는 얌전히 내 자리로 향했다.

"하아……."

점심시간.

오늘은 계란말이를 만들 새도 없었기에 도시락 반찬은 모두 엄마가 만들어 주었다.

아침 일찍부터 내 도시락을 만들어 주는 우리 엄마에겐 그저 고마울 따름이었다. 나는 계란말이 하나 굽는 데만 해도 진이 다 빠지는데, 역시 어머니는 위대한 존재가 아닐 수 없다. 다만 내가 싫어하는 방울토마토는 이제 그만 좀 넣었으면 싶지만 말이다.

"하아아아아~…….”

"카오리, 시끄러워. 호흡 측정은 경찰 앞에서나 해."

"아니, 내가 무슨 음주 운전을 한 것도 아니고."

"그럼 왜 아까부터 자꾸 헉헉거리는데?"

"헉헉거린다고 하지 마. 꼭 무슨 변태 같잖아. 아니, 그게 아니라!"

카오리가 아까부터 자꾸 쓸데없이 한숨을 푹푹 내쉬는데, 아무리 봐도 침울한 느낌은 아니었다.

그녀가 무슨 말을 하려는지는 이미 다 알고 있었다. 나는 자그맣게 숨을 내쉬었다.

"코마키는 어쩜 그렇게 멋질까? 지금 그게 중요하다고!"

그렇겠지. 오늘 아침에 그렇게나 즐거운 기색으로 코마키와 대화를 주고받았으니까. 당연히 그렇게 말할 줄 알았다. 코마키는 일종의 태풍과도 같은 존재이기에, 휩쓸고 지나간 뒤에도 우리 교실에 엄청난 영향을 끼쳤다.

우리 반에서도 코마키 팬클럽 회원은 남녀를 가리지 않는다. 그 애들은 코마키가 갑자기 우리 반에 나타나자 잔뜩 흥분한 기색이었다.

저번에 나를 부르러 왔을 적과는 달리, 코마키는 오늘따라 우리 반 애들과 제법 많은 대화를 나누었다. 그것도 다 효율적으로 자신을 떠받들어 모시도록 하기 위한 일종의 팬 서비스일지도 모른다. 상쾌한 웃음에, 고운 목소리, 그리고 세심한 배려까지.

하나같이 코마키답지 않은 그 모습이 난 거북했다. 물론 그렇다고 주변 사람들을 깔보길 바라는 건 아니지만.

"그래, 맞아. 우메조노는 엄청 멋진 애지."

"마음이 조금도 담기지 않았잖아. 그래도 넌 소꿉친구라며? 멋지다고 생각한 적 없어?"

"공교롭지만 단 한 번도 없어."

"에이~ 대체 왜? 질투 나?"

"……걔한테 질투하는 사람이 있기나 해?"

"……없을지도? 같은 생물인데도 왠지 사는 곳 자체가 다르다는 느낌이랄까?"

나는 뭐든지 다 잘하는 코마키가 마음에 들지 않았기에 승부를 걸어 왔다. 그 감정은 질투와는 거리가 멀지 않을까 싶었다. 그렇다고 순수한 마음도 아니었을 테지만.

"그런데 말이지……. 그 코마키랑 소꿉친구 사이라는 최고의 위치에 있는 네가 왜 그런 태도를 보이는지 나로서는 도무지 이해가 안 되는데."

카오리가 내 도시락 통으로 젓가락을 뻗었다. 잽싸게 방울토마토가 자리한 곳으로 유도하자, 그녀가 젓가락으로 토마토를 푹 찔렀다.

그래, 대견하기도 하지. 그대로 나머지 하나도 더 먹으렴.

"코마키는 옛날부터 저렇게 아름답고 인기가 많았어?"

"음~……."

어땠더라? 내가 기억하는 옛날의 코마키는 지금보다 좀 더 귀여운 인상에다, 지금보다 자신감이 떨어지는 편이었을…… 텐데. 하지만 내가 그때 실수를 저지른 뒤로는 다른 사람들을 깔보기 시작했고 덩달아 자신만만해졌다.

으~음, 애매하네.

코마키는 대체 언제부터 덩치가 나보다 커졌더라? 중학생 시절부터 아름답다는 소리를 듣는 경우가 많아지지 않았나 싶은데, 맞나?

"기억은 잘 안 나지만, 뭐, 아마 아름답지 않았을까? 인기가 많았는지는…… 잘 모르겠지만."

"내가 아는 바로는 중학교 1학년 시절부터 고백을 꽤 많이 받았던데?"

마츠리가 그렇게 말했다.

"아하. 그럼 남친도 있었겠네?"

"음~. 뭐……."

흘끗, 마츠리가 내 쪽을 쳐다보았다. 나는 마츠리에게 미소 지어 보였다. 나는 코마키가 저질렀던 짓을 잊지도 않았을 뿐만 아니라 용서하지도 않았다. 그렇지만 적어도 지금의 나에게 선배를 향한 연심은 없다. 그러니 굳이 배려해 주지 않아도 상관없는데.

마츠리가 눈웃음을 지었다. 젓가락을 쥐지 않은 다른 손으로 내 머리를 쓰다듬어 주었다. 그 손길은 역시나 부드러웠다.

"누구야, 누구? 궁금해!"

"……자상한 사람이었어. 배려심도 좋았고, 멋있었지. 의외로 서로 잘 어울리지 않았을까 싶은데."

이젠 선배 얘기를 입에 담더라도 더 이상 가슴이 욱신거리지 않는다.

그래서 오히려 괴로운 느낌이 들었지만.

"아하. 지금도 사귀는 중이야?"

"아니. 헤어진 것 같아. 뭐, 서로 성격이 안 맞았다고나 할까?"

선배는 분명 좋은 사람이었다고 본다.

하지만 그런 사람이 조금 약한 모습을 보였다고 나는 실망감을 느꼈다. 내가 봐도 정말 너무하지 않았나 싶지만, 스스로는 도저히 어떻게 할 수가 없는 것이 바로 감정이다.

이제 와서 그 시절에 있었던 일을 떠올려 봤자 아무 소용도 없다. 만약 내가 선배를 지금까지 줄곧 좋아했더라면 지금 이렇게나 고민하지도 않았을까, 그런 생각이 들기는 하지만.

"흐~음. 뭐, 하긴 그렇겠지~. 본인이 그만큼 완벽하니, 상대방도 아이돌 수준이 아니면 눈에 차지도 않았을 테니까."

"……그럴지도."

코마키와 어울릴 만한 사람은 아마 이 세상 어디를 뒤져 봐도 찾을 수 없겠지. 아니, 어울리는 건 둘째 치더라도 애초에 코마키가 좋아할 만한 사람이 과연 있기나 할까.

원래 다소나마 자신과 연관이 있는 사람은 가만히 내버려 둘 수 없기 마련이다. 내가 코마키의 행복을 지금도 바라는 이유가 바로 그 때문이기도 하고.

실망했다고는 하지만, 나는 그 선배 또한 행복해졌으면 싶었다. 그런데 코마키는 과연 어떻게 생각할까. 자신과 엮인 사람들과의 애착이나 호의, 그런 것들을 말이다.

처음엔 좋아하지 않았더라도, 일단 사귀고 난 뒤에 그 상대를 좋아하게 된 경우는 정말로 없었을까. 이제 와서 물어봤자 아무 소용도 없을지 모르지만.

"그건 아니지 않을까?"

마츠리가 내 도시락 통에서 방울토마토를 손으로 집으며 말했다.

"남들이 봤을 때 잘 어울리는가가 중요한 게 아니라 서로를 향한 마음이 중요하잖아. ……있잖아, 와카바."

마츠리가 그대로 나를 향해 젓가락을 내밀었다. 나더러 방울토마토를 먹으라는 말일까. 솔직히 마음 같아서는 그러지 말았으면 싶지만. 그래도, 마츠리라면.

나는 방울토마토를 입에 넣었다.

"……마츠리, 혹시 너 인기 많은 편이야?"

"글쎄~?"

역시나 방울토마토는 맛이 없다. 팍 터지니 풋내가 확 풍겼다. 그래도 마츠리가 먹여 주었으니 제대로 삼켜야겠구나 싶었다.

자신이 좋아하는 상대에게 당하는 일이라면 싫은 일이라 할지라도 받아들일 수 있을지 모른다. 그렇게 생각했더니 역시나 나는 코마키가 엄청 싫었다. 그녀가 하는 짓은 무엇 하나 받아들일 수 없었으니까.

그래도 익숙해지지 않을까 싶었다.

그녀가 시키는 대로 따르자니 아니꼬웠지만 말이다. 그래도 나 또한 좀 더 싫으면 싫다고 내 의사를 표현하는 편이 나을지도 모른다. 뭐, 그러면 그녀한테만 좋은 일일지도 모르지만.

"와카바, 맛있어?"

"……맛없어."

"아이고~."

"그래도 네가 먹여 준 거니까 먹을래."

"……후후. 난 너의 그런 점이 좋더라."

마츠리는 그렇게 말하며 포근하게 웃었다.

부드러운 인상의 그 웃는 얼굴은 보기만 해도 마음이 따스해지는 느낌이 들었다. 역시 나는 마츠리의 이러한 점을 좋아하는지도 모른다.

웃음으로 답하자, 그녀가 또 내 머리를 쓰다듬어 주었다. 어쩌면 그냥 어린애 취급당하는지도 모르겠지만. 뭐, 그래도 상관없겠지. 아마도 나는 마츠리가 보기에는 한참 어린애일 테니까.

셋이서 식사를 하다 보면 이야깃거리가 여기저기서 나오기 때문에 지루할 틈이 없다. 그 덕분에 나는 수업이 끝난 이후에 벌어질 일을 잠시나마 잊을 수 있었다.

……그렇지만.

잊고 있든 기억하고 있든 간에 시간이라는 존재는 자비 없이 흘러가기 마련이다. 어느새 오늘 수업이 모두 끝나고 방과 후가 되었다.

차라리 그냥 집으로 돌아갈까 싶기도 했지만, 어차피 그래 봤자 코마키가 지구 끝까지 쫓아오리라는 사실을 너무나도 잘 알고 있었던 나는 그녀의 반으로 향했다.

아무래도 코마키의 반은 아직 종례 중인 모양이었다. 잠시 기다리자 종례가 끝났다. 하지만 코마키는 반 남자애와 얘기를 나누는 중이었고, 교실을 나올 낌새가 없었다. 나는 잠시 고민하고 나서 우리 반으로 돌아오려고 했다.

"바쁜데 미안해."

"아니야, 괜찮아. 그래서 무슨 일이야?"

"여기서 얘기하기도 좀 그러니, 남들 눈에 띄지 않는 곳에서 마저 얘기하자."

코마키는 아까부터 얘기를 나누던 남자애와 함께 교실을 나섰다. 그녀는 한순간 나에게 눈길을 주었지만, 금세 사람 좋은 미소를 지으며 남자애 쪽으로 고개를 돌렸다.

파고들지 말라는 뜻일까.

뭐, 나야 아무래도 좋지만.

나는 그 두 사람이 어디론가 걸음을 옮기는 모습을 지켜보고 나서 우리 반으로 돌아왔다. 집에 가고 싶었지만 갈 수도 없는 노릇이었다.

그 남자애는 역시 코마키에게 고백할 생각일까.

코마키도 나를 상처 입히기 위해서가 아닌, 그냥 시험 삼아서라도 좋으니 다른 사람과 한번 사귀어 보면 될 텐데. 그리하면 혹여나 좋아한다는 감정이 생길지도 모른다. 그리고 그 뒤틀린 성격 또한 다른 사람을 좋아하게 되면 조금은 나아질지도 모르고.

"……하아."

코마키, 코마키, 코마키, 코마키.

내 마음속에는 온통 그것밖에 없었다. 코마키에 관한 일들만 자꾸 머릿속에 떠오르며 나를 짓눌렀다.

나는 텅 빈 교실의 창문을 열었다.

여름 바람은 무척이나 뜨뜻미지근했다. 그렇지만 기분 좋았다. 바람에 흔들리는 커튼 너머로 소나기구름이 눈에 들어왔다. 저 구름에 드리운 그림자 하나하나가 이상하리만큼 내 마음을 사로잡았다. 보다 보니 가슴이 두근거리기도 했고, 불안해지기도 했다.

어쩌면 여름의 구름이 우리의 불안정한 마음을 대변해 주고 있는지도 모른다. 역시나 그런 생각은 인간의 자만심에 지나지 않을까.

"코마키, 이 바~보."

누구에게도 한 말이 아닌, 그저 허공에나 내고 한 말이었다.

아무 의미 없이 사라져 간 그 말은 아직 입 밖으로 말하지 않은 것이랑 전혀 다를 바 없다. 하지만 내 마음을 무겁게 했다. 코마키가 누구를 좋아하든 말든 간에.

그런 건 아무래도 좋을 텐데도 자꾸만 머릿속에 떠올랐다. 나는, 대체 뭘까.

"와카바."

교실 문이 닫히는 소리가 났다.

뒤돌아보자, 그곳에는 코마키의 모습이 있었다. 조금 전까지의 그 웃는 얼굴은 대체 어디로 사라졌는지 그녀는 무표정으로 나를 쳐다보았다.

"이쪽으로 와 봐, 우메조노."

"……그래."

그래도 가끔은 내가 시키는 대로 순순히 따라 주는구나 싶었다. 역시나 그런다고 좋아한다는 감정은 들지 않았지만.

나는 몸을 살짝 옆으로 틀어 원래 있던 자리를 그녀에게 양보했다.

"……뭔데?"

"저 창밖 좀 봐. 구름이 엄청 아름답지 않아?"

"딱히."

늘 이런다니까.

나는 코마키와 정답게 대화를 주고받고 싶은 것이 아니다. 아니지만, 항상 쓸데없는 말로 시작해서 쌀쌀맞은 답변으로 대화가 끝나곤 한다.

어처구니가 없었다. 싫어하는 상대에게 쓸데없는 얘기만 잔뜩 하다니. 나는 정말 왜 이토록이나 코마키에게 자꾸 말을 걸려고 하는 걸까. 아무 소용도 없는 사실은 이미 잘 알고 있는데 말이다.

"그렇구나. 나는 꽤 좋아하는데. 저 구름의, 구름~ 같은 느낌이."

"뭐야, 그게. 듣는 나마저 바보가 될 것 같잖아."

"우메조노, 넌 감성이 참 빈약하네. 좀 더 자연을 사랑하는 게 어때?"

코마키가 인상을 찌푸렸다.

"그건 안 돼."

"……그래."

시시했다. 그렇지만 그것이 지금의 코마키다. 옛날의 우리가 무슨 대화를 나눴는지는 기억나지 않지만, 지금의 우리에겐 이런 분위기가 잘 어울렸다.

굳이 마음에 담아 둘 필요도 없을 텐데, 가슴이 이다지도 술렁이는 건 대체 어째서일까.

울렁울렁? 욱신욱신? 빙글빙글?

모르겠다. 형용하기 힘든 신기하고 이상한 이 불쾌감이 줄곧 내 가슴속을 맴돌았다.

"아까 그 남자애는 무슨 일이래?"

"날 좋아한대."

"흐~음. 이런 시기에 고백이라니, 대단한걸. 뒷감당이 힘들 것 같아 보이는데, 여름 방학 전에 여친이라도 만들고 싶었나 봐?"

"몰라."

고백받는 일에는 익숙한 모양인지 코마키는 아무런 감흥도 없는 기색이었다. 이러면 고백한 남자도 참 안됐구나 싶었다.

나는 조용히 그녀의 옆모습을 쳐다보았다.

갈색 머리가 뜨뜻미지근한 바람에 휘날렸다. 빛을 흠뻑 머금은 그 아리따운 머리는 왠지 모르게 금색으로 빛나는 것처럼 보이기도 했다. 그 언짢아 보이는 옆모습은 역시나 어처구니가 없을 정도로 예쁘장했다. 지상을 걱정하는 천사의 모습. 그런 비유를 드는 걸 보니 아직 내 머리는 말짱한가 보다.

"와카바, 넌 있어?"

문득 그녀의 얼굴이 내 쪽을 향했다. 소나기구름을 본 소감은 이미 충분한 모양이었다. 아름다우니까 좀 더 감상하면 좋을 텐데.

그런 생각이 들었지만, 또랑또랑한 그 눈동자가 날 바라보고 있으니 이제 마무리 지어야겠지.

"있냐니, 뭐가?"

"고백받은 적."

"……있지."

거짓말이었다. 나에게 고백할 만한 별난 사람은 이 세상에 아무도 없으니까.

하지만 코마키는 농담을 진담으로 받아들였는지 눈을 휘둥그레 떴다.

"누구에게? 몇 번이나? 언제?"

"우리 반 남자애한테, 여러 차례, 고등학교에 들어오고 나서."

고백받은 적이 있는지, 그 횟수가 몇 번인지, 그런 건 아무래도 좋지 않을까 싶었다. 나는 카오리처럼 딱히 인싸가 되고 싶다는 바람도 없으니까 말이다.

하지만 그렇다고 해서 코마키의 예상 범위 안에 있는 대답을 입에 담기는 싫었다. 그래서 아주 살짝 시시껄렁한 농담을 한번 말해 보았을 뿐이다.

하지만 의외로 즐겁지 않았다.

"……그럼, 남친은?"

있어, 라고 답하기란 간단하다. 하지만 아무리 거짓말을 하는 중이라 해도 거기까지는 거짓말을 할 수 없었다. 적어도 누군가를 좋아하는 마음이 오래가지 않는 내가 입에 담기에는 말의 무게가 너무 무겁지 않나 싶었다.

하지만.

만약 나에게 남친이 있다고 말한다면 코마키는 과연 어떤 표정을 지을까. 살짝 궁금했다. 아마도 언짢은 표정을 지으며 여느 때처럼 나를 바보 취급하는 이런저런 발언을 입에 담을 테지만 말이다.

"글쎄? 알아서 생각해 보지 그래?"

"와카바."

코마키는 그 어느 때보다 목소리가 딱딱하고 날카로웠다. 마츠리의 그 부드러운 목소리를 아까 들은 참이라 그런지 그 격차 때문에 귀가 혼란스러웠다.

"와카바, 말해 봐."

“싫어. 넌 나보다 머리도 훨씬 좋잖아? 그럼 굳이 내가 얘기해 주지 않아도 알 거 아냐?”

코마키는 인상을 찌푸렸다. 언짢은 기운을 팍팍 뿜어 대고 있었다.

“……그럼 네가 좋아하는 걸 나에게 얘기해 주면, 나도 너한테 얘기해 줄게.”

“그건…….”

그녀가 내 시선을 피했다.

“그럼, 됐어.”

“……그래.”

내 존엄은 아직 코마키의 소유다. 그렇기에 그녀가 존엄을 거론했다면 나로서는 뭐든 얘기해야만 했을 텐데. 하지만 아무래도 이 이상 나를 추궁할 마음은 없어 보였다.

그렇기에 나 또한 아무 말도 하지 않았다.

그녀가 좋아하는 것은 대체 뭘까. 어떤 형태에다 어떤 색이며 어떠한 장르일까.

그것만으로도 살아갈 수 있다면 코마키에겐 그것이 가장 소중하다는 말이 된다. 사실은 내가 그걸 찾아내 보고 싶었다.

알고 싶다. 그 코마키가 가장 소중히 여기는 좋아하는 것. 하지만 분명 얘기해 주지 않겠지. 나에게만큼은 절대로 말 못 한다고 얘기했고 말이다.

“그런데 말이야. 아침에 내가 졌잖아. 오늘은 대체 뭘 하려고 그러는데?”

침묵을 견딜 수 없었던 나는 그렇게 말했다.

그녀는 천천히 내 쪽을 쳐다보며 어깨에 손을 얹었다.

"키스, 해 줘."

그걸로 충분하다면야.

내가 코마키의 몸을 숙이게 하려고 하자, 그녀는 힘껏 숨을 들이쉬고는 이렇게 말했다.

"연인에게 하는 것처럼 좋아한다고 말하면서."

평소에 비해 싸늘하고 딱딱한 말이 귀에 푹 박혀들었다. 불어온 바람이 우리 사이로 빠져나갔다.

좋아한다.

아마도 그 말은 내가 그 무엇보다도 소중히 여겨야만 하는 것으로, 코마키에게 해도 될 말은 결코 아니다.

하지만 승부에서 진 사람은 바로 나다. 그것도 나의 가장 친한 친구인 마츠리가 무슨 말을 가장 먼저 할지를 맞히는, 원래라면 내가 무조건 이겼어야만 하는 승부에서 나는 졌다.

어떻게 코마키는 마츠리가 내 이름을 가장 먼저 부르리라는 걸 알고 있었을까. 그만큼 그녀와 친한 사이라는 말일까. 내 친구를 빼앗지 말았으면 싶지만, 이미 때는 늦었는지도 모른다.

이기지 않는 한, 소중한 것을 계속해서 빼앗긴다. 그런 건 이미 예전부터 잘 알고 있었다.

"나한테 그런 짓을 시키는 게 그렇게 재미있어?"

"재미있어. 왜냐하면 넌 싫잖아?"

그녀는 싱긋 웃었다.

"……저질."

기껏 다양한 재능을 갖추고 있으니 좀 더 뜻있는 일에 시간을 쓰면 참 좋지 않을까 싶었다. 날 괴롭힐 시간에 이 녀석이라면 학문 한둘쯤은 정점을 찍고도 남겠지.

천재라 뭐든 금방 해낼 수 있으니 지금은 나를 괴롭히는 데 우선하는 걸지도 모르지만 말이다.

공부는 나중에라도 할 수 있지만, 나를 괴롭히는 것은 지금밖에 할 수 없다. 그렇게 생각하고 보니 의외로 나는 코마키에게 귀중한 편인가?

어쨌거나 코마키의 성격이 못됐다는 사실은 틀림없다.

"좋아한다는 말을 듣고 싶으면 그냥 다른 사람이랑 사귀면 되잖아?"

"난 좋아한다는 말을 듣고 싶은 게 아니라, 싫어하는 나에게 네가 좋아한다고 말하는 모습을 보고 싶어."

"성격이 너무 뒤틀렸잖아. 하나도 이해 못 하겠어."

"이해 못 해도 상관없으니, 얼른 하기나 해."

나는 창가 자리에서 의자를 가지고 와 그 위에 무릎을 꿇고 앉았다.

"저질, 저질, 저질."

코마키는 즐거운 기색으로 웃고 있었다. 그녀가 다른 사람에게 보이는 웃음과는 또 다른, 그 못된 성격이 고스란히 배어 나오는 웃음이었다.

역시 최악이다.

코마키는 뒤틀려 있다. 저질에다 최악이다. 이 세상 어디를 뒤져 봐도 이렇게까지 성격이 못된 사람은 없지 않을까 싶었다.

"……할게."

나는 그녀의 어깨에 손을 얹었다. 처음에 키스했을 적에는 별별 핑계를 대 가며 눈은 감지도 않았던 주제에 지금은 눈을 꼭 감고 있었다.

역시 좋아한다고 말하며 하는 키스니까 한껏 분위기를 잡으려는 걸까. 아니, 코마키가 그런 소녀 취향을 떠올렸을 리가 없다.

나는 잠시 망설이고 나서 그녀에게 입을 맞추었다. 이전의 경험을 토대로 눈은 감지 않았다. 하지만 그렇게 하다 보니 그녀의 얼굴이 어쩔 수 없이 눈에 들어올 수밖에 없었다. 얼굴은 참 예쁘장하구나, 싶었다.

"와카바, 계속 잠자코 있지 말고. 얼른."

"……시끄러워."

"와카바, 승부에 진 사람은 너잖아?"

"나도 알아. ……좋아해."

그 말은 공허했다. 아무리 호의적인 말이라 할지라도 알맹이가 빠져 있으면 아무런 의미도 담지 못한다고 본다. 그렇기에 이렇게나 아무 의미 없고 공허한 '좋아해.' 라는 말은 말하지 않은 것이랑 전혀 다를 바 없다.

다를 바, 없다면.

"좋아해. 좋아해, 좋아해, 좋아해."

그 말에 아무 의미도 담겨 있지 않다는 사실에 나는 마음이 놓였다. 하지만 그와 동시에 무척이나 적막한 느낌이 들었다.

언젠간 나에게도 진심으로 누군가를 좋아한다고 말할 수 있는 날이 올까. 그렇다면 그때의 나는 알맹이가 가득 담긴 '좋아해.'라는 말을 과연 누구에게 표출할까. 그 사람은 내가 입에 담은 그 말을 과연 받아들여 줄까.

빙글빙글 돌던 내 생각이 부드러운 감촉에 가로막혔다.

그녀는 여느 때보다 살짝 격렬하게 내 입술을 탐하기 시작했다. 혀가 입술을 열어젖히고는 입 안을 부드럽게 더듬기 시작했다.

그러는가 싶더니 그녀는 내 머리를 부둥켜안듯 어루만졌다. 마치 소중한 무언가를 애지중지 여기는 것처럼 말이다.

그 행위에 아무런 의미도 없음은 잘 알고 있다. 알고는 있지만. 그래도 그만했으면 싶었다. 거짓말이라 한들, 아무 의미가 없다 한들, 마치 소중한 것처럼 다루면 가슴이 따끔거리니까 말이다.

더 난폭하게 해 줬으면 싶었다. 그러는 편이 더 우리다울 테니까.

"이름, 이름도, 불러 줘."

"……우메조노."

"좋아하는 상대를 성으로 부르지는 않잖아?"

저번에는 성으로 부르는 커플도 있다고 그랬던 주제에. 이럴 땐 이름으로 불러 주기를 바라나 보네.

좋아한다고 말하고 이름을 부르며 키스한다. 한 번도 해 본 적

없는 그 행위를 저지르고 나면 과연 난 어떻게 될까.

모르겠다.

하지만 코마키가 그렇게 말한 이상, 나로서는 거부할 수 없었다.

"코마키."

"……응."

"……좋아해."

내가 입에 담은 말은 모조리 공허했다. 좋아한다는 말에 알맹이가 담기기는커녕 코마키라는 이름에 담아야 할 감정조차 찾을 수 없었다. 그렇기에 그 공허한 말은 그저 소리로서 입 밖으로 나왔고, 아무 의미 없이 사라져 갔다.

지금의 나에겐 그것이 어울리지 않을까 싶었다. 나 자신의 감정을 믿을 수 없기에 어쩔 수 없다.

그렇다고, 생각하지만.

코마키는 내 말을 듣고 무엇을 느꼈을까. 조금 전의 그 성격 못된 웃음은 대체 어디로 갔는지 그녀는 미묘한 표정을 짓고 있었다.

인상을 찌푸리고는 있지만 그렇다고 언짢아 보이지는 않았다. 지금껏 본 적 없는, 신기한 표정이었다. 대체 어떤 감정을 느끼고 있고, 속으로는 무슨 생각을 하고 있을까.

"와카바…… 좋아해."

그녀는 속삭이듯 그렇게 말하고는 또 나에게 살며시 키스하기 시작했다.

지금까지 해 온 그 어떤 키스와도 다른, 부드러운 키스가 속절없이 내 마음을 어지럽혔다.

이제는 좋아한다는 말에 익숙해졌을 테니, 좀 더 가볍게 받아넘기고 여느 때처럼 나를 상처 입히면 될 텐데 말이다.

그런 생각이 들었지만, 그럼에도.

예나 지금이나 내 뜻대로 따라 주지 않는 사람이 바로 코마키다.

한동안 그녀에게 몸을 맡기고 있으니, 이윽고 만족했는지 입술을 떼기 시작했다.

"이걸로 끝."

그녀는 아무런 감흥도 없다는 기색으로 그렇게 말했다.

자신이 싫어하는 상대를 괴롭혔으니 좀 더 기뻐할 줄로만 알았다. 좋아한다고 말하면서 키스하는 것은 이번이 처음이었는데.

나는 살짝 답답함을 느끼며 의자에서 내려왔다.

"좋아하지도 않는 상대와 좋아한다는 말을 서로 주고받으며 키스를 나누는 감촉은, 어땠어?"

나는 그때 코마키가 그랬던 것처럼 웃으며 그렇게 말했다.

코마키가 싱긋 웃었다.

"즐거웠어. 네가 엄청 얼빠진 표정을 짓고 있었거든."

"그러는 너야말로 이상한 표정을 짓고 있던데?"

내가 그렇게 말하자, 코마키는 살짝 인상을 찌푸렸다. 그나저나 중간에 눈을 떴었나? 나도 여유가 없어서 알아차리지 못했었는데.

"그래도 너보다는 낫거든?"

본인 스스로도 이상한 표정을 짓고 있었다는 자각이 있었을까.

코마키는 가방을 어깨에 메고는 문 쪽까지 걸어갔다.

그녀는 문을 열고 나서 내 쪽을 돌아보았다.

"가자, 와카바."

"……혼자서 가지 그래?"

"……와카바."

그녀는 언짢은 표정을 지었다.

역시나 이 얼굴이 가장 코마키답지 않을까 싶었다. 서투른 미소보다는 훨씬 더 보기 좋았다. 딱히 좋아하지는 않지만.

"그래, 알았어. 같이 가면 되지? 잘 알았다고."

"감히 그런 건방진 태도로 나설 줄은 몰랐어. 나한테 단 한 번도 이긴 적 없는 주제에."

"언젠가는 이길 텐데, 뭐 어때."

나는 가방을 들고 그녀가 있는 쪽까지 걸어갔다.

그녀는 나랑 눈 마주치기 싫다는 듯이 고개를 홱 돌리는가 싶더니 내 손을 움켜쥐었다. 딱히 날 계속 쳐다봐 주었으면 싶은 건 아니지만, 그렇다고 굳이 고개를 홱 돌릴 필요는 없지 않았을까 싶은데.

정말, 대체 뭘까.

나로서는 코마키의 행동을 읽을 수 없었다.

옛날에는 좀 더 알기 쉽지 않았나 싶은 느낌도 들었지만.

"우메조노."

코마키가 내 손을 잡아끌며 걸음을 내디뎠다. 이미 모든 반이 종례를 마쳤는지 복도는 무척이나 조용했다.

우리 둘의 발소리가 뚜벅뚜벅 울려 퍼지고, 서로 겹쳐졌다. 조화를 잃은 노랫소리와는 달리 우리의 발소리는 깔끔하게 겹쳐졌다. 같은 종류의 신발을 신고 있으니 당연할지도 모르겠지만.

"좋아해."

불쑥 그렇게 말하자, 그녀는 멈춰 서서 나를 쳐다보았다. 여전히 그 얼굴은 무표정했다.

좋아한다, 아름답다, 그런 종류의 말은 역시나 이제는 익숙해졌나 보다. 내가 입에 담은 '좋아한다.' 는 말과 달리 알맹이가 제대로 담긴 그 말을 코마키는 아마 늘 귀로 접하고 있겠지. 아까 그 남자애의 경우도 그러했을 테고.

내가 코마키에게 감정을 담아 할 수 있는 말은 그리 많지 않다. 딱히 어떤 말을 그녀에게 하고 싶어서 안달 난 건 아니지만 말이다.

하지만.

나는 불현듯 코마키의 옛날 모습을 떠올렸다. 그 시절의 코마키와 무엇을 했는지까지는 떠올리지 못했다. 하지만 그 시절에 지었던 코마키의 불안한 표정이나, 울고 싶은데 울지 않는 표정 등은 또렷이 떠올릴 수 있었다.

그때마다 나는 살짝 불안감이 들기도 했고, 자라나는 코마키의 모습에서 안도감을 느끼기도 했다. 그리고.

내가 그녀에게 해 줄 수 있는 것을 찾아내고 말았다.

"자, 내가 싫다고 잔뜩 말해 줄 테니 좀 더 기뻐하지 그래?"

"그런 건 필요 없어."

"하여간 욕심도 많아요."

"욕심이 많다는 말까진 하지 않을 테니, 넌 쓸데없는 짓은 하지 말고, 말하지도 마."

그녀는 그 말만 하고는 잽싸게 걸음을 내디뎠다.

그럼에도 내 손은 여전히 꼭 움켜쥐고 있는 상태였다. 코마키는 대체 나를 어떻게 대하고 싶은 걸까.

나는 아무 말도 못 한 채, 커다래진 그 뒷모습을 쳐다보았다. 그녀는 등을 쭉 펴고 당당하게 나아갔다. 거기에 과거의 모습은 없었다.

하지만 정말로 그럴까. 지금의 코마키는 자신의 완벽함에 조금의 불안감도 가지지 않은 채, 똑바로 앞만 보며 잘 살아왔을까.

내 눈에는 그렇게 보이지 않았다.

"……있잖아."

완벽한 자기 자신을 정말로 받아들였다면 그런 맛없는 음료수와 자기 자신을 겹쳐서 보지는 않았겠지.

정말로 부족함 하나 없이 충족된 상태였다면 나를 일일이 괴롭히지도 않았겠지.

그녀는 아직 마음속 어딘가에 불안감을 품고 있지 않을까, 그런 생각이 들었다. 심지어 완벽하지 않은 자신이 되려고 발버둥치는 것처럼 보이기도 했다.

하지만 나는 알고 있다. 그녀는 웬만한 일은 뭐든 다 해낼 수 있지만 완벽하지 않다는 사실을 말이다.

베개가 바뀌면 잠들지 못한다. 큰 소리를 싫어하고, 매운 음식도 싫어한다. 그리 많지는 않지만, 분명히 싫어하는 것도 있는 그녀의 모습을 나만큼은 이해하고 있다. 알고 있다.

그렇기에 만약 전 세계의 인류가 모두 그녀를 완벽하다고 말하고, 그녀를 좋아한다고 말하더라도. 이 세상에서 단 한 명, 나만큼은 그녀는 완벽하지 않고, 그녀를 싫어한다고 거듭 말하고 싶었다.

아마도 그것이 내가 지금 그녀에게 해줄 수 있는 유일한 행위이자, 내가 해야만 하는 행위겠지.

"우메조노, 역시나 난 네가 싫어. 완전 싫어. 다른 사람이 아무리 널 좋아한다고 말할지언정 나는 널 싫어해."

내가 입에 담은 '싫어한다.' 는 말에는 감정이 담겨 있다.

좋아한다는 말과 달리 알맹이가 있음에 안도하며, 역시나 내가 코마키를 좋아할 일은 아마 평생 없을 것임을 재차 확인했다.

"와카바, 나도 널 싫어해. 이 세상에서 제일."

"……그래. 난 널 첫 번째로 싫어하지는 않지만."

"……짜증 나."

주변이 온통 좋아한다는 말로 가득 차 있다면 코마키는 또 다시 길을 잃고 헤맬지도 모른다.

이번에는 그 누구에게도 자신의 고민거리를 털어놓지 못할 뿐만 아니라 모조리 다 자기 혼자서 끌어안을지도 모른다.

그렇기에 나는 그녀가 확실하게 사람임을 가르쳐 주기 위해, 그녀가 서 있는 장소를 잊지 않도록 하기 위해.

"싫어하는 건 싫지만."

앞으로도 싫어한다고 계속 말하도록 하자.

나는 아주 잠깐 눈웃음을 지었다가 그녀의 손을 꽉 움켜쥐었다. 어차피 손을 잡아 봤자 아무런 의미도 없는데 말이다.

이번에야말로 실수하지 않았으면 싶었다.

나는 그렇게 생각하면서 그녀의 몸에 완전히 딱 맞는 흰색 블라우스를 쳐다보았다.

## 5 그녀의 첫 번째가 되는 방법

내가 어릴 적에 있었던 일이다. 우리 부모님은 완벽한 사람은 없다고 말했다.

그럼, 나는 대체 뭐지?

그 말을 줄곧 입 밖으로 내지 못하고 있었다.

어린 시절부터 나는 줄곧 대단하다는 말을 들으며 자라 왔다. 뭘 하든 완벽하게 해낼 수 있었고, 처음 하는 것 또한 예전부터 계속 해 오던 사람보다 더 능숙하게 해냈다. 그렇기에 다들 나를 천재라고 부르거나 완벽하다고 불렀다.

예쁘장하다고 하는 내 용모도 완벽하다는 말을 듣는 데 한 축을 담당했겠지.

하지만 나는 그런 말을 듣는 것이 싫었다. 배부른 소리일지도 모르겠지만 나는 모두와 보조를 맞춰 함께 무언가를 해내고 싶었다.

하지만 나는 홀로 완벽했기에 친구들과 협력할 수 없었다.

뭘 하든 코마키 짱은 혼자서도 충분하다는 말을 듣기 일쑤였다. 그렇다고 해서 조금이라도 내가 적당히 하면 무시하지 말라며 혼이 났다. 나는 이제 뭘 어떻게 해야 좋을지 알 수 없었다.

"코마키! 나랑 승부하자!"

내 능력이 비정상적이라는 사실이 밝혀지면서 주위 사람들과 거리감이 생기기 시작했음에도 변함없는 것이 딱 하나 있었다.

그것은 요시자와 와카바와의 관계였다.

그녀는 사사건건 나에게 승부를 걸어 대는 이상한 아이로, 나는 그녀가 언제부터 내 곁에 있었는지 알지 못했다.

어느새 내 옆에 있었고, 아무리 시간이 지나도 떨어질 생각을 하지 않았다.

어째서.

나는 그녀를 이해할 수 없었다. 그녀는 언제나 나를 보며 환하게 웃어 주었고, 그때마다 나는 가슴이 답답했다. 그리고 그 답답함의 정체가 밝혀진 건 초등학교 2학년 시절이었다.

그 시절, 나는 내가 결정적으로 주변 사람들과 동떨어진 존재임을 알게 되었다. 메울 수 없는 격차가 나와 사람들 사이에 있었고, 그렇기에 나는 평범해질 수 없음을 깨달았다. 그리고 나 자신이 싫어졌다.

"나, 사람 맞지? 다들 나를 완벽하다 그러고, 뭘 하든 다 잘하니까 막 화를 내고 싫어해. 나, 정말로 사람 맞아?"

내가 이런 얘기를 할 수 있는 사람은 와카바밖에 없었다. 부모님 또한 나를 주체하지 못했다.

나와 똑바로 마주하고, 그 아름다운 목소리로 순수하게 내 이름을 불러 주는 사람은 와카바밖에 없었다.

"그게 무슨 소리야? 완벽하든 아니든 간에 넌 사람이잖아! 그런 일로 고민하지 않아도 돼!"

웃는 얼굴로 그렇게 말하는 그녀의 모습을 보며 나는 그때 숨쉬는 것마저 잊었다.

왜냐하면 너무나도 아름다웠으니까.

걱정스러운 듯, 살짝 난처한 듯, 그래도 나를 안심시키겠다는 그 한마음으로 지었을 그 꼴사나운 웃음이 내 가슴을 꿰뚫었다.

그녀가 하는 말은 다른 그 어떤 말보다도 매끄럽게 내 안으로 들어와 녹아들었다. 그때부터 나는 나 자신을 사람이라 믿을 수 있었다.

와카바가 웃어 주었기에 나는 사람이 되었다.

와카바가 사람이라 말해 주었기에 나는 불안한 마음을 떨쳐 낼 수 있었다.

나 스스로를 사람이라 믿기 시작한 나는 나 자신을 자랑스러워하게 되었다. 와카바에게 인정받은 나는 가슴을 펴고 살아도 된다는 사실을 깨닫고는 완벽하지 않은 평범한 사람들을 사랑하게 되었다.

그러는 동안에 나는 더 이상 다른 사람들로부터 미움받지 않게 되었다.

시야를 넓게 가지자, 의외로 사람이란 단순하고 조종하기 쉽다는 사실을 알아차렸다.

나는 그 어떤 사람으로부터도 호감을 살 수 있었다.

단 한 명의 예외를 제외하고 말이다.

"코마키~ 이번 시험 점수 총 몇 점이야~?"

와카바의 마음만큼은 제어할 수 없었다.

초등학교 2학년 시절, 나는 그녀를 좋아한다는 사실을 깨달았다. 그녀 또한 나를 좋아하지 않았을까 싶다. 하지만 내가 말하는 좋아한다와 그녀가 말하는 좋아한다는 온도도 방향성도 완전히 달랐다.

아무리 날 돌아보게 만들려고 해도 그녀는 나를 특별하게 여기지 않았고, 그녀의 가장 친한 친구도 되지 못했다.

언제나 나는 세 번째 정도로 친한 친구였다.

중학생이 되고 나서 그녀는 첫사랑을 했다. 상대는 한 학년 위의 선배로, 와카바가 그 사람을 보고 있을 때의 그 눈빛은 나에게 보여 주지 않는 색으로 가득 차 있었다.

가장 친한 친구에게 보이는 색.

사랑하는 상대에게 보이는 색.

어느 쪽이든 나와는 인연이 없는 색이었다.

나랑 그녀의 '좋아한다.'의 온도가 일치하는 경우는 결코 없었다. 만약 그녀에게 나를 사랑해 달라고 말하면, 더는 친구 사이조차 유지할 수 없겠지.

줄곧, 줄곧 생각해 왔다.

사랑받을 수 없다면, 첫 번째가 될 수 없다면, 내가 그녀에게 받을 수 있는 나만의 색은 과연 무엇일까.

결론은 간단했다. 내가 그녀에게 받을 수 있는 건 싫어한다는 색밖에 없었다.

와카바는 다른 사람을 싫어하지 않는다. 그녀가 다른 사람을 원망하는 모습을 나는 한 번도 보지 못했다. 그렇기에 나는 그녀에게 원망받는 사람이 되어 나만의 특별한 색을 보기로 마음먹었다.

선배와 사귀었다가 철저하게 걷어찼다. 그리고 그 사실을 와카바에게 보고했다.

그녀의 눈빛에 깃든 색이 눈에 띄게 변했다.

폭넓게 친구들한테 보였던 색에서, 본 적도 없는, 타오르는 듯한 원망의 색으로 말이다. 그것은 줄곧 내가 원했던, 오직 나에게만 보이는 특별한 감정이었다.

하지만 그마저도 시간이 지남에 따라 희미해져 갔다.

그냥 싫어한다는 감정은 와카바의 특별함과는 거리가 멀었다. 여주나 양하처럼 약간의 싫어함 정도는 그녀한테도 얼마든지 있었다. 그리고 어느새 나는 그러한 것과 같은 범주에 있었다.

어떻게 해야 더 원망받을 수 있을까.

나만의 특별함을 유지하기 위해서는 어떻게 해야 할까. 생각하고 또 생각하기를 거듭하다가 나는 그녀의 존엄을 빼앗기로 결심했다.

그녀가 소중히 여기는 것을 모조리 다 빼앗아 그녀의 기억에 나의 정보를 새겨 넣고 씻을 수 없는 상처가 된다. 그것이 내가 할 수 있는 유일한 일이었다.

와카바.

만약 와카바가 앞으로 누군가를 좋아하게 되고, 결혼해서 아이를 낳더라도. 와카바가 가장 먼저 키스를 한 사람은 나고, 가장 먼저 방에서 알몸을 본 사람도 나고, 가장 먼저 데이트를 한 사람도 바로 나니까.

그 사실을 앞으로도 쭉 잊지 말았으면 싶었다.

★

오늘 날씨는 쾌청했다. 장마철은 이미 끝났는지 앞으로 1주일 동안은 비가 내리지 않는다고 한다.

비는 살짝 거슬렸지만 더 내렸으면 싶었다. 와카바가 우산을 깜빡할 만한 날에는 튼튼한 비닐우산을 가지고 가서 하나의 우산을 함께 쓰고 싶었다. 와카바가 우산을 가지고 올 만한 날에는 저번에 그녀가 칭찬해 준 귀여운 우산을 쓰고 둘이서 걷고 싶었다.

이제 그녀가 우산을 칭찬해 줄 일은 없을지도 모르지만.

"……하아."

나는 꽃무늬 접이식 우산을 가방에 넣고 집을 나섰다.

오늘은 와카바의 집에 들렀다 갈지 살짝 고민했다. 저번에 갔을 적에는 잠꼬대를 하던 와카바가 날 끌어들이는 바람에 함께 자는 처지가 되었지만 말이다.

아침에 그 애 방에 가면 또 그녀랑 한 침대에서 잘 수 있다는 생각을 마음속으로 떠올렸다가 관두었다.

뭐랄까, 오늘은 그러고 싶은 기분이 아니었다.

요즘 들어 나는 흔들리는 중이었다. 와카바에게 미움받을 만한 짓을 계속하지 않으면 나는 그녀의 씻을 수 없는 상처가 될 수 없다. 그 점은 잘 알고 있지만, 그녀에게 호감을 사고 싶다는 마음이 앞서는 바람에 자기도 모르게 그런 쪽으로 행동했던 적이 여러 번 있었다.

그건 아마도.

와카바가 나를 다정하게 대해 주는 것이 원인이 아닐까 싶었다. 나를 싫어하면서도 매운 건 자기가 대신 먹어 주고, 베개도 되어 준다. 그런 그녀가 나를 더 다정하게 대해 주기를 바라는 마음이 나도 모르게 들고 만다.

그리고 그때 미움받는다는 선택지를 고르지 않고, 좋아한다고 말했다면 어떻게 되었을까. 어쩌면 그녀는 나랑 사귀어 주었을지도 모른다. 나는 줄곧 그런 생각이 들곤 했다.

하지만 그 시절에 분명 와카바는 유우키 선배를 사랑했었다. 그렇기에 소용없었다.

소용없었다고, 생각한다.

하지만 가능성이 정말로 0이었는가를 따져 보자면, 모르겠다. 모르기에 후회가 들곤 했다.

나는 맑은 날씨에도 아랑곳하지 않고 접이식 우산을 펼쳤다. 양산으로도 쓸 수 있는 우산이 아니었기에 별 의미는 없었지만.

혹시 뒤에서 와카바가 내가 있음을 알아차리고 쫓아와 주지 않을까 하는 막연한 기대감을 가져 보았다.

하지만 뒤돌아본 곳에는 아무도 없었다.

나는 한숨을 내쉬며 천천히 발걸음을 옮겼다.

"……아."

"……으."

걷는 와중에 자판기 앞에서 와카바의 모습이 눈에 들어왔다.

오늘도 그녀는 이런 아침부터 멜론 소다를 사는 중이었다.

멜론 소다는 우리 집에 잔뜩 사 놓았으니 마시고 싶으면 우리 집에 오면 될 텐데. 게다가 멜론 맛 과자도 이것저것 비축해 두었다. 와카바를 우리 집에 부를 기회가 좀처럼 없었기에 유통기한이 지나는 경우가 부지기수였지만 말이다.

"왜 이 맑은 날씨에 우산을 쓰고 있는데? 그거 양산 맞아?"

"딱히."

네 눈에 띄었음 싶었으니까, 라고 말할 수도 없는 노릇이다.

그래도 와카바와 이렇게 아침부터 만나니까 기뻤다. 하지만 그걸 표정으로 드러내면 곤란하니 여느 때처럼 열심히 무표정을 지어 보였다.

"무슨 변태도 아니고. ……뭐, 어제오늘 일도 아니긴 하지만."

"그러는 너는 어떻고? 멜론 소다만 잔뜩 마셔 대는 변태잖아?"

"변태는 무슨. 난 그저 멜론 나라 출신일 뿐이라고."

"이 촌구석에서 태어난 주제에 무슨 소리야?"

와카바가 나를 올려다보았다.

그렇게 눈만 위로 떠서 올려다보는 그 모습이 늘 내 가슴을 두근거리게 만들었다.

와카바는 예나 지금이나 귀여웠다.

말랑말랑한 검은 머리도, 커다란 눈동자도, 자그마한 체구도, 내가 그 모든 것을 좋아한다고 말하면 그녀는 과연 어떤 표정을 지을까.

상상해 봐도 알 수 없었다. 그녀와 오랫동안 함께 지내 왔지만, 나는 그녀의 마음에 조금도 다가가지 못했다.

가슴이 쓰라렸지만, 그래도 이제 서로 좋아하는 사이가 되기는 불가능하다.

그러니 하다못해 서로 싫어하는 지금의 관계만큼은 유지하고 싶었다. 좋아한다든가, 사랑받고 싶다든가, 그런 소리를 입에 담았다가는 그녀가 내 앞에서 자취를 감출지도 모른다.

그만큼 우리 사이는 불안정했고, 얇은 얼음처럼 취약했다.

그렇게 만든 장본인은 바로 나지만.

"우메조노."

"왜……."

미처 말을 끝내기도 전에 페트병이 날아들었다.

받고 보니 시원했다.

나는 눈을 깜빡거리며 그녀를 쳐다보았다.

그녀는 웬일로 즐거운 기색으로 웃고 있었다.

"그거 줄게."

"……안에 뭘 탔나 봐?"

"그럴 리가 없잖아. 이제 막 산 건데. 포교야, 포교. 너도 멜론 나라로 이주를 왔으면 싶어서."

"뭐야, 그게. 내가 그 짓을 왜 해? 무슨 바보도 아니고."

"바보면 뭐 어때. 마셔 봐. 오늘은 날도 덥잖아."

날 싫어할 텐데도 이런 부분은 역시나 다정하구나 싶었다. 옛날부터 변함없는 그 다정함에 가슴이 쓰라리고 아팠다.

나는 얼버무리듯이 페트병을 따고 내용물을 입에 댔다.

여느 때와 똑같은 멜론 소다의 맛이 느껴졌다. 딱히 좋아하거나 싫어하지도 않았지만 와카바가 좋아해서 나도 좋아하는, 그런 싸구려 맛이었다.

"맛있어?"

"그럭저럭. 너도 마시지 그래?"

페트병을 건네자 그녀는 고개를 저었다.

"아니, 됐어. 난 새로 하나 사면 돼."

"……그래."

딱히, 상관은 없지만. 내가 무슨 어린애도 아니고 이제 와서 간접 키스했다고 기뻐할 나이는 지났다.

……사실 거짓말이지만.

나는 상대가 와카바라면 무슨 접촉이든 다 해 보고 싶은 마음이었다. 간접 키스도, 손잡는 것도, 키스하는 것도, 뭐든 질릴 때까지 실컷 만끽해 보고 싶었다.

"응, 역시 멜론 소다가 최고야."

그녀는 새로운 멜론 소다를 사서 단숨에 절반 정도를 마셨다.

그녀가 즐거워하며 얼굴에 웃음을 머금자, 나는 그 모습에 한순간 눈길을 빼앗기고 말았다. 여름날의 햇빛을 뒤집어쓴 저 자그마한 몸이 참으로 눈부시게 빛나 보였다.

"자, 이제 바람도 쐬었으니 이만 학교에 가 봐야지. ……우메조노, 넌 어떻게 할래? 여기서 바람 좀 쐬다 갈 거야?"

"특별히 더운 날씨도 아니잖아. 학교에 갈 거야. 그러는 너야말로 계속 여기에 있지 그래?"

"그건 안 돼. 학교의 냉방 설비가 날 기다리고 있으니까."

그녀는 그렇게 말하더니 내 쪽으로 다가왔다.

그 모습을 보고 하복은 별로 내 마음에 안 들지도 모르겠다는 생각이 들었다.

봄에는 블레이저나 넥타이가 있으니 같은 교복을 입고 있다는 느낌이 강하게 들어서 기뻤다. 하지만 하복에는 넥타이도 블레이저도 없다.

흰 바탕의 블라우스는 어느 학교든 별반 차이가 없기에, 그녀와 깔 맞춤을 했다고 할 만한 것은 스커트밖에 없다.

스커트로만 깔 맞춤을 하자니 뭔가 부족했다. 나는 나랑 와카바가 서로 같은 장소에 있음을 온몸으로 느끼고 싶으니까 말이다. 하지만 여름 기간 중에는 그러기가 힘들다. 여름 방학이 시작되고 나면 더더욱 그녀와 같다는 느낌을 받기 어려워진다.

차라리 방학이란 게 없었으면.

살짝, 그런 생각이 들었다.

우리는 싫어한다는 감정과 학교라는 모형 정원이라는 연결 고리를 통해서만 서로 연결되어 있다. 그중 한쪽이 짧은 기간이나마 사라진다고 생각하니 불안감이 들었다.

"있잖아. 나도 같이 써도 될까?"

"……딱히 상관없어. 그러든가."

저번에는 우산 안에 있다가 밖으로 나간 적도 있었지만, 오늘은 그녀가 먼저 다가와 주었다. 나는 그것만으로도 기뻤다.

"양산은 아니지만 자외선을 조금이나마 차단해 주겠지?"

"몰라."

"……그런 이유로 우산을 쓴 것도 아니었나 보네."

"아무렴 어때."

"나야 상관은 없지만. 하긴, 네가 이상한 건 어제오늘 일이 아니기도 하고."

와카바의 눈에 띄었으면 싶어서.

그런 어린애 같은 이유를 그녀에게 밝혔다간 과연 어떻게 될까. 그녀를 향한 내 호감은 평생 말할 수조차 없지만.

이미 돌이킬 수 없는 단계까지 오고 말았다.

한 번 미움받기로 결정한 이상, 나에게 퇴로는 없다. 어차피 이제 와서 호감을 사려고 해 봤자 소용없다는 사실은 이미 잘 알고 있다.

나의 수많은 대시가 수포로 돌아가는 중이었다. 분명 와카바는 내가 대시했다는 사실조차 알아차리지 못했겠지만.

"……예쁘네."

"어?"

"그게, 이 우산을 맑은 날씨에 다시 보니까 엄청 예쁘구나 싶어서."

"흐~음."

와카바가 내 물건을 칭찬해 주면 기뻤다.

그녀가 나와 관련된 것에 관심을 가져 주었다는 사실만으로도 가슴이 뛰었다. 그렇기에 나는 그녀가 좋아할 만한 것을 좋아했다.

"와카바, 좀 더 가까이 붙어 봐."

"왜?"

"햇빛을 피하고 싶으면 우산 밑으로 들어오는 편이 더 낫잖아. 몸이 우산 밖으로 살짝 삐져나갔고."

"그건 네 몸집이 쓸데없이 커서 그런 거 아니야? ……뭐, 좋아. 이상한 데 막 만지고 그러면 안 된다?"

"그렇게 말하니까 오히려 만지고 싶어지는데?"

"저 심술 좀 봐."

와카바가 인상을 찌푸렸다.

그래도 이번에는 저번처럼 우산 밖으로 튀어나가지 않고 내 쪽으로 몸을 붙였다.

덥다. 덥지만, 지금은 계속 이대로 있고 싶었다.

"우메조노, 이번 여름 예정은 어떻게 돼?"

"널 가지고 놀 거야."

"내가 무슨 장난감이야?"

이 맑은 날에 일반 접이식 우산을 둘이서 쓰고 걷는다.

남들 눈엔 분명 우스꽝스러운 광경일 테지만, 와카바는 딱히 신경 쓰는 기색도 아니었다.

"예정은 미리 비워 둬. 네 예정은 내 거니까."

"뭐, 가능한 범위 내에서 그렇게 해 볼게."

"……와카바."

역시나 와카바는 마츠리랑 함께 여름 방학 대부분을 보내려는 걸까.

만약 그렇다면, 전혀 달갑지 않았다.

마츠리는 와카바의 첫 번째다. 와카바도 분명 마츠리의 첫 번째일 테고. 앙숙지간의 첫 번째조차 아닌 나는 마츠리에게 대항조차 할 수 없다.

이대로 마츠리에게 와카바를 빼앗기면 어쩌지. 그렇게 생각하니 내가 내 정신이 아니었다.

"나도 알아. 널 우선할게. 그럼 됐지?"

"……훌륭한 마음가짐이야."

이유야 어쨌든 간에 와카바가 나를 우선해 준다니 기뻤다. 하지만 마냥 기뻐할 수만도 없는 노릇이다.

와카바는 더 이상 아무 말 없이 나랑 나란히 걸음을 옮기기 시작했다. 필사적으로 나와 보폭을 맞추려고 하는 그녀의 모습은 보기만 해도 사랑스러웠다.

사실은 좀 더 천천히 걷고 싶었다. 하지만 그랬다가는 너무 티가 나겠지.

나는 여느 때와 마찬가지로 거리낌 없는 척하며 계속 걸음을 옮겼다.

역은 그리 멀지 않은 곳에 있으니 곧 도착한다. 나는 우산을 접고 다시 한번 가방에 넣었다.

개찰구를 지나 둘이서 역 승강장에 섰다.

전철이 도착할 때까지 앞으로 2분 남았다.

나는 와카바에게 건넬 만한 말을 머릿속에서 찾아보았지만 결국 아무 말도 찾지 못했다.

"있잖아, 우메조노."

"왜?"

"넌 여름 이벤트 중에서 뭘 제일 좋아해?"

"딱히, 좋아하는 건 없어. ……그러는 너는?"

"나? 나는…… 축제(마츠리)?"

마츠리.

나는 그 어감이 싫었다.

물론 사람인 마츠리는 여름 이벤트가 아니니까 문맥적으로 다르다는 사실은 당연히 알고 있다. 하지만 알고 있음에도 내 마음이 따라와 주지를 않았다. 그야 와카바가 마츠리를 좋아하는 건 분명하니까.

나는 살며시 와카바의 턱을 손으로 잡았다. 그러고는 그녀의 부드러운 입술에 엄지손가락을 댔다. 키스할 때와는 또 다른 감촉이 손가락을 타고 전해져 왔다.

"와카바, 축제(마츠리)보다 더 좋은 걸 내가 가르쳐 줄게."

"우메조노?"

"그러니 더 이상 축제(마츠리)를 좋아하지 마."

그야 말도 안 되는 소리임은 나도 잘 알고 있다. 좋아하는 것이 새로 늘었다고 원래 좋아했던 것을 싫어하지는 않으니까.

와카바가 맑은 눈동자로 나를 쳐다보았다.

나 또한 그 눈동자를 마찬가지로 쳐다보았다.

"할 수 있으면 어디 한번 해 보든가. 어차피 나에겐 거부권은 없잖아?"

"……그래. 그럼, 각오해 둬."

나는 와카바의 마음을 빼앗고 싶다.

미움받고, 증오받고, 거부당하고. 그렇게 그녀의 마음에 씻을 수 없는 상처를 남기고 나서야 비로소 나는 그녀의 마음을 빼앗을 수 있다. 그녀의 첫 번째가 될 수 있다.

그렇기에 더욱, 더욱 미움받을 만한 짓을 골라서 해야겠구나 싶었다.

어중간하게 호감을 사려 들지 말고, 철저하게 말이다.

그게 가능할지 불가능할지는 모르겠지만.

나는 그녀의 입술 감촉을 음미하며 앞으로 어떻게 해야 할지를 궁리했다. 역시나 내 마음은 이미 갈기갈기 찢겨져 해답을 도출하기에 너무나도 불안정한 상태지만 말이다.

# 후기

처음 뵙겠습니다! 이번 제28회 스니커 대상에서 금상을 수상한, 포메존에서 이름을 바꾼 이누카이 안즈라고 합니다.

제 필명으로도 알아차리셨을지 모르겠지만, 저는 강아지를 정말 좋아합니다! 그중에서도 포메라니안을 제일 좋아하죠! 그래서 필명을 바꾸더라도 강아지 요소는 남기기로 했습니다.

본 작품이 제 데뷔작이다 보니 후기를 쓰는 것도 처음이라 조금 당황스러웠습니다. 수상한 이후 내내 "후기에는 대체 무슨 이야기를 써야 하지……?" 하고 고민하면서 여러 책에 실린 후기를 참고해 봤지만, 결국 지금도 잘 모르겠네요.

그래서 일단은 지금까지의 경위를 말씀 드리겠습니다!

어느 날 갑자기 소설 쓰기에 눈을 뜬 저는 그 후로 몇 년에 걸쳐 조금씩 소설을 써 왔습니다. 그리고 또 어느 날 갑자기 '진지하게 작가의 길에 도전해 보자!' 는 마음이 들어 소설에 몰두하는 나날이 시작되었죠.

처음에는 제가 읽고 싶은 것을 마음껏 써 보자는 생각으로, 저는 세 편의 작품을 부지런히 써서 카쿠요무에 투고하기로 했습니다. 정말로 제가 읽고 싶은 것만 가득 담은 작품, 제가 좋아하는 시간 역행 요소가 들어간 작품, 특수한 설정이 있는 작품…….

거의 같은 시기에 완성한 이 소설들 중, 이번 스니커 대상에 응모해 금상을 받게 된 작품이 바로 첫 번째 작품인…… 본 작품이었습니다.

제가 읽고 싶은 것, 좋아하는 요소를 꽉꽉 채워 담아낸 본 작품으로 수상할 수 있어서 정말로 기쁩니다.

그럼, 바로 그 본 작품 말입니다만, 성격이 아주 못된 소꿉친구에게 휘둘리는 이야기를 읽고 싶다……라는 발상에서 시작했기에 그런 느낌의 이야기로 구성되어 있을…… 겁니다!

소꿉친구란 참으로 신기한 존재라서, 성격이 정반대여도 취미가 전혀 맞지 않아도 왠지 모르게 계속 어울리기 마련이더라고요. 거의 가족 같은 사이지만, 그래도 역시 남은 남이죠. 그런 미묘한 거리감을 잘 썼으면 좋겠다고 생각하면서 열심히 쓰는 중입니다.

이상한 부분에서 과감하지만 서투른 코마키. 평소엔 단순하지만 코마키와 관련된 일이라면 심경이 복잡해지는 와카바. 그런 두 사람을 귀엽게 봐 주시면 감사하겠습니다.

개인적으로 소꿉친구라는 관계성을 엄청 좋아하기에 앞으로도 쓸 기회가 있으면 좋겠네요.

그리고 감사하게도 코미컬라이즈를 연재하기로 했습니다.

2024년 2월에 영 에이스 UP에서 연재할 예정으로, 작화는 코나타엘 선생님께서 담당해 주십니다!

설마 코미컬라이즈 얘기가 나올 줄은 꿈에도 몰랐기에 무척이나 깜짝 놀랐습니다. 코미컬라이즈가 결정된 이후로 지금까지 가슴이 계속 두근거리네요. 그와 동시에 엄청 기쁘기도 합니다. 코나타엘 선생님의 귀여운 화풍으로 코미컬라이즈 된다고 하니 벌써부터 무척 기대되네요!

코나타엘 선생님, 본작을 담당해 주셔서 감사합니다. 앞으로도 잘 부탁드리겠습니다!

그리고 나카타니 니오 선생님과 미카미 테렌 선생님께서 작성해 주신 추천 코멘트를 받았습니다. 양쪽 다 엄청 훌륭한 코멘트였던지라 거듭 되풀이해서 읽어 보고는 혼자서 기쁨을 음미하는 중입니다. 두 분께서 제 작품을 읽어 주시고 코멘트까지 남겨 주셔서 진심으로 기쁩니다.

나카타니 니오 선생님, 미카미 테렌 선생님, 코멘트를 작성해 주셔서 감사합니다!

감사한 얘기가 한꺼번에 들어오니 몸 둘 바를 모르겠네요. 앞으로도 최선을 다하고자 합니다!

마지막으로, 미숙한 저에게 조언을 주시고, 작품을 위해 고생해 주신 담당 편집부 여러분, 멋진 일러스트를 그려 주신 네이비 선생님, 코미컬라이즈를 담당해 주실 코나타엘 선생님, 추천 코멘트를 작성해 주신 나카타니 니오 선생님, 미카미 테렌 선생님, 언제나 응원해 주신 여러분, 본작을 구매해 주신 여러분, 그리고 본작에 관여해 주신 모든 여러분께 이 자리를 빌려 진심으로 감사의 말씀 올리겠습니다.

언젠가 또 만나뵙겠습니다! 그럼 이만!

# 성격 못된 천재 소꿉친구와의 대결에서 지는 바람에 첫 경험을 모조리 빼앗기는 이야기 1

2025년 09월 25일 제1판 인쇄
2025년 10월 01일 제1쇄 발행

**지음** 이누카이 안즈
**일러스트** 네이비

**옮김** ruleeZ

**제작 · 편집** 코믹 레인 편집부

**발행** 데이즈엔터(주)
**등록번호** 제 2023-000035호
**주소** 07551 서울특별시 강서구 양천로 570 NH서울타워 19층
**대표전화** 02-2013-5665

ISBN 979-11-380-6235-0
ISBN 979-11-380-6234-3 (세트)



구매 시 파손된 도서는 구매처에서 교환하실 수 있습니다.
기타 불편사항, 문의사항이 있으신 독자님께서는 노블엔진 홈페이지
[ http://novelengine.com ] 에서 Q&A 게시판을 이용해 주시기 바랍니다.

**소꿉친구 동급생 소녀를 사랑하는**
**그녀의 『공략 작전』은 성공할 수 있을까?**

# 그런 녀석보다 내가 더 낫잖아?

---

**19세 미만 구독 불가**

"좋아하는 사람이 생긴 것 같아……."

소꿉친구인 여자애, 호리미야 네네의 한마디에 미즈사와 카노의 정신은 한순간 저 멀리 가출해버렸다.

——카노는 네네를 좋아한다.

같은 여자인데도, 어느새 그녀가 친구 이상의 존재가 되었다. 그랬는데……. 어쩌지, 이걸 어쩌지, 네네를 순순히 넘길까 보냐, 라면서 머리를 싸맨 끝에 카노의 생각은 무척이나 기묘한 발상에 다다랐다.

그건 바로——

"마음은 안 된다 해도, 몸이라면……!" (?!)

**이리하여 카노의 무모하고 약간 과격한 『네네 공략 작전』이 시작된다!**



**아사쿠라 네루** 지음 | **사와야카 사메하다** 일러스트 | **2023년 1월 출간**

마른 하늘에 단비와도 같은 신선함을 전하는 브랜드

**밝고 유쾌하지만 조금 애달픈 마녀 사제의 이야기.**
**애니메이션 방영 & 코믹스 전자서적 2권까지 발매 중!**

# 어느 마녀가 죽을 때까지

# 1

**애니메이션 방영작**

17세 생일, 견습 마녀 메구는 스승인 영년의 마녀 파우스트에게 시한부를 선고받는다.

저주를 풀 방법은 기쁨의 눈물을 천 개 모아 『생명의 씨앗』을 만드는 것뿐.

메구는 눈물을 모으기 위해 닫혀 있던 자신의 세계를 넓히고 수많은 사람들과 인연을 맺는다.

만남, 이별, 우정, 애정── 그리고 눈물.

수많은 마음을 받아들이고 약속을 나눈 끝에, 메구는 마녀로서 중요한 것을 배우고 스승이 자신에게 전수하려고 한 것이 무엇인지를 깨달아 간다.

"난 스승님에게 은혜를 갚지 못했어. 그러니까 아직──."

**밝고 유쾌하고 조금은 애달픈, 마녀 사제가 보내는 1년간의 이야기.**



**사카** 지음 | **코레후지** 일러스트 | **2025년 4월 출간**

COMIC RAIN **마른 하늘에 단비와도 같은 신선함을 전하는 브랜드**